乔万民　吴永喆　选注

唐宋八大家

韩愈

天津出版传媒集团

天津古籍出版社

图书在版编目（CIP）数据

韩愈 / 乔万民，吴永喆选注. -- 天津：天津古籍出版社，2006.12
（唐宋八大家）
ISBN 978-7-80696-363-0

Ⅰ．①韩… Ⅱ．①乔… ②吴… Ⅲ．①古典散文－作品集－中国－唐代 Ⅳ．①I264.23

中国版本图书馆CIP数据核字(2006)第116565号

唐宋八大家·韩愈

乔万民，吴永喆/选注

出版人/张玮

天津古籍出版社出版
（天津市西康路35号　邮编300051）
http://www.tjabc.net

三河市中晟雅豪印务有限公司印刷
全国新华书店发行
开本 880×1230 毫米 1/32　印张 9.5　字数 274 千字
2010 年 9 月 第 1 版　2016年 2 月 第 3 次印刷
ISBN 978-7-80696-363-0　　　定价：19.00元

目 录

韩愈生平及创作简介 …………………………………… (1)
感二鸟赋 ………………………………………………… (1)
原道 ……………………………………………………… (4)
原毁 ……………………………………………………… (11)
原人 ……………………………………………………… (14)
原鬼 ……………………………………………………… (15)
杂说（四首之一） ……………………………………… (17)
杂说（四首之二） ……………………………………… (19)
杂说（四首之四） ……………………………………… (21)
师说 ……………………………………………………… (22)
读荀子 …………………………………………………… (25)
读墨子 …………………………………………………… (27)
进学解 …………………………………………………… (29)
守戒 ……………………………………………………… (35)
圬者王承福传 …………………………………………… (37)
后汉三贤赞三首 ………………………………………… (40)
讳辩 ……………………………………………………… (43)
伯夷颂 …………………………………………………… (45)
子产不毁乡校颂 ………………………………………… (47)
爱直赠李君房别 ………………………………………… (49)
张中丞传后叙 …………………………………………… (51)
进士策问（其十二） …………………………………… (56)
争臣论 …………………………………………………… (57)
太学生何蕃传 …………………………………………… (62)

毛颖传	(65)
送穷文	(69)
鳄鱼文	(73)
通解	(75)
择言解	(78)
鄠人对	(79)
三器论	(81)
下邳侯革华传	(83)
李实	(86)
宫市	(88)
五坊小儿	(90)
阳城	(91)
燕喜亭记	(95)
徐泗濠三州节度掌书记厅石记	(98)
画记	(100)
蓝田县丞厅壁记	(103)
新修滕王阁记	(106)
题李生壁	(109)
答张籍书	(111)
重答张籍书	(113)
与孟东野书	(116)
答窦秀才书	(118)
答尉迟生书	(120)
上襄阳于相公书	(121)
为河南令上留守郑相公启	(123)
上宰相书	(125)
答崔立之书	(129)
答李翊书	(132)
重答李翊书	(135)
答李秀才书	(136)

答陈生书	(138)
与李翱书	(140)
与崔群书	(142)
与陈给事书	(146)
答冯宿书	(148)
与冯宿论文书	(150)
为人求荐书	(152)
应科目时与人书	(153)
答刘正夫书	(155)
答陈商书	(157)
答吕毉山人书	(158)
与鄂州柳中丞书	(161)
与鄂州柳中丞书又一首	(163)
上考功崔虞部书	(165)
答刘秀才论史书	(168)
送陆歙州诗序	(171)
送孟东野序	(173)
送许郢州序	(177)
送齐皞下第序	(179)
送李愿归盘谷序	(182)
送董邵南序	(185)
赠崔复州序	(187)
送浮屠文畅师序	(189)
送廖道士序	(192)
送王秀才含序	(194)
送王秀才埙序	(196)
荆潭唱和诗序	(198)
送幽州李端公序	(200)
送区册序	(202)
送高闲上人序	(204)

送殷员外序 …………………………………………（207）
送杨少尹序 …………………………………………（210）
送石处士序 …………………………………………（212）
送温处士赴河阳军序 ………………………………（215）
石鼎联句诗序 ………………………………………（217）
祭田横墓文 …………………………………………（220）
欧阳生哀辞 …………………………………………（222）
吊武侍御所画佛文 …………………………………（226）
祭十二郎文 …………………………………………（228）
试大理评事王君墓志铭 ……………………………（233）
贞曜先生墓志铭 ……………………………………（237）
柳子厚墓志铭 ………………………………………（241）
唐故监察御史卫府君墓志铭 ………………………（246）
柳州罗池庙碑 ………………………………………（249）
殿中少监马君墓志 …………………………………（253）
南阳樊绍述墓志铭 …………………………………（256）
故幽州节度判官赠给事中清河张君墓志铭 ………（259）
故太学博士李君墓志铭 ……………………………（263）
御史台上论天旱人饥状 ……………………………（266）
论佛骨表 ……………………………………………（268）

韩愈生平及创作简介

一、韩愈的生平事迹

（一）韩愈少年时期的生活。

韩愈，字退之，生于唐代宗大历三年（768）。其原籍为孟州河阳（今河南孟县），出生地据考有两种可能，一为江南上元（今南京），一为洛阳。因当时人讲究"郡望"，即在某一郡里人数多、官位高的大族，而昌黎（今辽宁义县）姓韩的一族最为强盛，故此韩愈自称"昌黎韩愈"，大家也顺称"韩昌黎"，其实他并非昌黎人。

韩愈出生于唐王朝由鼎盛滑向衰败的阶段，天宝十四年（755）发生的安禄山、史思明叛乱，严重破坏了社会生产力，致使唐王朝四分五裂，人民颠沛流离。安史之乱于代宗宝应二年（763）结束，亦即韩愈出生前五年。结束仅是一种形式，一统江山的背面，分裂的种子却已胚胎发芽。叛将貌似归顺朝廷，一个个成为称霸一方的节度使，父子兄弟相传，不听朝廷号令。他们相互厮杀，也时常与朝廷捣乱。这就是史书所谓"藩镇之乱"，它自此与唐王朝相伴终身。广大人民热切盼望全国统一安定，忧国之士也希望统治者励精图治，来一个声势赫赫的"中兴"。这一希望自然也成了韩愈的希望。

韩愈的父亲韩仲卿，曾做潞州铜鞮县尉，安史之乱时调任武昌县令，据诗人李白《武昌宰韩君去思颂碑》的记载，韩仲卿是一个能干贤明的官吏，在治所很有政绩，当他调任鄱阳县令时，武昌父老为他"刻石颂德"。他死于唐代宗大历五年（770年），最后的官职是秘书郎，管理宫廷的图书。韩仲卿除了与李白相识外，据说与杜甫也曾有过交游，且编辑过陈思王曹植的文集。韩仲卿兄弟四人，他排行第一。二弟叫少卿，做过当涂县丞。三弟叫云卿，曾任监察御史和礼部郎中。四弟叫绅卿，曾做扬州录事参军，又泾阳（陕西三原东南）县令。

韩仲卿有三个儿子:长子韩会,次子韩介,韩愈最小。韩介早死,韩会是知名人物,在永泰、大历年间,以非凡才学享有盛誉。他既是政治家又是文学家,曾写有题为《文衡》的文章,宣扬儒教,主张文章的教化作用。

韩愈三岁失怙,由长兄韩会抚养,大历十二年,韩愈十岁,韩会受政治斗争牵连,远贬韶州(今广东韶关市西)。韩愈随兄嫂跋涉五千余里南迁。

两年后,韩会病死,孤儿寡妇历尽艰难,护送灵柩回到故乡。苦难与不幸也磨炼了韩愈的意志,他七岁开始读书,十三岁执笔写作,寝食之间也须臾不离书本,以致"凡自唐、虞以来,编简所存……奇辞奥旨,靡不通达"(《上兵部李侍郎书》)。

建中二年(781),唐王朝因为汴州(今开封)城区狭隘,加以扩充,引起了藩镇的猜疑。中央与藩镇的战争一触即发,河南地区民众骚然惊动,争相避难。准备在故乡河阳定居下来的韩愈一家,也远避江南的宣城——他的父兄在此留有一些产业。

五年之后,也就是贞元二年(786),十九岁的韩愈离开宣城赴长安参加进士科考试。这一时期,唐朝统治阶级大力提倡"经术",儒家的理论与观念深入人心,文学家大都遵信"必先道德,而后文章"的信条。以后形成风气的古文运动,因为梁肃等人的提倡和尝试,形成了一定的基础。作为出身于传统书香人家的韩愈,自幼攻经史,挖坟典,深受儒家正统思想影响,自然心仪于"立言必忠孝大伦"的有利于王朝统治的观点。

(二)应举觅官,学以致用,参加并推动古文运动。

韩愈后来写了一首诗,追述当年赴京求学时的情况:

"我年十八九,壮气起胸中,作书上云阙,辞家逐秋蓬。"

这首诗是他写给家族中晚辈的。由诗中可以看出当时赴京赶考的,是一个意气风发,胸怀大志的超凡少年。

科举的名目是很多的,以"八科"为主,即秀才、明经、进士、明德、明字、明算、道举、童子。而八科中最难也最名贵的是进士科,中榜比率差不多是百分之一。一登龙门,身价陡增。正因如此,中进士也就成了读书人追逐的大热门儿,要想遂愿就得依靠请托。凡是应考者,在试前先要得到大公卿的提携,并写介绍信向考官推荐;然后再连续投诗献文,让考官记住姓名。考官录取进士的标准,也以应考者的才名高低和推荐者的官位大小来定；再加上考官个人的好恶，任意去取。这些都使得这种为突破门阀制度而立，有着一定进步作用的考试制度带有很大的弊端。无怪当时已经有人用"五十少进士"来形容及第之难。意思是五十岁的人能考中进士还算年轻的。对此尚无多知的韩愈，仅凭"怀抱利器"当然难以如愿。这次落第给他的自尊心以不小的伤害。后来他劝朋友孟郊说："为何从进士，此路转岖嵚。"他一不钻营，二没人代他吹嘘，失败落第就很自然了。

居长安的第二年，他已不能取资于宣城日益式微的家，只好本人设法解决，这对于在长安举目无亲的韩愈来说难度可想而知，有时穷到甚至不能自存的地步。

有一天，他在路上遇见了原是他堂兄韩弇做朔方节度使书记时的上司——名高位重的北平王马燧。他上去拦住马头，"以故人稚弟，拜北平王于马前"（《殿中少监马君墓志》）。马燧问明情况，怜悯他的处境，带他回到王府，款待饭食，资以衣物。随后他又拜谒了韩弇的又一个上司王浑瑊——王浑瑊亦为豪门贵官。韩愈靠这班人的资助，度过了一段苦难的应考时期。后来，韩愈作为报答，写下了《猫相乳》与《河中府连理木颂》两篇文章，为两人歌功颂德。

从贞元二年到贞元七年，韩愈三考三落，屡经挫折。但这期间，他已开始致力于"古文"的写作，从他给大官僚贾耽的书信中所说"整顿旧所著文一十五章"的话，可知他写了不少的作品，他事实上，从这时起，他就已参加并推动了古文运动。

所谓古文就是散文，是区别于称为"时文"的骈文而提出的名称。"骈文"这个名称是柳宗元最初叫起来的。六朝时，骈文被称作"今体"或"丽辞"。柳宗元在《乞巧文》里称这一文体为"骈四俪六，锦心绣口"，简称骈文，后来也由此称为四六文。骈文的"骈"是二马并驾的意思。它是由对称、华丽的字句组成，字句的音律必须协调，最初是为了便于上口诵读而形成的一种有格律的文体；散文却不受这种形式的制约。骈文到六朝最盛，占据了统治地位。因其长于写情状物，铺排辞藻，便于显示文采，讲究形式严整，所以很为优游自处吟弄风雅的士大夫所偏好，有些作品虽无深刻的主题思想，读来也确实清丽喜人。如梁元帝的《采莲赋》：

"于是妖童媛女，荡舟心许；鹢首徐回。兼传羽杯；櫂将移而藻挂，船欲动而萍开,尔其纤腰束素,迁延顾步;夏始春余,叶嫩花初,恐沾裳而浅笑,畏倾船而敛裾"就生动地刻画了江南采莲季节的热闹场景。但任何一种形式如果不赋予其感应时代的内容,久之必生弊端。骈文一旦占据了统治地位,便显出了它的不足。在极盛时期,朝廷的文告,军中的檄文等都采用这一形式,就免不了以文害义。南朝的庾信为了答谢一位王爷送马给他,写了一封《谢滕王赉马启》:

"某启:奉教垂赉乌骝马一匹。柳谷未开,翻逢紫燕;陵源犹远,忽见桃花,流电争光,浮云连影。张敞画眉之暇,直走章台;王济饮酒之欢,长驱金埒。谨启。"

这篇骈文用了以下典故:柳谷未开——张掖地方的柳谷有裂开的石块,上有马匹的图像,象征晋朝代魏朝而兴。紫燕——汉文帝有名马叫紫燕骝。陵源——陶潜《桃花源记》里的武陵源。桃花——桃花马,有双关的意思,又指桃花源。流电浮云——汉文帝的两匹名马。张敞直走章台——张敞是汉朝京兆尹,下朝后走马章台街。王济金埒(lèi)——晋朝王济爱马,用金钱围成矮墙养马,人称"金埒"。

再来看一篇古文。韩愈给一个去世的官员王用写碑文,王用儿子也送他一匹马,皇帝准许他接受这份礼物,他也写了《谢许受王用男人事物状》:

"右今日品官唐国珍到臣宅,奉宣进止,缘臣与王用撰神道碑文,令臣领受用男沼所与臣马一匹,并鞍衔及白玉腰带一条者。臣才识浅薄,词艺荒芜,所撰碑文不能备尽事迹,圣恩弘奖,特令中使宣谕,并令臣受领人事物等。承命震悚,再欣再跃,无胜荣抃之至,谨附状陈谢以闻。谨状。"

庾信写的骈文词采铺缀,句句不离马的典故,其意无非"承你送我一匹乌骝马,非常骏美而善走。今后我可以骑着它出游和赴宴了"。可读者不知这些典故,不去翻书,不看注释,便只能目迷五色,不知所云了。韩愈的古文却不同,全文无一处用典,且平铺直叙,浅显明了。

十分简单的一件事,却非要故弄玄虚,以致有好多低劣的文章简直就是玩弄文字游戏。

早在六世纪中叶,西魏文帝大统十年就出现了以古文代替骈文的呼声。一位叫柳庆的文臣响应当时掌权者的要求,率先用古文写了一篇贺表。第二年，掌握实权的苏绰模仿《尚书》诰命体撰写了一篇皇帝祭庙的《大诰》，同时朝廷规定，今后所有文告、奏章都要用《尚书》体。后来隋文帝杨坚也看到了当时浮华文风的弊端，于584年下令：不论公私文翰，一概实录，不许用华艳的词句来写作。接着又把一个用华艳词句写文表的泗州刺史司马幼之办罪，作为惩戒的先例。以上诸次举措最终由于各种原因都没形成风气。

七世纪末，武则天在位期间，梓州射洪人陈子昂（字伯玉）以一篇《与东方左史虬修竹篇序》再次吹响了文学革命的进军号角：

"文章道弊五百年矣！汉魏风骨，晋宋莫传，然而文献有可征者。仆尝暇时观齐梁间诗，采繁竞丽，而兴寄都绝，每以咏叹，窃思古人，常恐逶迤颓靡，风雅不作，以耿耿也！"

陈子昂提出了两个重要问题，作为文学革命的标帜：一要恢复《诗经》的"风雅"和汉魏的"风骨"；二便是"复古"，恢复汉、魏、晋的文学传统。由于陈子昂的鼓舞和推动，整个一代的作家卷进了文学革命的潮流。

韩愈到长安的时候，骈文的势力依然很大，最初连韩愈也不得不勉强自己，顺应社会风气，写些这类文章，像他说的："时时应事作俗下文字，下笔令人惭，及示人，则人以为好矣。小惭者亦蒙谓之小好，大惭者即必以为大好矣。"

韩愈到长安的几年中，结识了一批志同道合的朋友，讨论各自对文学和政治的主张。这些人中，首先应该提到的是梁肃，他被认为是古文运动先驱者中最后一个大师。他是韩愈考中进士的座师，应当说韩愈在考中进士以前就和他认识了。

贞元八年（792），礼部侍郎陆贽负责主持这一年的进士科考试。他是当时政府中一个正直贤明的官吏，并且又是一个出色的文章家。梁肃做他的考试助手。

韩愈这是第四次参加进士考试。由于梁肃的举荐，韩愈最终登第。同榜登第的共二十三人，韩愈是第十三名。这一榜中有好几个人在登榜前就已经名动四方，像李观、欧阳詹、崔群、冯宿、王涯、李绛等人都在其中，所以人称这一榜为"龙虎榜"。

考取了进士，并不等于已经取得了政治地位，更不等于有官可做，这仅是进入仕途的第一步。按当时的规定,礼部考选进士,派官却是吏部的事。礼部录取的进士,称为"登第"或"及第",但派官还要经由吏部的"守选"和考试。吏部的考试有好些名目,普通的叫"书判拔萃";而考选较为高级的官吏的"博学鸿辞"科,受到人们的重视,应考者多,考中也很难。韩愈虽然及第,却被挡在这扇门外。

他到处找做官的门路,忍受人们的讥笑、拒绝和侮辱,堕落到钻营者的行列。他一次次将作品投献给当权者,以博取青睐,但没有人理会他。

写这种乞求的信真是绞尽脑汁,一方面要说好话来打动对方,另一方面还要表示自己不是等闲之辈,更不愿意摇尾乞怜。这类书信韩愈写了不少,可谓煞费苦心。这些信件透露了这样一些事实:一,在当时,有才能但缺乏社会地位的知识分子,在他们的求进过程中,受到贵族官僚的排挤,但他们想尽办法要挤进去。二,这些知识分子大都出身于中小地主阶层,同大官僚地主之间虽有矛盾,但他们的阶级利益基本上是一致的。韩愈的这类书信生动地反映了统治集团的嫉贤妒能,社会的人情冷暖,同时也反映了作者的庸俗的一面,不管怎么说,他实际上是在向达官贵人俯首帖耳,摇尾乞怜了。

考取进士的第四年(贞元十一年,795),韩愈满怀希望,在一个月之内,接连给宰相们上了三通陈诉书,但无论是赵憬、贾耽还是卢迈,都大门紧闭,杳无回音。他再也忍不下去了。他告诉他的朋友,他要远离长安,不再与世人接触;他要闭门读书,与世无争。他卖掉了唯一足以点缀身份的财产——一匹马,愤然离开长安。

韩愈这一段应举求官的生活,他的奋斗钻营和求生,还有随之而来的一连串的失望和悲哀,是那个时代政治上无地位、经济上无根基的知识分子阶层的一个范例。

唐朝的一些进士或一些考不上进士的人,在找不到为官门路时,另一条出路就是通过地方官的举荐,做一个幕僚。这条出路不讲资历和地位,唯才是用,比起钻头觅缝、看人眼色来得体面。韩愈最后也是靠宣武(治所在汴州)节度使董晋的荐举,方才得了一个小官——试秘书省校书郎,职务是观察推官,也就是观察使的军事参谋,同时掌管幕府的书记事务。这一年韩愈二十九岁。

韩愈生平及创作简介

汴州幕府的生活并不愉快,每天单调的公务使他惆怅若失。这期间,他将精力放在研究宣传儒家正统学说和抨击佛教道教上。当时僧侣地主阶级人数逐年有增,五个农民一年的劳动都供不上一个和尚的吃穿。于是,一些有着改革思想的知识分子和某些新进的中小官僚阶层成员认识到,要恢复儒家的正统地位,以巩固唐王朝地主阶级政权,维护封建等级秩序,维护国家统一,并从僧侣地主阶级手中夺回被侵占的人力和财富。这一重振儒学,排斥异端的思想一经播散,便有了号召力,并逐渐形成了复兴儒学的运动,而领导这一运动的人便是韩愈。

这段时间,他通过孟郊的介绍,结识了后来的乐府诗人张籍,在关于继承道统,振兴古文等方面,两人谈得十分投机,而张籍在面谈和以后的来信中对韩愈在继承道统,振兴古文方面所寄予的热切期望,使韩愈真正意识到了已经落在肩上而不可推诿的责任。他随后便写了大量论文,正式向世人宣告,建立儒家道统的传授体系,掀起了儒学复兴运动的高潮。

贞元十五年(799)二月,宣武节度使董晋病死。治所汴州发生兵乱,韩愈转到徐州节度使张建封幕下,仍旧当推官。不久,他给朋友李翱写信抱怨:这儿远不是理想的环境。每天匆匆忙忙而又糊里糊涂。在给同榜及第的崔群的信中更直露地表白了自己寄人篱下,仰人鼻息的苦闷心情和"不得其所",迟早离开的愿望。第二年夏天,他辞别了徐州节度使张建封,退出了不能展其长才的幕府生活。他把家安置在洛阳,在一个草木繁茂的村庄里,度过了读书、消闲的三年时光。

贞元十八年春天,韩愈得到了朝廷任命——做国子监四门博士。国子监是国家最高学府,下设七馆:国子、太学、广文、四门、律、书、算。在国子监里教书的,有博士、直讲、助教,领导人称为祭酒,副职称为司业。

韩愈认真做教学工作。他讲授功课深入浅出又通俗生动,且不乏情趣幽默。这些在他后来的文章《进学解》中体现得很充分。

从贞元十二年(796)到贞元十九年(803),也就是韩愈从二十九到三十六岁期间,他开始在仕途有所进展,在政治上、学术思想上和文学上的见解渐趋成熟,他所写的文章,逐渐为人们重视,影响也越来越大。他已具备足够的力量向世人宣布儒学复兴运动和古文运动的主张,并亲自把这两个运动统一结合,领导起来。

这一时期，韩愈写了许多重要文章。宣传恢复道统的有《原道》《原性》《原毁》《原人》和《原鬼》。倡导古文运动的则有《答李翊书》《答李秀才书》《与冯宿论文书》《答刘正夫书》《答迟尉生书》《送权秀才序》和《送孟东野序》等。表现高度艺术手法和一定思想内容相结合的古文优秀作品有《送李愿归盘谷序》《师说》等。作为文学家，这是他一生中最重要的时期。

韩愈阐述儒学道统的作品当首推《原道》，因为这篇文章既是儒学复兴运动的宣言书，又与促成古文运动的胜利有重大关系，而且比较完整地表达了韩愈的政治态度、阶级立场和哲学思想。这篇文章按其内容可分为九大段：①仁义道德的儒家定义；②鼓励儒家信徒坚定信心，从异端羁绊中解脱出来；③从社会生产上指出了佛、道的破坏作用；④论述礼乐刑政是维持社会生产和秩序的必要手段；⑤论述社会组织中君、臣、民的关系；⑥批判了佛教宣传"清静寂灭"，弃绝君臣父子和"相生养之道"的荒谬；⑦批判道教主张的"何不为太古之无事"，指出儒家的学说就是"将以有为也"；⑧正面提出了儒家的"先王之教"，以及在其教下形成的社会等级秩序；最后一段提出了"道"和"道统"的问题，而且俨然以"道统"的继承者自居，他说："所说的道是什么道呢？它不是道家和佛家所说的道。它是这样一种道——尧以它传给舜，舜以它传给禹，禹以它传给汤，汤以它传给文王、武王和周公，再传给孔子，孔子传给孟轲，孟轲死后就没真正往下传。荀子和扬雄虽从中有所选择但不是精华，并且没能详尽阐述。以上诸人，周公以前的都是国君，所以他们能行道；周公以后都是臣子，所以他们述道。如今怎样才能再续道统呢？常言道：没有堵塞就谈不上流传，没有停止就谈不上行进。对于佛家和道家，应当让和尚还俗，焚烧他们的著作，将寺庙、道观腾出来，作为居民的住房。阐明先王的道以引导百姓，使鳏寡孤独废疾者能够得以供养，这样就差不多接近先王之道了。"由此可见，韩愈说的道是儒家的"道"，儒家说的唯一能齐家治国平天下的大"道"。

这篇文章猛烈攻击了佛教和道教，主要针对的是佛教，批判了它的清静寂灭，废弃伦常。指出，正是这些不事生产的人增加了社会负担。

这个时期，韩愈将古文运动和儒学复兴结合起来，鼓吹古文运动是实现儒学复兴的工具和手段，古文运动的目的是复兴儒学。这样一来，古文运动的号召力就大了,吸引更多的人来参加这个运动,扩大这个运动。韩愈所倡导的儒学复古运动志在于"道"和"道统"的恢复与继承;他所领导的古文运动着重点落在文学、文风和文字的改革上,所以意在创新。

韩愈所提出的古文运动,其内容和要求大致有以下几个方面:

首先是"文以载道"和反对形式主义。

"文以载道"是古文运动的根基,它鲜明而确切地表达出"古文"与"道"的关系。确切地说就是形式与内容、艺术性与思想性在文学中的关系。

在"文"与"道"这两者中间,"道"占据主导地位,而"文"是为"道"服务的。为文载道,则文章言之有物,而且能直接服务于王朝政治、经济、文化等各个领域,否则仅为一具皮囊,皮囊再华丽亦无用于人生无用于社会;"道"要以"文"为载体,无"文","道"也就失于了赖以寄托的实体,因而"道"也就是束之高阁难现其光的珍宝,进而无法发挥其有益于王朝统治的功能。二者相互依存,缺一不可。"文以载道"出自于韩愈说的"愈之为古文……本志乎古道者也"和他的学生李汉所言"文者贯道之器也"这些话。它是韩愈领导古文运动时反复强调的一个主张,其锋芒直接指向汉魏六朝以来尤其是六朝以后骈体文那些堆砌辞藻、玩弄文字游戏的形式主义文风。

当然,从今天看来,韩愈提倡的"文以载道"也有其历史的局限性。他的"道"始终是儒家为统治阶级服务的工具。

其次是提高作家的品德修养。

他认为,作家应当有深厚的功底,为写作打下坚实的基础,不能指望一夜成名,不能为金钱地位而写作,应当像大树,先培植根基后等待果实。作家的品行修养重于写作。只有加强品德的修养,才能郁乎胸而发于外,产生好的作品。同时,韩愈还指出,作家品德的优劣,都将体现在其作品中:根扎得深枝叶就繁茂;体形魁梧声音就亮;行事果断讲话就有力;心灵美好就会气和神畅。总之,有怎样的品德,就有怎样的表现。韩愈提出的提高作家品德修养的要求,对于扭转当时轻薄浮华的文风以及培养年轻一代作家的道德品质,做到言行合一,具有高尚的行为和理想,从古文运动说来是完全必要的。

第三是提出"不平则鸣"论和批判社会现实。

在《送孟东野序》一文中,他把从古到今许多思想家和文学家都称作"善鸣者",而其所以"善鸣"乃是由于"不得其平"。作家对现实生活的感受越强烈,郁积越深厚,他的鸣声也就越高、越畅、越勇,反之就"杂乱无章"。

他的"不平则鸣"论,提高了司马迁的仅从个人遭遇出发的"发愤著书"理论,启发宋朝欧阳修提出了"穷而后工"的理论,对后代的创作实践发生了良好的影响。

第四是提出了新体古文的具体标准。

骈体文空洞无物,但讲究文字技巧。要推翻它,就必须创造出一种新型的、表达力更强的古文。韩愈在《答刘正夫书》一文中说明:一,古人的文章必须要学习继承,但要学习继承它的"意",也就是文中的"道",而不能只模仿它的表皮,表现方法还得自己来创造;二,文章有艰深和浅显之分,但文章最好朝着浅显的方向发展,以使多数人看得懂。

以上是为文的一般要求,具体的标准他在《答李翊书》《南阳樊绍述墓志铭》《进撰平淮西碑文表》以及《上襄阳于相公书》等文中,先后提出了"唯陈言之务去""文从各识职""因事陈词""辞事相称"以及"文章言语""与事相侔"等要求。总起来看,就是要作家摒弃陈词滥调,文字通顺,准确自然,形式与内容相统一。

另外,韩愈还大力培养青年作家,传授创作经验。青年人向他求教,他从不拒绝。这些工作使古文运动附着了十分强烈的群众性色彩。

(三)外圆内方的个性及其与现实政治的冲突。

韩愈的个性较为复杂:一方面心高气傲,激进有余;另一面看上去却又善于钻营而保守落后。

贞元十九年(803),长安大旱,京师粮荒,饿殍随处可见,民生凄惨到以男孩换一斗粟都无人肯受的地步。韩愈亲眼目睹,如鲠在喉。当时的京兆尹(首都最高行政长官)李实不顾民众死活,继续盘剥以进奉皇帝,逼得百姓只好卖掉田里的青苗以应付官税,百姓恨之入骨,德宗皇帝却视之如爱犬。

当韩愈不知何故被撤去国子监四门博士职务之后,急于求官,竟找到李实的门下,在信中称:"未见有赤心事上,忧国如家如阁下者。""得不候于左右以求效其恳恳!"韩愈不久得到了以进言弹劾参奏政府官员为主要职能的监察御史的任命。

　　出乎人的预料。韩愈刚刚上任,就草就一份奏章,虽不指名但言辞激烈地揭露了李实盘剥百姓、漠视民生的罪行,要求德宗命令李实停止征发,让百姓得以存活。一个有正义感、勇敢倔强的韩愈又出现了。然而,也差不多就是这一奏章,将韩愈送入了宦海生涯的第一个波谷,也使它与政治上主张激进改革的王伾、王叔文集团产生了分歧,且与这一改革集团中的柳宗元、刘禹锡之间由于误会蒙上了阴影。

　　韩愈的奏章在呈上之前,曾将其内容透露给同在御史台共事的刘禹锡和柳宗元,当时刘禹锡的官职是监察御史,柳宗元任监察御史里行,也就是监察御史的副职,此前,他们曾共同讨论哲学与文学当中的问题,成为密友。韩愈误以为是刘禹锡和柳宗元后来将奏本内容泄露给京兆尹李实,才招致李实在皇帝面前进谗报复,并且怀疑是由于自己的政见与王伾、王叔文不合,才遭到他们的排挤。这确实是个很大的误会。因为,无论平时韩愈的政见如何,这次他敢于在皇帝面前为民请命,力图解民于倒悬,这正与正道直行的王伾、王叔文等所坚持和实行的目标、措施相一致,柳宗元、刘禹锡也是欢迎尚恐不及,至于排挤陷害就更是无中生有的事了。由此,韩愈将遭贬的怒气泻在王氏集团身上,以致与他们公开决裂,随后又在《永贞行》这首诗中骂他们是"小人""狐枭"。

　　韩愈被贬为连州阳山(今广东连阳)县令。韩愈在隆冬季节,辞别妻子,未及见弱病在床的妹妹一面,仓促动身,翻山涉水,行程近四千里,于第二年春来到阳山县。史称他在阳山期间"有爱于民",说明他与当地百姓相处得十分融洽。

　　两年之后,唐德宗死去,顺宗继位。王伾、王叔文集团正式执政,在柳宗元、刘禹锡等人的策划下,施行了一系列增强国力、抑制宦官等有利于人民的政治措施。可惜的是,新政刚刚推行不到八个月,病重的顺宗李诵便由于豪强权贵、地方军阀和朝内宦官的联合胁迫,将皇位让给了太子李纯,也就是宪宗。王伾、王叔文等的改革遭到惨败,参与改革的官员概贬无馀。在此以前,德宗去世之际,韩愈蒙赦离开阳山,北行到郴州候命,后到江陵任法曹参军将近半年。在宪宗即位的第一年(806)夏天,他得到了朝廷国子监博士的诏命。

来到长安,他并没有感到平安,他觉得周围有些人对他怀有敌意,时时觉得有股寒气在向他逼近。于是他被批准脱离了是非之地,来到了洛阳,在国子监教书。此间,他的周围渐渐围拢了一批文学界的人士:有他的学生皇甫湜,有文笔怪僻的樊宗师,爱写古诗的卢仝,还有那位以"鸟宿池边树,僧敲月下门"的诗句创造了"推敲"一词的贾岛。如此一来,东都洛阳一时成了复兴古文运动的乐土。

宪宗执政后,国家大势逐渐好转:对藩镇的态度由过去的妥协软弱变得坚决进取;撤销了宦官做监军的制度;平定了西川刘辟的叛乱……韩愈为庆祝这一系列成就写下了《元和圣德诗》和《石鼓歌》予以歌颂。

这一时期,韩愈的官职得到了几次升迁:元和四年任东都都官员外郎;五年任河南县县令;六年调回长安,升尚书职方员外郎,但到七年因为代朋友申辩而被复降为国子监博士。

元和八年(813)八月,宰相认为韩愈有史才,派他担任比部郎中史馆修撰,主持编写国史。任命书中有这样一段话,大体能反映出韩愈个性及其文才:"太学博士韩愈,学术精博,文力雄健,立词措意,有班、马之风,求之一时,甚不易得。加以性方道直,介然有守,不交势力,自致名望。可使执简,列为史官,记事书法,必无所苟……"

以直笔写汗青为韩愈的素志。好多朋友也对他寄予厚望,其中包括元稹、柳宗元等人积极为他提供史料。但不久韩愈却退缩了。一方面由于他清楚,宰相给他加官只为给他一个头衔,并不会给他直笔写史的机会;另一方面他以为,古今的史官,无论孔子、左丘明、司马迁还是班固、范晔,他们"不有人祸,则有天刑"。朋友们对此大为不解。柳宗元还专门写了《与韩愈论史官书》,一方面责备他不应当在大的选择面前退却,一方面又批驳了他的天命思想。但他仍旧在一年之后离开史馆。

接下来,他在元和九年(814)十二月担任了考功郎中知制诰,主要代替皇帝写文武百官的任免命令;十年(815),他参加了王朝对藩镇的"淮西之役",到元和十二年胜利后,他得到了刑部侍郎的官位,成了朝廷的高级官吏,进入了统治集团的上层机构。

韩愈的官运似乎开始亨通起来。年届五十,求得高官,而此前的宦海沉浮的经历,应当说为他积累了丰富的经验,以使他在关键时刻把握时势,不再有大的闪失。但这不符合韩愈的性格逻辑。

淮西之役结束后的第三年,即元和十四年(819)年初,最后一个没有归顺长安的节度使李师道被他的部下杀掉,于是脱离王朝统治大约六十年、占据三十州广大土地的河北、河南各藩镇,至此都纳入王朝的彀中。唐王朝的中兴大业,至少在表面上得以完成。

被称为"中兴之主"的宪宗此时四十二岁,志得意满,开始享乐挥霍。不仅如此,他同秦始皇、汉武帝一样,又希望自己长生不老,开始关心起"神仙"之事。他宠信了一个叫柳泌的方士,命他炼长生不死之药,并任命他为台州刺史,从而引起了朝野震惊。宪宗却说:"烦一州之力,而能为人主求得长生,为臣子的犯得着去爱惜小小的一州吗?"

这还不算,他以为信佛也能导致长生,便开始礼佛。长安西北的凤翔县法门寺有一座护国真身塔,内藏一节指骨,据说是释迦牟尼的遗骨,称为"佛骨"。佛骨每三十年展览一次,传说能使"人安岁丰"。元和十四年(819)正月,宪宗派了一个宦官,带三十名宫女,手捧香花,到法门寺内拜迎佛骨,送进长安皇宫。宫里供奉了三天,又送到寺院公开展览。整个长安城为之轰动。有钱的人慷慨捐钱捐物;没钱的人只好遵从和尚的指导,烧焦头皮和手指,用苦行表示礼佛的诚心。

韩愈冷静地观察了这一切,从中看到了信佛对王朝统治的不利,同时感到了传统儒家思想在受着严重的冲击。从护道者的立场出发,从有利于唐王朝统治的角度出发,他写就了洋溢着卫道热情的《论佛骨表》。在文章中,他列举了历史上无佛时代帝王的长生,又反证了佛传入中国之后一批拜佛信佛的皇帝如何短寿,证明信佛的荒诞,认为拜迎佛骨是有害无益的举动,提出"以此骨付之有司,投诸水火,永绝根本,断天下之疑,绝后代之惑……佛如有灵,能作祸祟,凡有殃咎,宜加臣身"。

宪宗看到奏章大为光火:他竟敢说信佛的皇帝都要短命。他召集宰相,命令将韩愈处死。在朝中宰相裴度、崔群等的苦苦求情之下,宪宗免去了韩愈的死罪,但要把他贬得越远越好。

于是,"一封朝奏九重天,夕贬潮州路八千"。他被贬到南方很远的海边——潮州担任刺史。潮州（今广东潮安）离长安有七千六百多里，贬逐至此的人，很少有生还的指望，所以在给他到蓝田送行的侄孙韩湘的一首诗中说："知汝远来应有意，好收吾骨瘴江边。"

韩愈很为自己的孟浪行为所酿成的苦果而后悔。他明白，如想生还，必须彻底改变自己的态度，以求皇上的宽恕。一到潮州，他就向长安写了一封《谢上表》，承认自己的"狂妄憨愚，不识礼度"，触犯了皇上，皇上对他的处分是正确的，他罪有应得。接着，他又推崇了宪宗的"巍巍治功"，建议定乐章，告神明，"东巡泰山，奏功皇天"，举行封禅大典。他夸说自己的文学才能，但又为因今日的处境而不能参加这个"千载一时不可逢之佳会"而遗憾。《谢上表》与《论佛骨表》一前一后对照强烈，以致欧阳修后来也说："前世有名人，当论事时，感激不避诛死，真若知义者。及到贬所，则戚戚怨嗟，有不堪之穷愁，形于文字。虽韩文公不免此累。"

《谢上表》中所表现的恭顺乞怜的态度及为宪宗歌功颂德的讨好词句令宪宗满意，皇帝决定赦免他，而且准备加以重用。由于宰相皇甫镈从中作梗，他没能回到长安而内调为袁州刺史，于元和十四年十月前往袁州（今江苏宜春）就任。

柳泌的金丹终于毒害了宪宗。药性刺激得他整天干渴燥急，动不动就发怒杀人。周围的宦官人人自危。于是，宦官们合谋杀害了宪宗，将太子扶上皇位，是为穆宗，第二年改元长庆。拥立的宦官掌握了朝中大权，王朝政局又起变动。

（四）尽心竭力，维护国家统一。

一朝天子一朝臣。穆宗当朝以后，撤换了一批旧臣，其中包括嫉妒韩愈的宰相皇甫镈，这样，韩愈于元和十五年十月，从袁州启程，赴长安接受国子监祭酒的任命。国子监祭酒相当于国立最高学府校长的职位。这是韩愈第四次进国子监任职。这一次他以最高领导人的身份，选聘了一批有学问的人做教授，其中包括举荐张籍做国子监博士。

此后，韩愈的政治地位逐日提升，历任兵部侍郎和吏部侍郎。这期间他致力于巩固王朝统治和国家的统一。以前宪宗在位的淮西之役前夕，朝中有人主张用兵，有人反对用兵，而韩愈则坚决主张用兵。他上奏章陈说利害，促进宪宗决策用兵，后又写信鼓励参战的将领。宪宗决定用兵之后，裴度为统帅，韩愈担任行军司马，也就是军队参谋长，亲临战场。

这次朝中政权更迭，导致朝廷内部矛盾激化，中央政府力量被削弱了。河北方面出现了两次军事叛乱，使王朝致力的中兴局面出现了越来越大的裂痕。

两次叛乱中，有一次与韩愈发生了直接的关系。这次叛乱发生在镇州（今河北正定）。原因是长安政府派往镇州做节度使的田弘正，不体恤下情，穷奢极欲，将士们都对此抱有怨气。田弘正手下的兵马使王廷凑有心作乱，乘机激怒将士，把田弘正与他的幕僚连同他们的家属一同杀死，然后要求朝廷任命他为节度使。中央政府不同意，并举兵十五万进行讨伐。王廷凑只有一万多军队，却利用中央各军的内部不和，声东击西，各个击破，围困了重镇深州（今河北深县）。长安政府无力作战，只好同意让王廷凑当节度使，并派出正在任兵部侍郎的韩愈，劝说王廷凑解开深州之围，放出城内的守将牛元翼。

为什么会派韩愈去宣慰王廷凑呢？这是谁的主意？据说在他奉命启程以后，宰相元稹对穆宗说："韩愈可惜！"仿佛韩愈此行注定有去无还。穆宗似乎也感觉到了这一点，连忙派人阻止。但韩愈自己对此行却很有信心，坚持要完成这次使命。他对皇帝的使者说："岂有受君命而可以逗留自顾之理！"

这次出使，韩愈在刀丛面前镇定自著，以理服人，表现了充分的气节。穆宗听了韩愈报告大为高兴，后来的结果是，王廷凑虽然放出了牛元翼，但还是攻取了深州。朝廷的软弱，致使韩愈再有本事，也挡不住日益衰微的大势。

唐王朝"中兴大业"的基础本不稳固，经此叛乱，更是一蹶不振，而韩愈的生命也接近了终点。

长庆四年（824）夏天，五十七岁的韩愈被突发的病痛摧毁了健康。他告了病假，在长安城南的别墅养病。亲密的朋友张籍、贾岛陪伴着他，度过了一个轻松愉快的夏天。

进入冬季，病情加重，他回到城里。这年十二月初二日，即825年1月25日，他呼吸了人间最后一口气。死前他要求人们用儒家的礼法安葬，这是他最后一次向人们宣示他复兴儒学、排斥佛、老的态度。

韩愈一生最大的功绩,是他领导了古文运动并获成功。刘禹锡在给他的祭文中,称他"手持文柄,高视寰海……三十余年,声名塞天"。他的学生李汉在《昌黎集序》中说:"先生于文,摧陷廓清之功,比于武事,可谓雄伟不常者矣。"李翱在《韩吏部行状》中说:"自贞元末以至于兹(长庆末年),后进之士,其有志于古文者,莫不视公以为法。"宋朝苏轼也在《潮州韩文公庙碑》中称颂他"文起八代之衰"。这充分说明,韩愈去世的时候,古文运动已告胜利,成为广泛的社会运动,古文运动深入人心,大行其道,从东汉以来的以骈文为代表的镂金错采,吟弄风月的浮华文风彻底退出文学舞台,而韩愈的一生也就是与骈文战斗终于确立了古文地位的一生。

二、韩愈的散文创作

韩愈的诗文集是在他去世以后由门人李汉编辑的,他在书前的序里提到编进集内的诗文篇数,总共七百多篇(首),其中散文为三百三十篇。此书传到宋朝,经过传抄、翻刻,文字讹误很多,宋朝学者整理韩愈的文集就将重点放在校勘上面。方崧卿的《韩集举正》朱熹的《韩文考异》为最有价值的著作。除了校勘,对韩集的注释宋人也贡献不小。此外,文章辑佚方面也有收获。经过上述程序之后,最重要的韩文合集数南宋咸淳年间(1265—1268)廖莹中编定的世采堂《昌黎先生集注》,其中收集了韩愈的散文作品达三百八十八篇,还有十一篇仅存题目,是朱熹考证后断为赝文而删除的。这十一篇,宋朝官修的《文苑英华》和清朝官修的《全唐文》合共收进四篇,其余七篇散佚了。如果加上这四篇,那么韩愈的散文该有三百九十二篇。

李汉所编的文集,把韩愈的散文按体裁分为以下六类:①杂著;②书启序;③哀词祭文;④碑志;⑤笔砚鳄鱼文;⑥表状。所谓笔砚鳄鱼文共三篇,即《毛颖传》《瘗砚铭》和《鳄鱼文》。下面就其散文中重要的四类文章——杂著、书集、序文、碑志分别予以介绍。

(一)杂著

韩愈的杂著共一百六十篇,涉及面十分广泛,这里有政治论文、哲学论文、记述文、札记、杂感、小品文、史传文、祭文、表状等等。

韩愈自称,他的文章"皆约六经之旨而成文",也就是载道之文。因为他所说的道是维护封建等级制度的工具,所以,他的文章当中也就充分表现出为封建统治的说教。

但是韩愈的文学理论强调的是"不平则鸣",于是他的文章中又包含了对"不平"之现实的批判精神。

韩愈的"载道"文章,较为集中地体现在杂著这类作品里,《原道》是最重要的一篇。《原性》在其中的分量也较重,该文目的在于为封建统治从人性方面寻找依据。文章把人性分为上中下三品,实际上是上下二品,即统治阶级和人民群众。上品和下品的性乃天生有别,不可改变,"上之性就学而愈明,下之性畏威而寡罪,是故上者可教,而下者可制也,其品则孔子谓不移也"。《对禹问》则是为统治阶级的"家天下"而辩护,歪曲历史事实,把封建制度的统治权说成是:与其将帝位传到不是圣人的手中而生动乱,还不如传给子孙,这样虽然不是择贤而传,但他们还是守法的,不出乱子。《伯夷颂》公开反对人民武装起来推翻专制暴政,认为,如果没有伯夷、叔齐的"叩马而歌",那么,以后的世代则会产生无穷的"乱臣贼子"。《圬者王承福传》表面上描写了一个自食其力的劳动者,但作者却借王承福之口说出了"用力者使于人,用心者使人"的地主阶级理论。《原鬼》一文认为确实存在鬼神,鬼虽无声无形,却能福祸于人,这暴露了韩愈的天命思想和有神论思想。应当指出的是,在杂著当中,这类"卫道"文章毕竟不占主体地位,且其中上品也不多。而真正既有广泛社会价值和文学价值,因而也更多地为后人所称道的,还属那些反映时代精神,抒发不平愤慨,对社会现实进行批判和揭露的大量文章。它们大都写得气势磅礴,笔力雄健,排宕顿挫,情感激烈。《原毁》一文,作者自称为"扶树教道"之作,但其意义却在于"卫道"之外。全篇用"古之君子"比照"今之君子",又用"古之君子"的"责己""待人"来比照"今之君子"习于毁谤的风气,指出这种风气的本原在于士大夫阶层中自己不肯加强修养又嫉妒有修养的人的心理,这样势必导致"事修而谤兴,德高而毁来"。他感叹:"呜呼,士之处此世,而望名誉之光,道德之行,难矣!"

《杂说》共四篇,作者的这类文章翻腾开阖、挥洒自如,笔墨酣畅地叙写出对社会生活的种种切实感受,《说马》一篇最为人传诵。在这里,作者以千里马与伯乐的遇与不遇而产生的后果,阐述了人才难得的思想,也为天下怀才不遇之士抒了一口气。

这些杂感,托物比兴,抑扬讽喻;设意遣词,曲折委婉。另外有些作品却采用直率辩驳的形式,以犀利的笔锋剖析社会现象,如剥笋壳,层层递进。这方面当以那篇专为李贺而写的《讳辩》为最突出。

少年诗人李贺的诗作韩愈十分欣赏,所以,韩愈在平时也在对他的提携奖进方面颇为积极。李贺更是由衷钦佩韩愈的德行与才学,他在给韩愈的一首诗中明确表示:"我今垂翅附鸿冥,他日不羞蛇作龙。"

韩愈劝导李贺参加河南府乡贡进士的考试,以便参加在长安举行的全国性进士考试。元和五年(810),李贺接受了韩愈的劝告,到河南府应试,结果中举。韩愈当时是河南令,以地方长官身份宴请了包括李贺在内的中举秀才,并鼓励他们发奋努力。

李贺和秀才们乘兴赴京赶考,但一些人嫉妒他的声名。有人说:李贺的父亲叫李晋肃,"晋"和进士的"进"同音,考进士是犯了子避父讳的规定。一股沉重的压力落在李贺的心头:他担不起不敬君父的罪名,也无力与社会舆论对抗,便忍痛放弃了进士考试。

这件事激怒了韩愈,于是他写了《讳辩》,向社会习俗提出抗议。

该文第一段说明了写《讳辩》的缘由;第二段阐明李贺考进士并不犯讳,并嘲笑了"避讳"说的可笑之处;第三段进一步引申,对"避讳"说穷追猛打;第四段以汉武帝、吕后为例,将"避讳"说驳得体无完肤;而最后一段则承第二段中例子而用之,使那些主张李贺"避讳"的言行不符,自欺欺人的伪君子们原形毕露,无所逃遁。《讳辩》一文单刀直入,笔无藏锋,而全文酣畅淋漓,一气呵成,宜为韩文中的上品。

《师说》也是一篇世代传诵的名篇。它包含了韩愈教育思想的民主性精华,倡导"无贵无贱,无长无少,道之所存,师之所存也""巫医乐师百工之人,不耻相师""圣人无常师;弟子不必不如师,师不必贤于弟子,闻道有先后,术业有专攻,如是而已",提出了为人师表的重任,同时也对豪门仕大夫之间存在的"耻相师"的风气切中要害地提出了批评。

《画记》是一篇绝妙小品,文章对一幅图画中的各不相同的人、马、兽、兵器和各种动作予以细致描写,文字严整,似拙实巧,奇特劲拔。

人物传记《张中丞传后叙》继承了《史记》描写人物的手法,刻画了张巡、南霁云等人在安史之乱时保卫睢阳战斗中的英雄形象和鲜明的性格。

文章写南霁云的勇烈,写张巡就义,着墨简练,而人物性格跃然纸上,当时情景如在目前。

《毛颖传》是一篇描写毛笔历史的奇文:其中毛颖是笔,陈玄是墨,陶泓是砚,褚先生是纸。毛颖年老发秃,就被统治者弃置一旁,作者在游戏笔墨之间不忘寄寓一种情绪。行文更是纵横恣肆,连翩跌宕。柳宗元曾对这篇文章玩味再三,称赞不已。

祭文中的代表作是《祭十二郎文》。这是一篇充满真挚情感的文章,它运用了自由书写的散文体裁,证明比传统的四字一句的传统祭文形式,更能表达作者对亲人的情感。随着作者感情的起伏,文中时时出现重叠字句,充分流露出作者不能自己的哀痛:"其信然耶?其梦耶?其传之非其真也?信也……未可以为信也,梦也,传之非其真也!""言有穷而情不可终,汝其知也耶?其不知也耶?"絮絮如道家常,而句句自肺腑流出,感人至深。

表状中的《与汝州卢郎中论荐侯喜状》是一篇杰作。它把当时处于社会底层的不得意的知识分子在奋斗求进中的失望、希望的心情,刻画得淋漓尽致。文中的侯喜,"家贫亲老,无援于朝,在举场十余年,竟无知遇"。幸而受到一位官员的知遇,就说:"侯喜死不恨矣。喜辞亲入关,羁旅道路,见王公数百,未尝有如卢公之知我也。比者分将委弃泥涂,老死草野,今胸中之气勃勃然复有仕进之路矣。"激昂中又饱含着辛酸。

其他如《复仇状》《钱重物轻状》《论淮西事宜状》等,都是有关朝廷政治的各种建议,以反复委曲、陈说利害见长,但文学意味较为淡薄。

(二)书信

韩愈的书信,针对不同对象,因人陈词,采取不同形式,运用不同的结构,措辞立意,极尽变化,具有很高的艺术性。

韩愈书信现存五十多封,就其内容大体可分为三类:第一类为发表文学见解的;第二类为对朋友议论现实、抒发感慨的;第三类则是向权贵请求提拔举荐的。精华部分在前两类。

发表文学见解的书信数量不多,但都很重要。韩愈倡导古文运动的宏观理论和写作古文的技巧以及自己的写作体验等等都体现在这类信中,其中《答李翊书》和《答刘正夫书》最重要。前者介绍自己读书为文之体会，他自认为学习古文的过程分为三个阶段：首先是选定应读的书，定下目标，然后专心下工夫研究；其次是辨别真伪，去伪存真，然后文思泉涌，信心增强；最后文思如江河奔泻，再加以平心静气地省察，以排除杂芜，然后放笔书写。信中强调的是"养其根"，也就是先期的修养。

《答刘正夫书》大体阐明了这样三个观点：第一，"师古圣贤人，师其意不师其辞"。就是说文章要"载道"，而且"唯陈言之务去"，师古而不泥古。第二，"文无难易，唯其是尔"。文章的内容和形式要和谐统一，做到"文从字顺各识职"。第三，"能自树立不因循"。要有自己的创造，有独立的风格。

给朋友的书信，在洋溢着深厚友情的同时，常常透露出因对现实不满而不得宣泄所形成的愤懑。《与孟东野书》中说："吾言而听之者谁欤？吾唱而和之者谁欤？言无听也，唱无和也，独行而无徒也，是非无所与同也。"知识分子不得志的孤独与苦闷溢于言表。

其书信中还有一个重要方面，就是对朋友的关怀与勉励。《与崔群书》是写给当年一同举进士的朋友的。作者在信中首先请崔群不要过分在乎一时之得失，将养好身体；然后叙述两人之间的友情，并表示钦佩他的人格；最后替崔群宽解愁怀说："自古贤者少，不贤者多。……贤者恒不遇，不贤者比肩青紫；贤者恒无以自存，不贤者志满气得；贤者虽得卑位，则旋而死，不贤者或至眉寿。不知造物者意竟如何？无乃所好恶与人异心哉！又不知无乃都不省记，任其死生寿夭耶！未可知也。人固有薄卿相之官，千乘之位，而甘陋巷菜羹者，同是人也，犹有好恶如此之异者，况天之与人，当必异其好恶无疑也！合于天而乖于人，何害？况又时有兼得者耶！崔君崔君，无怠无怠。"在这封信里，对朋友的关怀勉励、对时世的不满、对命运的质问，都巧妙而完整地结合在一起，读后引人不得不掩卷深思而慨叹。

韩愈的第三类书信多为求官进身而投诸达官显贵之作，此类书信中，往往先阿谀对方，后再推荐一下自己。其中不少文字技巧确实达到了很高水平，但格调不高，情辞卑下，更谈不上率真诚恳了。这类书信以《三上宰相书》《上李尚书书》《上襄阳于相公书》《与凤翔邢尚书书》及《应科目时与人书》为代表。

(三)序文

这里所说的序文,与今天常说的一部著作的前言不同,它在当时是送别朋友时临别赠言的一种文体。它初现于战国前后而于唐代最发达,在唐代又以韩愈的序文写得最多也最好。他反对那些分别之际,唠唠叨叨说些庸俗无聊话语的作风,每篇序文都有所寄寓而言简意赅,而且有揭露、有批判、有讥讽、有歌颂,令人荡气回肠。

韩愈的早期作品《送齐皞下第序》显示了他周密的文思与高超的文字技巧。齐皞是宰相齐映的弟弟,他没考取进士不是由于出身贫贱和朝官排挤,而是因主考人避嫌而被黜免。这时候如果韩愈为他鸣不平,有为宰相拍马的嫌疑;如果仅仅好言相慰,又有悖情理,因为在韩愈看来,齐皞的确是个好人,是个有才学的人。序文开篇便突出一个"公"字:"古之所谓公无私者,其取舍进退,无择于亲疏远迩,惟其宜可焉。"立意高远。接下来笔锋一转,指出主持考试的官员"见一善焉,若亲与迩,不敢举也;见一不善焉,若疏与远,不敢去也。众之所同好焉,矫而黜之,乃公也;众之所同恶焉,激而举之,乃忠也。于是乎有违心之行,有佛志之言,有内愧之名,若然者,俗所谓良有司也!"表面似乎公正,实际完全出于私意,"其渐有因,其本有根,生于私其亲,成于私其身,以已之不直,而谓人皆然"。严厉指责了封建统治阶级的虚伪。

《送孟东野序》提出了"不平则鸣"的理论,这篇序的本身也充满了不平之气。《送李愿归盘谷序》被苏东坡称为唐朝唯一的文章。作品借李愿的口,痛快淋漓地刻画了大官僚的排场享受和耀武扬威,并以之与平民隐居者朴素清淡的生活相对照,同时还刻画了另一种人的生活,他们"伺候于公卿之门,奔走于形势之途;足将进而趑趄,口将言而嗫嚅,处秽污而不羞,触刑辟而诛戮。侥幸于万一,老死而后止者,其于为人贤不肖何如也"。这篇文章称颂了像李愿这种不慕荣利,行为高洁的隐士。但对一些其他隐士,韩愈给他们的序文、依据其不同的德行情操与生活状态,给予了不同的但又恰如其分的描述,常用亦庄亦谐的笔调加以善意的讥讽。石洪和温造分别号称水南山人和水北山人,凭着高自标榜博得清名,但当节度使登门求访时,两位二话不说,欣欣然去当幕僚。文中说:"大夫(指节度使)真能以义取人,先生真能以道自任,决去就。"(《送石处士序》)这里是反话正说,该节度使飞扬跋扈史有记载,根本无义可言。序文又说,你们这一走,"巷处者谁与嬉游,小子后生何考德而问业焉,缙绅之东西行过是都者,无所礼于其庐"(《送温处士赴河阳序》)。这是带嘲讽的恭维,韩愈清楚,以这两位平庸处士的行止来看,是起不到文中描述的影响的。

《送许郢州序》和《赠崔复州序》强烈地表达了作者希望统治者关心民瘼,施行仁政的心情。山南东道节度使于頔以贪酷出名,他以搜刮来的钱财贡奉朝廷,结纳势要,保持自己的禄位。郢州和复州都在于頔的统治下。韩愈借送别两州刺史的机会针对于頔发出了呼吁。《送许郢州序》指出,郢州人民"财已竭而敛不休,人已穷而赋愈急,其不去为盗也幸矣!"而在《送崔复州序》里则指出:"幽远之小民,其足迹未尝至城邑,苟有不得其所,能自直于乡里之吏者鲜矣,况能自辩于县吏乎?能自辩于县吏者鲜矣,况能自辩于刺史之庭乎?由是刺史有所不闻,小民有所不宣。赋有常而民产无恒,水旱疠疫之不期,民之丰凶悬于州。县令不以言,连帅不以信,民就穷而敛愈急。"

《送幽州李端公序》表达了韩愈祈求国家统一的热望。安禄山就是从幽州起兵作乱的,现在的节度使刘济怎么样呢?韩愈对即将回幽州的官佐李益(大历十才子之一)致以诚挚的祝辞:"国家失太平于今六十年矣。夫十日十二子相配,数穷六十,其将复平,平必自幽州始,乱之所出也。今天子大圣,司徒公(刘济)勤于礼,庶几帅先河南、北之将来觐奉职,如开元时乎?"这种爱国知识分子的呼声表现得最充分,最佳的还要首推那篇《送董邵南序》。该序中开篇一句"燕赵古称多慷慨悲歌之士"寄寓深沉,郁勃侠烈之气溢于笔端,后人一再引用、称颂。董生怀抱才能,品行端正,然而无人引荐,只得另谋他图,远走燕赵。但燕赵是朝廷鞭长莫及之处,董生在那里能实现自己忠君报国的愿望吗?韩愈对此持怀疑态度。所以作者以极其委婉的笔法表达了他的看法:"吾闻风俗与化移易,吾恶知其今不异于古所云耶?""为我吊望诸君之墓,而观于其市,复有昔时屠狗者乎?为我谢曰:明天子在上,可以出而仕矣!"字里行间透露出的意思是:今天的燕赵之地未必还同以前,如今那里随时可能与朝廷对抗,你可别"从贼"反抗朝廷啊,行文表意委婉而迭宕,一唱三叹。

(四)碑志

韩愈生平及创作简介

这里的碑指神道碑,是竖在坟墓前面孔道上的碑,用以记述死者生平,目的在于表扬死者的功德。志,指墓志,铭刻在石上,与棺柩一同埋入墓中,以备陵谷变迁,后人据以查考死者姓氏生平。碑志起源于汉朝,南北朝时流行,唐代盛行,并成为作家的重要专业之一。

碑志的特色是,在不长的篇幅内,历叙传主家世,概括生平。作者对事迹材料的组织选择,须有史家才能。碑志不仅是私人传记,往往还具备史传价值,所以写起来就要求有风韵,不呆板,以典型事件写好典型人物。而韩愈的碑志大多在具备史传要求之上,赋予了强烈的文学意味。

碑志又有不同于史传之处。由于受人请托,主要目的是记述传主的"嘉言善状",所以不能如史传之褒贬美刺。而且"及世之衰,人之子孙者亦欲褒扬其亲,而不本乎理,故虽恶人,皆务勒铭,以夸后世"(曾巩《寄欧阳舍人书》)。作者为了获得优厚的报酬,也只得隐恶扬善,于是,碑志中的人物几乎无一例外地都成了谦良君子,道德完人。韩愈的碑志大都收取大量酬谢。以前曾提到的《谢许受王用男人事物状》一文就清楚表明:他为王用写碑志,王用的儿子送他一匹良马和一条白玉腰带。受人财物、替人美言,碑志的局限性也就种因于此,所以其真实程度也就不得不打折扣。韩愈一生写了大量的碑志文章,其中精芜并存,有些为死人吹嘘粉饰之作,所以后人称之为拍死人马屁。

在韩愈七十多篇碑志中,确实有一部分"谀墓之文",其思想性和真实性不高,这是为王侯将相、达官贵人而写,尽管文字古茂严正,庄重典雅,但掩饰不了作者对传主违心的赞誉和曲意的颂扬。韩弘本是一个跋扈的地方军事首长,对部下很残暴,但在墓志里他却成了公忠体国,"其罪杀人,不发声色,问法如何,不自为轻重"的仁厚长者了。

但是,韩愈的碑志总体上看,还是以他的巨笔精心刻画,从而构成了形态各异,性格鲜明的人物长廊,留连其间,往往令人乐而忘返。这里有众多的有才能、有气节、属于下位或遭遇坎坷的各类人物。

《贞曜先生墓志铭》描写了诗人孟郊的一生,以沉痛凝重的笔调,向人们诉说了这位在社会的忽视之下死去的诗人的遭遇和他身后的萧条与寂寞。《柳子厚墓志铭》写的是杰出的文学家柳宗元,尽管由于政治立场的不同,韩愈对柳宗元的进步政治活动不能予以正确的估价,从而故意略去不提，并责备他"不能贵重顾惜""不能自持其身"，但对他的立身品节和文学贡献还是作了崇高的称颂，说柳宗元"隽杰廉悍，议论证据今古，出入经史百子，踔厉风发，率常屈其座人"。贬官后的柳宗元"居闲，益自刻苦，务记览，为词章，泛滥停蓄，为深博无涯涘，而自肆于山水间"，推许他的文章"必传于后"。对统治集团加于他的不公正待遇，更是作了严正的指责。《柳州罗池庙碑》则记载了柳宗元的政绩，他为人民办的好事和为人民爱戴，并用浪漫色彩的笔调，叙述了一段柳宗元死而为神的神话，寄托了作者对他的敬仰。

墓志中的人物画像都有独自个性。这些不同的个性在不同的氛围里形成生与死的命运，作者惯于在死者生平最典型的地方浓浓抹上几笔，给读者留下深刻的印象。

他写樊绍述，主要写他的文学成就，对他的仕历只一语交代，但樊绍述的一生和其为人便完整而生动地凸现出来。他写曹成王李皋，在他复杂的一生中，只着重写了参与讨伐李希烈一事，但李皋的智勇谋略与大将风度更见突出。他写一个出身微贱、负才使气的王适，文章生动诙谐地向人们讲述了一个默默无闻的小人物"骗婚"的故事，充满了生活情趣。

韩愈碑志的可贵之处，还在于作者有意识地在作品里表达了他的爱憎。他或是在不经意处轻轻一笔，讽刺一下；或是在写法上忽详忽略，以此来体现褒贬；或是直接批评谴责。

清边郡王杨燕奇，官位显赫，但碑文点明他为了升官晋爵，与宦官田神功"约为父子，故公（杨燕奇）始姓田氏，田公终而后复其族焉"（《清边郡王杨燕奇碑文》），原来这个王爷只不过是太监头子的干儿子。大军阀田弘正也有一块皇皇大碑：《魏博节度观察使沂国公先庙碑铭》。但所载大多是宪宗和宰相们如何命韩愈撰碑文，他百般推辞，勉强领命，至于田弘正父祖的"先世功德"竟一字未提！前面曾提到《送石处士序》里的石洪被招出山后，官至集贤院校理。死后，韩愈又写了《集贤院校理石君墓志铭》，文中说石洪如何高尚，但等某节度使"以币先走庐下"，他就欣然启程，不再隐居。讽刺得委婉而深刻。在《殿中侍御史李君墓志铭》《唐故监察御史卫府君墓志铭》和《故太学博士李君墓志铭》中，韩愈分别写了六七个梦想长生不死、吃了道士丹药而死的朋友，公开指出了他们"祈不死，乃速得死"行为的愚蠢,虽代他们惋惜,但也谴责了他们的愚昧迷信。因为写这些碑文的时候,当时皇上唐宪宗也尝试服用道士仙药,这些谴责就更有现实意义了。

　　韩愈碑志的手法多种多样,每篇起笔都各有千秋,不落俗套,充分体现了作品的文学性能。《唐河中府法曹张君墓碣铭》一开头这样写道:"有女奴抱婴儿来,致其主夫人之信。……"文中大部分记述的便是这位主夫人诉说丈夫遇害的事实。《唐朝散大夫赠司勋员外郎孔君墓志铭》,先不叙述传主的家世功业,一上来写道:"昭义节度卢从史有贤佐曰孔君,讳戡,字君胜。从史为不法,君阴争不从,则于会肆言折之,从史羞,面颈发赤,抑首俯气,不敢出一语以对。"完全突破了一般碑志的格式。像这样的碑志,应当说是上乘的文学作品,而不是不值一顾的"谀墓之文"。

感二鸟赋①

贞元十一年②,五月戊辰,愈东归。癸酉,自潼关出息于河之阴③,时始去京师④,有不遇时之叹⑤。见行有笼白乌、白鸜鹆⑥而西者,号于道曰:"某土之守某官⑦,使使者⑧进于天子。"东西行者⑨,皆避路,莫敢正目⑩焉。因窃自悲:幸生天下无事时,承先人之遗业,不识干戈、耒耜、攻守、耕获之勤,读书著文,自七岁至今,凡二十二年。其行己不敢有愧于道⑪,其闲居思念前古当今之故,亦仅志其一二大者焉⑫。选举于有司,与百十人偕进退,曾不得名荐书⑬、齿下士⑭于朝,以仰望天子之光明。今是鸟也,惟以羽毛之异,非有道德智谋、承顾问、赞教化⑮者,乃反得蒙采擢荐进⑯,光耀如此。故为赋以自悼,且明夫遭时者,虽小善必达;不遭时者,累善⑰无所容焉。其辞曰:

吾何归乎!吾将既行而后思⑱;诚不足以自存⑲,苟有食其从之。出国门而东骛⑳,触白日之隆景㉑,时返顾以流涕,念西路之羌永㉒。过潼关而坐息,窥黄流㉓之奔猛;感二鸟之无知,方蒙恩而入幸;惟进退之殊异㉔,增余怀之耿耿;彼中心之何嘉,徒外饰焉是逞㉕。余生命之湮厄㉖,曾二鸟之不如;汩东西与南北,恒十年而不居;辱饱食其有数,况策名于荐书㉗;时所好之为贤,庸有㉘谓余之非愚。昔殷之高宗,得良弼于宵寐㉙;孰左右者为之先,信天同而神比。及时运之未来,或两求而莫致;虽家到而户说,只以招尤而速累㉚。盖上天之生余,亦有期于下地㉛;盍求配于古人㉜,独怊怅于无位㉝?惟得之而不能,乃鬼神之所戏㉞;幸年岁之未暮,庶无羡于斯类。

古代帝王为供自己享乐,总是要搜罗奇珍异玩、名花异鸟之类,官僚们就借此邀宠取媚,派出爪牙四处掠夺,弊害百端,民不堪命。韩愈借鸟和自己对比,主旨在于发泄不平,也对统治者和窃位的大僚进行了讽刺。

【注释】

①赋：赋是有韵文的一种，是铺陈事物、抒发自己意见的押韵文。
②贞元十一年：贞元，唐德宗（李适）年号。十一年，公元795年。韩愈时年二十八岁。
③五月戊辰，愈东归。癸酉，自潼关出息于河之阴：按二十史朔闰表，贞元十一年五月，戊辰为初二日，癸酉为初七日。潼关，在今陕西华阴县。河之阴，黄河的南面，水南曰阴。
④京师：指当时京都长安。
⑤有不遇时之叹：韩愈是年正月至三月，三上宰相书求仕进，当时宰相赵憬、贾耽、卢迈置之不理，不得已东归，所以说"不遇时"。
⑥白乌、白鸲鹆：乌和鸲鹆（一名八哥）都是全体黑色的鸟。鸲鹆两翼稍有白点。因此把羽毛纯白的乌和鸲鹆作为瑞物，献给最高统治者去赏玩。
⑦某土之守某官：封建时代，统治阶级把全民所有的土地认为是皇帝个人的私产，因而有"溥天之下，莫非王土"的荒谬说法，把外官看做是代帝王保守土地的人员，所以说"某土之守某官"。
⑧使使者：下使字读去声，名词；使者是出差传达命令的人。
⑨东西行者：东行者是指从京师及其附近地区出来的人，西行者是指朝着京师的方向走去的人。
⑩莫敢正目：侧目而视，怕惧的意思。
⑪其行己不敢有愧于道：行己，自身的操行。这句说我的行为符合道德，扪心无愧。
⑫思念前古当今之故，亦仅志其一二大者焉：故，事。仅的本义是少，此作"庶几""差不多"解。志，同识，记录。不论前古或当今的大事，我差不多都能记住它。
⑬曾不得名荐书：名，列名，荐书，指应博学鸿辞科。不得名，榜上无名，落第。
⑭齿下士：齿，录，列名。下士，指一般低职官吏。齿下士，和低级小官吏相并比。
⑮赞教化：辅助"教化"。
⑯采擢：擢，引用，上升。
⑰累善：积善，和上句小善相对。
⑱吾将既行而后思：论语有"三思而后行"之语，此说"既行而后思"，有意翻案，是愤激的口气。
⑲诚不足以自存：实在自己不能过活。
⑳东骛（wù）：骛，驰，快走。此指东归。
㉑隆景：景，与影同。隆景，猛烈的日光。
㉒念西路之羌永：羌，语词，无义。永，漫长。

㉓黄流:黄河。
㉔进退殊异:进,指二鸟说。退,指自己说。殊异,绝异,大不相同。一说,殊异二字同义。
㉕徒外饰焉是逞:外饰,指羽毛。逞,骄矜夸耀的意思。这句说只以外貌取悦。
㉖湮厄:湮,塞。厄,阻碍,艰难。
㉗汩东西与南北,恒十年而不居:这里汩字作水流解,借水流来形容奔走不停。恒,不作恒常解,是亘的假借字。亘,横亘,穷竟,指事物由彼到此的过程。二句是说,像川流不息地四方奔走求食,十年之间,自始至终,没有好好住下来过安定的生活。
㉘况策名于荐书:策名是把封建士人姓名写在简策上,送给本人所服事的主人。
㉙庸有:岂有。
㉚昔殷之高宗,得良弼于宵寐:高宗,名武丁。弼,辅佐。宵,夜。寐,睡眠。相传高宗梦见一位圣人,名字叫做说,即摹画他的形貌,到处去访求,后来在傅岩(今山西平陆县东)得到,便举以为相。
㉛只以招尤而速累:尤,过失。速,召,与招同义。累,忧累,读去声。这句话的意思是,徒然招致麻烦。
㉜亦有期于下地:期,希望。下地和上句上天对文。这说希望在人世间做些事业。
㉝盍求配于古人:盍,何不。配,比。求配古人,求和古人比美。古人,指上文所说的傅说。
㉞独怊怅于无位:怊,悲恨。无位,无官位。独,犹言何独,自诘的语气。
㉟惟得之而不能,乃鬼神之所戏:得之不能,说得到官位,而才力不足,不胜其任。指窃位害事的官僚。戏,戏弄。意思说这是鬼神戏弄,这种人注定要失败。

原　道①

博爱之谓仁，行而宜之之谓义②，由是而之焉之谓道；足乎己无待于外之谓德③。仁与义为定名④，道与德为虚位⑤。故道有君子小人⑥，而德有凶有吉⑦。

老子之小仁义⑧，非毁之也，其见者小也。坐井而观天⑨，曰"天小"者，非天小也，彼以煦煦⑩为仁，孑孑⑪为义，其小之也则宜。其所谓道，道其所道⑫，非吾所谓道也；其所谓德，德其所德，非吾所谓德也。凡吾所谓道德云者，合仁与义言之也，天下之公言也；老子之所谓道德云者，去仁与义⑬言之也，一人之私言也。

周道衰⑭，孔子没⑮，火于秦⑯，黄、老于汉⑰，佛于晋、魏、梁、隋之间⑱。其言道德仁义者，不入于杨，则入于墨⑲，不入于老，则入于佛⑳。入于彼，必出于此。入者主之，出者奴之，入者附之，出者污㉑之。噫！后之人其欲闻仁义道德之说，孰从而听之？老者曰："孔子吾师之弟子也㉒。"佛者曰："孔子吾师之弟子也㉓。"为孔子者，习闻其说，乐其诞而自小也㉔，亦曰："吾师亦尝云尔㉕。"不惟举之于其口，而又笔之于其书。噫！后之人虽闻仁义道德之说，其孰从而求之？

甚矣！人之好怪也！不求其端，不讯其末㉖，惟怪之欲闻。古之为民者四，今之为民者六㉗；古之教者处其一，今之教者处其三㉘。农之家一，而食粟之家六，工之家一，而用器之家六，贾之家一，而资焉之家六；奈之何民不穷且盗也㉙！

古之时，人之害多矣。有圣人㉚者立，然后教之以相生养之道㉛，为之君，为之师，驱其虫蛇禽兽，而处之中土㉜；寒然后为之衣，饥然后为之食；木处而颠，土处而病也㉝，然后为之宫室；为之工以赡其器用㉞，为之贾以通其有无，为之医药以济其夭死，为之葬埋祭祀以长其恩爱，为之礼以次其先后，为之乐以宣其湮郁㉟，为之政以率其怠倦㊱，为之刑以锄其强梗；

相欺也，为之符玺、斗、斛、权衡㉞以信之，相夺也，为之城郭甲兵以守之；害至而为之备，患生而为之防。今其言曰："圣人不死，大盗不止；剖斗折衡，而民不争㊳。"呜呼！其亦不思而已矣！如古之无圣人，人之类灭久矣。何也？无羽毛鳞介以居寒热也，无爪牙以争食也。

是故君者，出令者也；臣者，行君之令而致之民者也，民者，出粟米麻丝、作器皿、通货财，以事其上者也。君不出令，则失其所以为君；臣不行君之令而致之民，民不出粟米麻丝、作器皿、通货财以事其上，则诛㊵。今其法曰："必弃而君臣㊶，去而父子，禁而相生养之道㊷。"以求其所谓"清净""寂灭"㊸者。呜呼！其亦幸而出于三代之后，不见黜于禹、汤、文、武、周公、孔子也；其亦不幸而不出于三代㊹之前，不见正于禹、汤、文、武、周公、孔子也。

帝之与王㊺，其号名殊，其所以为圣一也。夏葛而冬裘，渴饮而饥食，其事虽殊，其所以为智一也。今其言曰："曷不为太古之无事㊻！"是亦责冬之裘者曰："曷不为葛之之易也！"责饥之食者曰："曷不为饮之之易也！"

传曰："古之欲明明德于天下者，先治其国；欲治其国者，先齐其家；欲齐其家者，先修其身；欲修其身者，先正其心；欲正其心者，先诚其意。"然则古之所谓正心而诚意者，将以有为㊼也。今也欲治其心，而外天下国家㊽，灭其天常㊾，子焉而不父其父，臣焉而不君其君，民焉而不事其事。孔子之作《春秋》也，诸侯用夷礼则夷之；进于中国则中国之㊿。《经》曰："夷狄之有君，不如诸夏之亡㉑。"《诗》曰："戎狄是膺，荆舒是惩㉒。"今也举夷狄之法，而加之先王之教之上，几何其不胥而为夷㉓也！

夫所谓先王之教者，何也？博爱之谓仁，行而宜之之谓义，由是而之焉之谓道，足乎己无待于外之谓德。其文：《诗》《书》《易》《春秋》；其法：礼、乐、刑、兵；其民：士、农、工、贾；其位：君臣、父子、师友、宾主、昆弟、夫妇；其服：麻、丝；其居：宫、室；其食：粟米、果蔬、鱼肉；其为道易明，而其为教易行也。是故以之为己㉔，则顺而祥；以之为人，则爱而公㉕；以之为心，则和而平；以之为天下国家，无所处而不当㉖。是故生则得其情㉗，死则尽其常㉘；郊焉而天神假㉙，庙焉而人鬼飨㉚。曰："斯道也，何道也？"曰："斯吾所谓道也，非向所谓老与佛之道也。尧以是传之舜，舜以是传之禹，禹以是传之汤，汤以是传之文、武、周公，文、武、周公传之孔子，孔子传之孟轲;轲之死,不得其传焉。荀与扬也,择焉而不精[61],语焉而不详[62]。由周公而上,上而为君,故其事行;由周公而下,下而为臣,故其说长。”

然则如之何而可也?曰:“不塞不流,不止不行[63]。人其人[64],火其书[65],庐其居[66],明先王之道以道之,鳏寡孤独废疾[67]者有养也。其亦庶乎其可也。”

此文是韩愈排斥佛、老的代表作。它提出道是包涵仁义为内容的道,也就是自古相传的“修、齐、治、平”,即儒家自以为合乎当时社会现实的道,举起“道统”的旗帜来攻击逃避现实、脱离现实的老氏和佛氏的道。

【注释】

①原道:即探求道的本原。

②博爱之谓仁,行而宜之之谓义:博,大。博爱,无所不爱,就是韩愈自己所说的“一视同仁”。行,行动,去做实际工作,实践。宜,适宜,合乎空间和时间的现实需要。行而宜之,是爱有差等,就是韩愈自己所说的“笃(厚)近而举远”。遇到急难,应该为国家牺牲,不惜任何代价来完成任务,如“舍生取义”或者“大义灭亲”等,看当时的环境条件做出最适当的行动。

③由是而之焉之谓道,足乎己无待于外之谓德:由,从。是,指仁义。之,往。焉,语词。道,指应当遵循的理,人人应走的道路。意思是从“仁义”出发向前走去,这条路就是道。足乎己,自己心中很满足很愉快,是行仁义的结果,自然心安理得,不需要外来的帮助和安慰,所以说“无待于外”。

④仁与义为定名:名,事物的名称。定,固定,一定。循名而得其实,名实相符,不可移易。仁和义具有一定的实际内容,所以说是定名。

⑤道与德为虚位:虚位,空位。道德是需要实际的内容去充实它,所以说是虚位。换言之,仁义和道德是具体和抽象的分别。

⑥故道有君子小人:君子之道,就是上文所说的含有仁义内容的道。小人之道,是没有仁义做内容的道。

⑦而德有凶有吉:凶德,恶德。吉德,美德。

⑧老子之小仁义:老子说:“大道废,有仁义。”又说:“失道而后德,失德而后仁,失仁而后义,失义而后礼。”把道德和仁义分开,而仁义放在道德之下,所以韩愈说是将仁义的内容缩小了。

⑨坐井而观天:譬喻所见不广。

原　道

⑩煦煦：和蔼的样子，这里却是指所爱不广博。
⑪孑孑：形容孤立，略如说脱离群众，脱离现实。
⑫道其所道：老子书分上下篇，上篇称道经，下篇称德经。道其所道，上"道"字作动词用，道，讲说。
⑬去仁与义：老子书有"绝仁与义，民复孝慈"的话。
⑭周道衰：指周平王东迁以后，政令不能统一全国。
⑮孔子没：孔子死后，诸子百家争鸣，儒家内部也分成八派之多（见韩非子显学篇），这句是说明求道的不容易，就是下文"后之人欲闻仁义道德之说，孰从而听（求）之"的意思。
⑯火于秦：秦始皇（嬴政）三十四年，下令烧毁秦国以外的别国历史书籍。不是博士掌管的民间所藏的诗、书、百家语，一律烧毁。
⑰黄、老于汉：黄，指以武力统一中国（战胜炎帝和蚩尤）的黄帝。庄子《在宥》篇说："黄帝问道于广成子"；《大宗师》篇说："黄帝得之（道）以登云天。"因此，把黄帝归入道家，是起于战国时候。汉初，曹参做齐国的宰相，奉行盖公"治道贵清净而民自定"的学说说齐国，后来他做汉朝的宰相，仍旧一贯地施行这种政策，巩固汉王朝的政权。
⑱佛于晋、魏、梁、隋之间：晋，司马氏王朝。东晋初年的僧人，兼通儒书和老、庄之学，是便于使当时的士大夫来皈依佛教。魏，拓跋氏王朝。现在大同和龙门石窟的佛像，最大的长七十尺，小者不计其数，都是当时因崇信佛教而遗留下来的。梁，萧氏王朝。梁武帝萧衍最信佛。隋，杨氏王朝。隋文帝杨坚时候，民间的佛经，多于六经数十百倍。以上几句的"火""黄老""佛"等字都作动词用。
⑲不入于杨，则入于墨：杨，杨朱。墨，墨翟。这两句是指战国时代，人们不是相信杨朱的学说就是相信墨翟的学说。
⑳不入于老，则入于佛：这两句所说的情况是指汉以后直至唐代。
㉑入者主之四句：主、奴、附、污四个押韵字，都是动词。主是奉之作主人。奴是作奴仆看待。附，附和。污，污染，污蔑。这四句是说各家都自夸为是，而肆行诋毁他人。谁是谁非，使听众无从辨别。
㉒老者曰，孔子吾师之弟子也：老者，尊崇老子学说的人。庄子书不止一次说孔子曾向孝聃问道。
㉓佛者曰，孔子吾师之弟子也：佛者，佛教徒。唐代僧人法琳说，佛遣大弟子来中国教法：其中儒童菩萨就是孔子，光净菩萨就是颜回。
㉔为孔子者习闻其说，乐其诞而自小也：为，学习。为孔子者，尊信孔子学说的人。习闻其说，惯常听到了佛、老两家的这种言论。乐，欢喜，赞同。诞，怪诞，虚妄。自

小,自卑,贬低自己。
㉕吾师亦尝云尔:吾师,儒者指孔子。这句说,儒者以为,孔子确曾说过这样话,承认他自己向老子问过礼,并且把老子的话引来教他的弟子曾参。
㉖不求其端,不讯其末:求端讯末,是追问始末,探索全面的意思。
㉗古之为民者四,今之为民者六:四民:士、农、工、贾(gǔ 商)。六民,指增加僧、道两家。
㉘古之教者处其一,今之教者处其三:古之教者,就是下文所说的"先王之教",实指儒教。今之教者,是佛教、道教和"先王之教"并立。
㉙农之家一……而资焉之家六,奈之何民不穷且盗也七句:资焉,依靠以为生活的意思。这几句话是说生产者仅一家,消费者有六家之多,弄得劳动人民无衣无食,迫不得已去做"盗贼"。这是韩愈深恶佛、老之徒过着剥削生活,还要宣传教义,来破坏"先王之道"的愤慨之词。
㉚圣人:指通达事理的人。
㉛相生养之道:相互合作,维持生存和生活的方式和规律。
㉜中土:土质深厚,适于耕植的中原地带。
㉝木处而颠,土处而病也:处(chǔ),居。木处,相传洪水时代,人民在树上架巢而居。颠,颠仆。土处,就是穴居野处。这两句说木处有倾覆的危险,土处又因太不合乎卫生容易生病。
㉞赡其器用:赡,给足、充分供应的意思。
㉟为之乐以宣其湮郁:乐,音乐。宣,宣泄,发抒。湮郁和抑郁相同,情志抑塞不舒。
㊱怠惰:怠惰,不勤奋。
㊲符玺斗斛权衡:符,古代遣使、调兵等所用凭证。玺,玉制的印信,古时通用,到秦时成为皇帝专用印信的名称。十升为斗,十斗为斛;从赵宋以后,五斗为斛。权,秤锤。衡,秤杆。
㊳圣人不死四句:见《庄子·胠箧》篇。庄子的意思是说大盗不但窃国而已,同时盗窃圣智之法来维持他的统治地位,是不满当时现实的愤激之词。
㊴则诛:诛,作责罚解,是承上文臣民而言,责以"应得之罪"的意思。
㊵弃而君臣:而,作"汝""你"解,下两句亦同。僧人见皇帝不拜,不行世俗上臣见君的礼节。
㊶去而父子,禁而相生相养之道:是说僧人弃世出家,断绝亲属和社会关系,不娶妻、不生子、不生产、不劳动等等。
㊷清净寂灭:佛家以离一切恶行烦恼为清净。寂灭是梵文"涅槃"的义译,据说修行到这个地步,其体"寂静",离一切"相",所以说是寂灭。

㊸三代:夏、殷、周。

㊹帝之与王:帝,五帝。司马迁说:黄帝、颛顼、帝喾、尧、舜为五帝。王,三王:夏禹、殷汤、周文王。

㊺曷不为太古之无事:曷,何,为什么。老子主张"无为自化,清静自正"。老子书中说:"为无为、事无事";"使民结绳而用之,甘其食,美其服……老死不相往来"。这都是要返回太古原始时代的主张。

㊻传曰,古之欲明明德于天下者……:这里"传曰"以下所称引的一段话见《礼记·大学》篇。郑玄说:"明明德,显明其至德。"

㊼有为:有作为。指修身、齐家、治国、平天下。

㊽而外天下国家:外,推而远之、遗弃的意思。

㊾天常:就是所谓"天论",如君臣、父子、师友、宾主、昆弟、夫妇等,也就是封建社会人类关系种种结合的总称。

㊿诸侯用夷礼则夷之,进于中国则中国之:这里"中国",指当时中原地区汉族国家。"中国"的诸侯,如果采用夷(夷原是古代汉族对东方的少数民族的专称,此处作为当时文化程度较低的外国的通称,含有鄙视侮辱性质)礼,便把他作夷人看待。

(51)《经》曰:夷狄之有君,不如诸夏之亡:见《论语·八佾》篇。古代把北方的少数民族称作狄,这里也是作为一般外国通称。诸夏,义同于上条的中国。亡,同"无"。这两句是说,夷狄虽然也有君主,却没有所谓礼义;中国也有没有君主的时候,例如周厉王被人民放逐以后,周公、召公共同管理国政,号称共和,却仍旧是"礼义之邦"。

(52)《诗》曰:戎狄是膺,荆舒是惩:见《诗经·鲁颂·閟宫》篇。古代西方的少数民族称作戎。荆就是楚国。舒是服属于楚的小国,今安徽舒城地区。春秋时代,周朝把荆、舒当作"夷狄"看待。膺,打击。惩,惩罚。

(53)胥而为夷:胥,相引的意思。

(54)以之为己:以,用。之,指"先王之教"。为,治。己,个人自身。

(55)爱而公:就是所说的"博爱之谓仁"。

(56)无所处而不当:就是"行而宜之之谓义"。

(57)是故生则得其情:是说有"天常",人和人的关系"合乎情理"。

(58)死则尽其常:是说人人终其天年,丧葬都节之以礼。

(59)郊焉而天神假:古代祭天在南郊(城外称作郊),因此就称祭天作郊。一说:郊是和"神明""交接"的意思。假,意义和"来"字相同。

(60)庙焉而人鬼飨:庙,宗庙祭祀的意思。人鬼,指已逝世的祖宗等。飨同享,饮食。古人迷信祭祀时神鬼会"来""吃"祭品。

(61)择焉而不精:是说材料丰富而欠简择,不全是精华。

㊌语焉而不详：是说说得过于简略，还欠详细。
㊍不塞不流，不止不行：佛、老之道，不塞不止，则圣人之教不流不行。
㊎人其人：是使道士僧徒返还四民队伍之中，各就本业。
㊏火其书：凡是宣传佛、老教义的书，统统烧毁。
㊐庐其居：把所有寺观，利用为住房。
㊑鳏寡孤独废疾：老年而没有配偶的，男为鳏，女为寡。幼年失去父亲叫做孤。老年没有儿子叫做独。废疾，指因某种残废疾患而不能工作的人。

原　毁①

　　古之君子②，其责己也重以周③，其待人也轻以约④。重以周，故不怠；轻以约，故人乐为善。闻古之人有舜者，其为人也，仁义人也；求其所以为舜者，责于己曰："彼，人也，予，人也，彼能是，而我乃不能是。"早夜以思，去其不如舜者，就其如舜者。闻古之人有周公⑤者，其为人也，多才与艺人也；求其所以为周公者，责于己曰："彼，人也，予，人也，彼能是，而我乃不能是⑥。"早夜以思，去其不如周公者，就其如周公者。舜，大圣人也，后世无及焉；周公，大圣人也，后世无及焉。是人也，乃曰："不如舜，不如周公，吾之病也。"是不亦责于身者重以周乎！其于人也，曰："彼人也，能有是，是足为良人⑦矣。能善是，是足为艺人⑧矣。"取其一不责其二，即其新，不究其旧，恐恐然⑨惟惧其人之不得为善之利。一善易修也，一艺易能也，其于人也，乃曰："能有是，是亦足矣。"曰："能善是，是亦足矣。"不亦待于人者轻以约乎！

　　今之君子则不然：其责人也详⑩，其待己也廉⑪。详，故人难于为善；廉，故自取也少。己未有善，曰："我善是，是亦足矣。"己未有能，曰："我能是，是亦足矣。"外以欺于人，内以欺于心，未少有得而止矣。不亦待其身者已廉乎！其于人也，曰："彼虽能是，其人不足称也。彼虽善是，其用不足称也。"举其一不计其十，究其旧不图其新⑫，恐恐然惟惧其人之有闻也。是不亦责于人者已详乎！夫是之谓不以众人待其身，而以圣人望于人⑬，吾未见其尊己也。

　　虽然，为是者，有本有原：怠与忌之谓也。怠者不能修，而忌者畏人修。吾常试之矣，尝试语于众曰："某良士，某良士。"其应者，必其人之与也⑭；不然，则其所疏远不与同其利者也；不然，则其畏也。不若是，强者必怒于言⑮，懦者必怒于色矣。又尝语于众曰："某非良士，某非良士。"其不应者,必其人之与也;不然,则其所疏远不与同其利者也;不然,则其畏也。不若是,强者必说于言⑯,懦者必说于色矣。是故事修而谤兴,德高而毁来。

呜呼!士之处此世,而望名誉之光、道德之行,难已!将有作于上者⑰,得吾说而存之,其国家可几而理⑱欤!

此文以古之士大夫和当时的士大夫作对比,韩愈理想中的"古之君子"对自己要求很严格,对别人则宽大不苛,"今之君子"恰恰相反,对自己极宽恕,而对别人则百般挑剔非难,指出他们一定要打击别人的原因是"怠"和"忌"两个字。随即举出亲见亲闻的两个例子作为证明,最后则呼吁大人先生们来改变这种坏风气。

文中善用排比句,一层紧一层,排句中每更易几个字,文意便有不同,于此可见作者对文章组织的能力。

【注释】

① 原毁:推源当时士大夫阶级所以要谤毁别人的缘故。
② 古之君子:君子,指士大夫阶级。
③ 重以周:严重而周密、全面的意思。
④ 轻以约:轻松而简单。
⑤ 周公:周公是多才多艺的人,所以把他作"为臣"的代表。
⑥ 彼人也,予人也,彼能是,而我乃不能是:予,同余,作我字解释。是,如此、这样。以上四句是根据孟子滕文公篇"颜渊曰:舜何人也?予何人也?有为者亦若是"的话,加以阐述而成的。
⑦ 良人:善良的人。
⑧ 艺人:有才艺的人。
⑨ 恐恐然:忧惧、谨慎的样子。
⑩ 其责人也详:责备别人非常苛细。
⑪ 其待己也廉:廉,少。待己廉,对自己的要求很少,不严格。
⑫ 究其旧不图其新:专门追究别人旧的过差,而不想赞许别人新的成就和进步方面。
⑬ 而以圣人望于人:用圣人的标准来要求别人。
⑭ 必其人之与也:必是那人的党羽、朋友等人。

⑮怒于言：用言语来表示愤怒的情状。
⑯说于言：说，同"悦"。喜见于言。
⑰有作于上者：居上位而有作为的人。
⑱几而理：几，近，读平声。

原 人

形①于上者谓之天,形于下者谓之地,命②于其两间③者谓之人。

形于上,日月星辰皆天也;形于下,草木山川皆地也;命于其两间,夷狄禽兽皆人也。

曰:"然则吾谓禽兽人可乎?"曰:"非也。指山川而问焉,曰:山乎?曰山,可也。山有草木禽兽,皆举之矣。指山之一草而问焉,曰:山乎?曰山,则不可。"故天道④乱,而日月星辰不得其行;地道乱,而草木山川不得其平;人道乱,而夷狄禽兽不得其情。

天者,日月星辰之主也;地者,草木山川之主也;人者,夷狄禽兽之主也。主而暴⑤之,不得其为主之道矣。是故圣人一视而同仁,笃近而举远。

作者在文中提出了天道、地道、人道的观念,强调了人的主体地位,从孟子"仁政"思想出发,提出了万物同体之说,主张对人以及世间万物一视同仁,"笃近举远"。

全文言简意赅,有很强的概括性。

【注释】
①形:动词,成形,具象。
②命:生存。
③两间:指天地之间。
④道:规律、秩序。
⑤暴:强暴,凌虐。

原 鬼

　　有啸于梁①,从而烛②之,无见也,斯鬼乎?曰:非也,鬼无声。有立于堂,从而视之,无见也,斯鬼乎?曰:非也,鬼无形。有触吾躬③,从而执之,无得也,斯鬼乎?曰:非也,鬼无声与形,安有气?曰:鬼无声也,无形也,无气也。

　　果无鬼乎?曰:有形而无声者,物有之矣,土石是也;有声而无形者,物有之矣,风霆是也;有声与形者,物有之矣,人兽是也;无声与形者,物有之矣,鬼神是也。

　　曰:然则有怪而与民物接者何也?曰:是有二,有鬼有物。漠然无形与声者,鬼之常④也。民有忤于天⑤,有违于民,有爽⑥于物,逆于伦⑦,而感于气,于是乎鬼有形于形⑧,有凭于声⑨以应之,而下殃祸焉,皆民之为之也。其既也,又反乎其常。曰:何谓物?曰:成于形与声者,土石风霆人兽是也;反乎无声与形者,鬼神是也;不能有形与声,不能无形与声者,物怪是也。

　　故其作而接于民也无恒⑩,故有动于民而为祸,亦有动于民而为福,亦有动于民而莫之为祸福,适丁民之有是时也⑪,作原鬼。

　　韩愈五十二岁作《论佛骨表》一文,无神论思想十分明确,而本文则通过描摹鬼的各种特征,肯定了鬼神的存在,并得出鬼神能福祸于人的结论。从这个意义上说,其思想上的糟粕大于精华。

　　本文在艺术上有以下明显的特色:其一,以设问手法贯穿始终,使文章条理分明,重点突出;其二,论述上纵横曲折,愈转愈深;其三,手法上排比反复,意态灵动;其四,语句短促,斩截有力。

【注释】

①梁:房梁。

②烛:以灯光烛照。

③躬:身体。

④常:常态。

⑤忤于天:得罪上天。

⑥爽:违背。

⑦逆于伦:违反伦常。

⑧形于形:借助于具体形象。

⑨凭于声:借助于声音。

⑩无恒:不经常。

⑪适丁民之有是时也:正值百姓遇到了这方面的困惑。指百姓被佛教学说所迷惑。

杂　说①（四首之一）

龙嘘气②成云，云固弗灵于龙也。然龙乘是气，茫洋穷乎玄间③，薄日月④，伏光景⑤，感震电，神变化⑥，水下土⑦，汩陵谷⑧，云⑨亦灵怪矣哉！

云，龙之所能使为灵也，若龙之灵，则非云之所能使为灵也。然龙弗得云，无以神其灵矣，失其所凭依⑩，信不可欤！⑪异哉！其所凭依，乃其所自为也。

易曰："云从龙。"⑫既曰："龙，云从之矣。"

这篇文章是以云龙相须作譬喻，说龙得云则灵怪不测，变化无穷，以见云龙相须之迫切。而云则是龙"嘘气"所成的，如果龙自己不去作为，云也无从有了，归根结底要自己去努力。至于此文的寓意，有的说譬喻"君臣"的"遇合"，有的说譬喻朋友的互相应求。

【注释】

① 杂说：说是议论文的一体。不拘一题，不限于某一系统题材，心有所感，便抒发一些意见，把它写下来，因此叫做"杂说"。
② 嘘气：吹气。
③ 茫洋穷乎玄间：茫洋，深远广大的意思。穷，极尽，到达。玄，幽远。古语：天玄而地黄。穷玄间，是说到了宇宙间至幽至远的空间。
④ 薄日月：迫近日月，极言高远。
⑤ 伏光景：光景二字同义。一说：景同影。伏光景，是说日月的光被云遮住了。
⑥ 神变化：神是妙远不测，这里是动词，使其变化如神而难测的意思。
⑦ 水下土：水，作动词用。说云化为雨，润泽大地上的万物。
⑧ 汩陵谷：汩，水流。陵，高大的土山。谷，山中之水流出去和外面的大川相通叫做谷。

⑨云,龙之所能使为云也:说云虽然"灵怪",其"原动力"则出于龙。
⑩凭依:凭,凭藉。依,依托。
⑪信不可欤:信,实在。
⑫易曰:"云从龙。":语见《周易·乾·文言》。意为云随龙而起。

杂 说（四首之二）

　　善医①者，不视人之瘠肥，察其脉之病否②而已矣；善计天下者③，不视天下之安危，察其纪纲④之理乱而已矣。天下者，人也；安危者，肥瘠也；纪纲者，脉也。脉不病，虽瘠不害；脉病而肥者，死矣。通⑤于此说者，其知所以为天下乎！

　　夏、殷、周之衰也，诸侯作⑥而战伐日行矣。传数十王而天下不倾者，纪纲存焉耳。秦之王⑦天下也，无分势于诸侯，聚兵而焚之⑧；传二世而天下倾者，纪纲亡焉耳。是故四支⑨虽无故，不足恃也，脉而已矣；四海虽无事，不足矜⑩也，纪纲而已矣。忧其所可恃，惧其所可矜，善医善计者，谓之天扶与之。《易》曰："视履考祥。"⑪善医善计者为之。

　　本篇以技术高超的医生给人看病来比喻高明的执政者治理国家，以人体来比喻国家，形象而又具体地阐述了作为国家命脉的"纪纲"，即儒家所提倡的"君君、臣臣、父父、子子"等封建伦理道德对于维系国家生命的重要性。

【注释】
①医：治疗。善医人者，医术高超之人。
②病否：病或不病。
③善计天下者：意即"善为天下计者"，计，谋划，运筹。
④纪纲：法度。《尚书·五子之歌》曰："今失厥道，乱其纪纲，乃底灭亡。"
⑤通：通晓，明白。此句意为，明白这个道理的人，就了解如何治理天下了。
⑥作：兴起。此句意为，当夏、商、周三代处于其衰败期的时候，诸侯纷纷出现而互相攻战不止。
⑦王：音 wàng，动词，统治之意。
⑧聚兵而焚之：兵，兵器。此句意为，秦国统治天下之时，没有形成诸侯割据之势，将

兵器收缴而焚毁。《史记·秦始皇本纪》：“廷尉李斯议曰：'周文、武所封子弟同姓甚众，然后属疏远，相攻击如仇雠，周天子弗能禁止。……置诸侯不便。'始皇曰：'……廷尉议是。'”"收天下之兵，聚之咸阳，销以为钟鐻，金人十二，重各千石，置廷宫中。”

⑨支：同"肢"。

⑩矜：自我夸耀。

⑪"视履考祥"：《易·履》上九："视履考祥，其旋元吉。"意为福祸取决于实践结果，如果实践圆满，自然吉利。

杂　说（四首之四）

　　世有伯乐①，然后有千里马。千里马常有，而伯乐不常有，故虽有名马，只辱于奴隶人之手②，骈死于槽枥之间③，不以千里称也。

　　马之千里者，一食或尽粟一石④，食马者，不知其能千里而食也⑤。是马也，虽有千里之能，食不饱，力不足，才美不外见，且欲与常马等不可得，安求其能千里也！

　　策之不以其道⑥，食之不能尽其材⑦，鸣之而不能通其意⑧，执策而临之曰："天下无马。"呜呼！其真无马邪？其真不知马也！

　　本篇应作于唐德宗贞元十一年。是年，二十八岁的韩愈怀负才学，三上书于时相，却被置之不理。故作此篇以抒遣忧愤不平之气。
　　作品明显以取譬而言当世事：伯乐指真能识拔人才的达官显贵；千里马则指怀抱利器的人才。文章以千里马不遇伯乐的命运来况喻真正的人才遇不到识才者而被等同于平庸之辈、沉于下僚的社会现实，大有卞和献璧却遭刖足惨剧的感慨。

【注释】

① 伯乐：春秋时期秦国人，姓孙名阳，字伯乐，善于驭马、相马。
② 只辱于奴隶人之手：辱，指不给予应得的待遇。奴隶，指替主人牧养或驾驭马匹的人。
③ 骈死于槽枥之间：骈死，一同死去。槽枥，马匹吃料、睡眠的地方。
④ 一食或尽粟一石：极言千里马食量之大。
⑤ 食：音 sì，同"饲"，即喂养。
⑥ 策：马鞭之类用具，这里作用动词，为鞭策、驾驭之意。
⑦ 食之不能尽其材：不能按马能有的食量来喂养。
⑧ 鸣之而不能通其意：千里马虽然哀鸣，但驭马饲马者却不能理解马的要求。

师　说

　　古之学者必有师,师者所以传道授业解惑①也。人非生而知之②者,孰能无惑?惑而不从师,其为惑也,终不解矣。生乎吾前,其闻道也,固先乎吾,吾从而师之;生乎吾后,其闻道也,亦先乎吾,吾从而师之。吾师道也③,夫庸知④其年之先后生于吾乎!是故无贵无贱,无长无少,道之所存,师之所存也。
　　嗟乎!师道⑤之不传也久矣,欲人之无惑也难矣。古之圣人,其出人也远矣⑥,犹且从师而问焉。今之众人,其下圣人也亦远矣,而耻学于师。是故圣益圣,愚益愚,圣人之所以为圣,愚人之所以为愚,其皆出于此乎!
　　爱其子,择师而教之,于其身也,则耻师焉,惑矣⑦!彼童子之师,授之书而习其句读⑧者,非吾所谓传其道解其惑者也。句读之不知,惑之不解,或师焉,或不焉⑨,小学而大遗⑩,吾未见其明也。
　　巫医乐师百工之人,不耻相师⑪。士大夫之族⑫,曰师曰弟子云者,则群聚而笑之。问之,则曰:"彼与彼年相若⑬也,道相似也,位卑则足羞,官盛⑭则近谀。"呜呼!师道之不复可知矣。巫医乐师百工之人,君子不齿⑮,今其智乃反不能及,其可怪也欤!
　　圣人无常师⑯:孔子师郯子、苌弘、师襄、老聃;⑰郯子之徒,其贤不及孔子。孔子曰:"三人行则必有我师⑱。"是故弟子不必不如师,师不必贤于弟子,闻道有先后,术业有专攻,如是而已。
　　李氏子蟠⑲,年十七,好古文,六艺经传⑳,皆通习之,不拘于时,学于余。余嘉其能行古道,作"师说"以贻㉑之。

　　此文名为为李蟠而作,其实是借此来抨击当时所谓世禄之家(士大夫之族)。他们自恃门第高,可以不靠科举进入仕途,因此便看不起人,既不肯奖励后进,也不推崇前辈,他们自以为是最"高贵"的人,是"学道"的人,

师 说

看不起艺人,其实是不学无术,却自高自大,不肯从师学习。

李蟠是贞元十九年进士,此文约作于十九年前几年,韩愈时年约三十五岁。

【注释】

① 传道授业解惑:韩愈自己对道的解释是:涵有"仁"和"义"的内容,不是空洞抽象、不切实用的东西。实际这种道是封建的道德伦理,是为当时统治阶级服务、来压迫和剥削人民的道,不是人民自己的道,是有阶级性的。此文篇末,有"六艺经传"的话,所以传道是指传六艺之道,授业是授六艺之业,解惑是解六艺之惑。例如六艺中所说的如何"事父事君"、如何"治民"的"微言大义",就是韩愈所谓道;从师学诗学礼,诗和礼就是业;对某些问题发生疑问,请老师来解答,就是解惑。

② 生而知之:形容"天才卓越","无师自通"。

③ 吾师道也:我所要师从学习的是"道"。这里师是动词。

④ 夫庸知:夫,语词。庸,岂、何。夫庸知,还哪里计较。

⑤ 师道:和上文"师道"不同,名词。

⑥ 古之圣人,其出人也远矣:圣人的解释很多,此文以圣人和众人对文,是指所谓智力和道德高出一般人的人。出,超过。远,相差太多,距离很大。

⑦ 惑矣:这里惑字作迷惑方向解。

⑧ 句读:句,语意已经足够。语意还未足而在语气上需要略为停顿一下,叫做读。读,也可写作同音的逗;但古书也有把读字读作入声或平声(如"投")的。

⑨ 或不焉:这里不字同否字。

⑩ 小学而大遗:小学,指上文所说的"习其句读",是微小的事。遗,遗忘、亡失。传道解惑是大事,却把它忘掉了,所以说大遗。

⑪ 巫医乐师百工之人,不耻相师:巫是古代祭神时能歌舞以"娱神"并能代主人"祝福"的人,同时也号称能为人"治病"。此文的巫、医,是分指两种职业。乐师,精通音乐的人,乐官。百工,说工技种类之多。以上都是有专门技艺的人,一定要向老师去学习,师傅弟子世世传授,不断继承钻研和发明创造,才能专精,所以他们"不耻相师"。

⑫ 士大夫之族:士和大夫都是古代官名,士大夫之族,就是所谓"世禄之家"。是世代相承的官僚地主。唐代所讲的"族望",如闻喜裴氏、兰陵萧氏、京兆杜氏、博陵崔氏等等,就都是其中特别"著名"的。

⑬ 相若:若,似。相若,相似,差不多。

⑭官盛：官盛，原是说大臣有许多属官的意思，此作"官大"解。
⑮君子不齿：齿，等列。不齿，不和"百工之人"等等齐，不同他们讲钧礼。
⑯圣人无常师：常师，专门跟某一人学习。无常师，随时随地不断向人们学习。
⑰郯(tán)子、苌弘、师襄、老聃：郯，国名，在今山东郯城县。子，爵名。郯子，郯国的国君，己姓，名字无考。他到鲁国，曾和鲁大夫叔孙婼谈少皞氏"以鸟名官"的故事，孔子时年三十八岁，听说他来，也曾向他请教。苌弘，周大夫。孔子问乐于苌弘，见家语观周篇。师襄，师，乐师。襄是名。孔子向师襄学琴，见史记《孔子世家》及《家语》《韩诗外传》《淮南子》等书。老聃，见送孟东野序注。孔子向老聃问礼的故事，见史记《孔子世家》《老子列传》及《庄子·天运》篇。
⑱三人行必有我师：这句话见《论语·述而篇》，下文还有"择其善者而从之，其不善者而改之"两句。意思是说：我和两个人在一起出行，三人之中，除我外，两人一善一恶（是比较的善恶，不是绝对的），我就从其善而以其恶为鉴而改正之。
⑲李氏子蟠：李蟠，德宗贞元十九年进士。
⑳六艺经传：六艺，指易、诗、书、礼、乐、春秋，详见送孟东野序注，也称作六经。经传，指经书的本文和另一人所作的"传"。例如春秋一经有三种传：一、左氏传，二、公羊传，三、穀梁传。
㉑贻：和"遗"通用，赠给。

读荀子①

　　始吾读孟轲书,然后知孔子之道尊,圣人之道易行,王易王②,霸易霸也③。以为孔子之徒没,尊圣人者,孟氏而已④。晚得扬雄书,益尊信孟氏⑤,因雄书而孟氏益尊,则雄者亦圣人之徒欤!

　　圣人之道,不传于世。周之衰⑥,好事者各以其说干时君⑦,纷纷藉藉相乱⑧,六经与百家之说错杂,然老师大儒犹在⑨。火于秦,黄、老于汉,其存而醇者⑩,孟轲氏而止耳,扬雄氏而止耳。及得荀氏书,于是又知有荀氏者也,考其辞时若不粹,要其归⑪与孔子异者鲜矣⑫,抑犹在轲、雄之间乎!

　　孔子删诗、书⑬,笔削春秋⑭,合于道者著之,离于道者黜去之,故诗、书、春秋无疵。余欲削荀氏之不合者⑮,附于圣人之籍,亦孔子之志欤!孟氏,醇乎醇者也。荀与扬,大醇而小疵。

　　韩愈自己说能"识古书之正伪",这篇就是辨"正伪"的作品之一。论荀子兼及孟、扬二子,因为三人都是儒家,可以一并讨论。"孟氏醇乎醇者也,荀与扬大醇而小疵",是对三人的总结性的论断,和《原道》所说的"轲之死不得其传焉,荀与扬也,择焉而不精,语焉而不详"意义相同。

【注释】

①读荀子:读过《荀子》这部书后,发表自己的评论意见,因此标题作读荀子。
②王易王:儒家所谓王,是以"德"服人(不靠武力)而把中国统一起来的意思。王易王,是说统一中国并不难。孟子所说的统一中国的措施,是行"仁政"。其细目包括轻刑、薄税、制订人民的产业,使他们足以养父母、妻子,和教以孝、悌、忠、信等封建道德。这里所指的"仁政",固然有关怀人民生活的意思,但另一方面,其目的却在于维持封建统治秩序。

③霸易霸也：霸，儒家所谓霸业，是诸侯中领导人率领诸侯做互相救灾恤难和攘（打退）夷狄、尊王室等事的意义。儒家以为霸诸侯者的功业，比王天下者的功业要差一等，既然王易王，自然霸诸侯的事业更容易做了。

④尊圣人者，孟氏而已：孟氏就是孟子。孟子说："自生民以来，未有盛（伟大的意思）于孔子者也。"（见孟子公孙丑上篇）又说："孔子，圣之时者也。……孔子之谓集大成。"（见孟子万章下篇）都是孟子推尊孔子的例证。

⑤晚得扬雄书，益尊信孟氏：晚，晚暮，后来。扬雄说："古者杨、墨塞路，孟子辞（著书立说）而辟（驳斥和开除）之，廓如（形容广大）也。后之塞路者有矣，窃自比于孟子。"（见法言吾子篇）这是扬雄尊孟子的证明。

⑥周之衰：这里是指孔子逝世以后而言。

⑦好事者各以其说干时君："好"字作"喜"字解释。好事者，喜事者，如此称呼是对这类人不满的口吻。干，求。这句是说喜事的人想以自己的学说来请用于当时的君主，希望获得施行。

⑧纷纷藉藉相乱：纷纷，多。藉藉，同狼藉，形容纷乱的样子。

⑨然老师大儒犹在：指子夏、子贡等人，例如当时子夏居西河为魏文侯师，田子方学于子贡，吴起学于曾子等等。

⑩存而醇者：存，留存。醇，不杂水的酒；这里和纯字义同，作纯、不杂解。

⑪要其归：要，"约而言之"，综括大旨的意思。归，归宿。

⑫鲜矣：鲜，少，不多。鲜矣，是说很少有了，几乎没有了。

⑬孔子删诗、书：相传古诗原有三千余篇，经孔子删定为三百零五篇。书的篇数也很多，经孔子删定，上起帝尧，下迄秦穆公共百篇。

⑭笔削春秋：春秋原是鲁国的历史书，孔子对它做过一番加工，笔是沿用旧文照录不改，削是削去原文有所改定。

⑮余欲削荀氏之不合者：不合就是指上文所说的"离于道"。韩愈没有举出具体例子，无法实指。

⑯醇乎醇：是说最为纯粹，没有一些渣滓，和"孝乎惟孝""神乎其神"等句法一样。

读墨子

　　儒讥墨以上同、兼爱、上贤、明鬼。而孔子畏大人①，居是邦，不非其大夫②，《春秋》讥专臣③，不上同哉？孔子泛爱亲仁④，以博施济众为圣⑤，不兼爱哉？孔子贤贤⑥，以四科进褒弟子⑦，疾殁世而名不称⑧，不上贤哉？孔子祭如在，讥祭如不祭者⑨，曰："我祭则受福。"⑩不明鬼哉？
　　儒、墨同是尧、舜⑪，同非桀、纣⑫，同修身正心以治天下⑬国家，奚不相悦⑭如是哉？余以为辩生于末学⑮，各务售其师之说⑯，非二师之道本然也。
　　孔子必用墨子，墨子必用孔子，不相用不足为孔、墨。

　　墨子自己很刻苦，乐于助人，即使自己粉身碎骨，也要勉力为之；三百弟子都能赴汤蹈火，死不顾惜。其立言为庶人，孔子则立言为士大夫，是对立的两派。而韩愈则在此文中肯定儒家而兼取墨家，表现了他能兼取众长持论较公平的一面。

【注释】
①畏大人：大人，指当时的诸侯和卿大夫。畏，敬畏。这句话见《论语·季氏》篇。
②居是邦不非其大夫：这句话是说，住在某一国家里，不说那个国家里大夫的坏处。
③《春秋》讥专臣：讥，讥诮，批评。专臣，专权的大臣。
④泛爱亲仁：泛，普遍；泛爱，普遍爱一般人。仁，是指众人中道德修养更高的人，和他亲近，自己得益更多。这句话见《论语·学而》篇。
⑤博施济众为圣：博施，广施恩惠。济众，救众人的患难。这句是说能够做到"博施济众"的人，才可称为圣人。语见《论语·雍也》篇。
⑥贤贤：爱好有贤德的人，上"贤"字作动词用，和"善善""恶恶"词例相同。
⑦以四科进褒弟子：四科，德行、言语、政事、文学。进褒，评比奖励。
⑧疾殁世而名不称：疾，恨，憎恶。这句说：一个人从生到死，白做一世人，没有好名

誉,是可恨的事。这句话见《论语·卫灵公》篇。

⑨孔子祭如在,讥祭如不祭者:祭如在,祭祀自己的先人,仿佛看见先人还活在世上一样,就是"事死如事生"的意思。孔子又说:吾不与祭"如不祭",说自己不能够亲自祭祀而请人代祭,虽然供上祭品一切如仪,又岂能表达我自己的敬意,那就等于不祭。见论语八佾篇。

⑩我祭则受福:意思是说:我祭祀先人,不丰不俭,合乎礼节,又能表示我的诚意,因此能得到鬼神歆享,而受福祉。

⑪儒、墨同是尧、舜:是,肯定。礼记《中庸》篇说:仲尼祖述尧舜。墨子三辨、上贤、节用、节葬诸篇,都称赞尧、舜。韩非《显学篇》也说:孔子、墨子俱道尧、舜。

⑫同非桀、纣:非,否定。论语说:"纣之不善"。孟子称道"汤放桀,武王伐纣"。墨子《非攻》《明鬼》诸篇都非难桀、纣。

⑬同修身正心以治天下:儒家修身正心之说,以《礼记》大学篇为代表。墨子有修身篇。

⑭奚不相悦:奚,何,为什么。不相悦,不对头,说话说不到一处。

⑮末学:对学问没有深切研究,未能探寻到本源,仅仅得到一些末节和表面的东西。

⑯售其师之说:把先生的学说,像货物一样卖给别人。

进学解①

　　国子先生，晨入太学，招诸生，立馆下②，诲之曰："业精于勤，荒于嬉；行成于思，毁于随③。方今圣贤相逢④，治具毕张，拔去凶邪，登崇畯良。占小善者率以录⑤，名一艺者无不庸⑥，爬罗剔抉⑦，刮垢磨光。盖有幸而获选，孰云多而不扬⑧！诸生业患不能精，无患有司之不明，行患不能成，无患有司之不公。"

　　言未既，有笑于列者曰："先生欺余哉！弟子事先生，于兹有年矣。先生口不绝吟于六艺之文⑨，手不停披于百家之编⑩，记事者必提其要⑪，纂言者必钩其玄⑫；贪多务得，细大不捐⑬。焚膏油以继晷⑭，恒兀兀以穷年⑮：先生之业，可谓勤矣。

　　"牴排异端⑯，攘斥佛老，补苴罅漏⑰，张皇幽眇⑱，寻坠绪之茫茫，独旁搜而远绍，障百川而东之⑲，回狂澜于既倒：先生之于儒，可谓有劳矣。

　　"沉浸醲郁⑳，含英咀华㉑，作为文章，其书满家。上规姚姒，浑浑无涯㉒，《周诰》《殷盘》，佶屈聱牙㉔，《春秋》谨严，《左氏》浮夸㉕，《易》奇而法㉖，《诗》正而葩㉗；下逮《庄》《骚》，太史所录，子云、相如㉘，同工异曲：先生之于文，可谓闳其中而肆其外矣。

　　"少始知学，勇于敢为；长通于方㉙，左右具宜：先生之于为人，可谓成矣。

　　"然而公不见信于人，私不见助于友，跋前踬后㉛，动辄得咎，暂为御史，遂窜南夷㉜，三年博士，冗不见治㉝。命与仇谋，取败几时㉞！冬暖而儿号寒，年丰而妻啼饥㉟，头童齿豁㊱，竟死何裨㊲！不知虑此，而反教人为？"

　　先生曰："吁！子来前！夫大木为杗㊳，细木为桷㊴，欂栌、侏儒㊵，椳、阑启、楔㊶，各得其宜，施以成室者，匠氏之工也；玉札、丹砂㊷、赤箭、青芝、牛溲、马勃㊸、败鼓之皮㊹，俱收并蓄，待用无遗者，医师之良也；登明㊺选公，杂进巧拙，纡馀为妍，卓荦为杰㊻，校短量长，惟器是适者，宰相之方也。昔者孟轲好辩㊼，孔道以明，辙环天下㊽，卒老于行；荀卿守正，大论是弘㊾，逃谗于楚，废死兰陵㊿。是二儒者，吐辞为经，举足为法，绝类离伦，优入圣域○51。其遇于世何如也？

"今先生，学虽勤而不繇其统○52，言虽多而不要其中○53，文虽奇而不济于用，行虽修而不显于众。犹且月费俸钱，岁靡廪粟○54，子不知耕，妇不知织，乘马从徒○55，安坐而食，踵常途之役役○56，窥陈编以盗窃○57。然而圣主不加诛，宰臣不见斥，兹非其幸欤！动而得谤，名亦随之○58，投间置散，乃分之宜。

"若夫商财贿之有亡○59，计班资之崇庳○60，忘己量之所称，指前人之瑕疵，是所谓诘匠氏之不以杙为楹○61，而訾药医以昌阳引年，欲进其豨苓也○62。"

"进学"的意思是使学进益，就是在"业"和"行"上求进步。"解"是对疑难的辨析。这个题目的意思是对于进学这个问题的辨析。

这篇文章是韩愈再一次做国子博士（元和七年，公元812年）以后写的（写于元和八年）。假设国子先生和学生的对话，说明进德修业的道理，并抒发自己遭贬斥不得重用的牢骚。作者认为进学就是要使"业精"，使"行成"。怎样才能做到，那就是要勤，要思。

【注释】

①进学解：此文是元和八年韩愈任国子博士时（年四十六）的作品，假托先生向生徒训话勉励，生徒提出质问，先生再来解释，所以标题作进学解。扬雄有解嘲、解难，是解答别人的嘲戏和诘难，这里"解"字，是本之扬雄的。文章全篇用韵，是属于赋体之一种。

②招诸生，立馆下：馆，指国子馆，国子监的一部分，是培养贵族子弟的学校，有国子生八十人，三品以上官和国公的子孙、从二品以上官员的曾孙才能够进去肄业。

③行成于思，毁于随：思，用心去思考、三思而后行的意思。随，不加思考，随着坏人做坏事。毛诗民劳"无纵诡随"，毛亨说："诡随，诡人之善，随人之恶者。"

④圣贤相逢:"圣",指皇帝,"贤",指执政大臣。当时宰相是李吉甫、武元衡、李绛。
⑤占小善者率以录:占,估计自己暗地里的意思。率,总计。录,登录,录用。这说凡有一点小好处的人,当局无不加以录用。
⑥无不庸:庸,义同"用"。无不任用。
⑦爬罗剔抉:爬,梳爬。罗,搜罗。剔,挑出来。这和刮垢磨光二句是说当局搜罗拣选和"培养""训练"人才的种种措施。
⑧多而不扬:多,作贤才的"贤"字解。扬,选用。
⑨口不绝吟于六艺之文:六艺即六经。口不绝吟,是细细玩味诵读的意思。
⑩手不停披于百家之编:百家,极言著书立说者之多。手不停披,是广泛阅览的意思。
⑪提其要:提出要点,主旨。
⑫纂言者必钩其玄:纂,同撰。玄,幽远。钩玄,把玄远幽深的理论或含义钩引揭发出来。
⑬细大不捐:不论重大的细微的都不丢弃。
⑭焚膏油以继晷:晷,日光。焚膏油,指点灯照夜。这句是"夜以继日"的意思。
⑮恒兀兀以穷年:兀兀,同矻矻,是"苦劳"的意思,这说总是这样力作不息。
⑯抵排异端:抵,是用角去抵触。排,排斥。异端,指不合"圣人之道"的学说,实际就是指不合儒家主张的佛、道二家理论。
⑰补苴罅漏:苴,填塞。罅,裂缝。这是说前人的学说还不够完美,替他们补充一些的意思。
⑱张皇幽眇:张皇,张大。眇同渺。把幽深杳渺的道理开张光大起来。
⑲障百川而东之:障,一本作停。就是顺着地势,顺着水性,疏导众流,使之东流入海。
⑳回狂澜于既倒:狂澜,借海潮作譬喻。回狂澜于既倒,指海潮来而复去,却要把它挽转回来,是形容力量很大的意思。
㉑沈浸醲郁:醲,味厚的美酒。郁,是用芳草合酿的酒。沈、浸,都是没入水中的意思。这句是借嗜好美酒来譬喻嗜好价值很高的古籍。
㉒含英咀华:含,含在口中。咀,细嚼。英和华同义。含、咀是以饮食作譬喻,英华是以香花作譬喻,全句的意思是细细玩味形式既美、质量又高的文章。
㉓上规姚姒,浑浑无涯:规,取范,摹拟。姚是帝舜的姓氏,这指虞书尧典、皋陶谟。姒,大禹的姓氏,这指夏书禹贡、甘誓。浑浑无涯,譬喻虞书、夏书内容的"广大深厚",像"千顷之陂"一样,看不到涯岸。
㉔《周诰》《殷盘》,佶屈聱牙:周诰,指周书内周公、召公所作的大诰、康诰、酒诰、召诰、洛诰等篇。殷盘,指商书盘庚上中下三篇。佶屈聱牙,是艰涩难读的意思。按盘庚和诸诰原是当时的普通言语,但因古今言语变化很大,所以后来便觉得难读了。

㉕《春秋》谨严，《左氏》浮夸：《春秋》原是鲁国的史记，经过孔子删定，相传他的弟子长于文学的像子夏等等都不能增减一字。这就是谨严。《左氏传》相传是左丘明所作，浮夸是谨严的对比，如左传所载晋国和秦国绝交，吕相做绝秦书一首，说秦国如何如何不好，不免夸大事实，这就是浮夸的一例。

㉖《易》奇而法：《易》是卜筮的书，它的卦词，取象于一切事物，有时说得奇奇怪怪，但它是按照"阴""阳"的彼此消长来说明道理，也有一定规律，所以说是奇而法。

㉗《诗》正而葩：毛诗现存三百零五篇。正，是说它"思无邪"，犹如说思想纯正，是儒家道学眼光的看法。葩，花，是说它文章很美丽。

㉘下逮《庄》《骚》，太史所录，子云、相如：庄，庄子，庄周所作。骚，离骚，屈原所作。太史，太史公，指司马迁。太史所录，指史记。子云是扬雄的别字。相如，司马相如。

㉙同工异曲：曲调虽然各各不同，却都很工妙，这是借音乐作譬喻。

㉚长通于方：方，礼法，礼义。这说年长时通达礼法。

㉛跋前踬后：跋前，前进有困难。踬，处处碰壁。

㉜暂为御史，遂窜南夷：事见论天旱人饥状注。窜，放逐。

㉝三年博士，冗不见治：年，一作"为"。据新旧唐书韩愈传所载，此文是第三次为博士时所作（元和七年二月至八年三月）。又说："执政览其文，以其有史才，改比部郎中（属刑部，掌管诸州及军府会计）史馆修撰"，则应以"三为"为是。如作"三年"，则该是韩第二次做博士，自元年和元年至四年，但他二年起便在东都国子分校，不在京师，时间和地点都不合。冗，闲散。冗不见治，说做这种闲散官吏，没有什么成绩可以表现。一说：上司把他看作闲散无用之人，置之不理。

㉞取败几时：取，语助词。这句说没有多久，你希望要做的事业又失败了。

㉟冬暖二句：加倍渲染生活困苦的情状。

㊱头童齿豁：头童，头发脱落。豁，张开。齿豁，齿牙残缺不全。

㊲竟死何裨：竟死，从初生到死亡。裨，补益。

㊳大木为杗：巨大木材作栋梁。杗，音 máng。

㊴细木为桷：细小木材作椽子。桷，音 cuī。

㊵榱栌侏儒：榱、栌都是支撑梁柱和屋脊的小木料。侏儒原为矮人之称。这里作短柱解。

㊶椳阓扂楔：椳，音 wēi，户枢，是门户所以转动开关枢机，即置门轴的地方，形如臼，一名门臼。阓，音 niè，门中央的短木，用以阻止门扇。扂，音 diàn，户牡，就是锁门用的木锁。楔，竖在门左右的短木，用来阻止车辆进出，免致触坏门扇。

㊷玉札丹砂，赤箭青芝：玉札一名玉屑，又名琼浆。沈钦韩说："玉札盖如北史李预服玉之法，解为薄片，服时用苦酒削为饴（麦芽糖）耳。"丹砂，朱砂。依陶弘景说，赤

箭,也是芝类植物。青芝,青色的芝草,相传生于泰山。以上四物,古人以为服食可以延年益寿。

㊸牛溲马勃:牛溲,牛尿,治水肿、腹胀、脚肿。马勃,生于湿地及腐木上,状如狗肝,治恶疮。

㊹败鼓之皮:蒙在鼓上业已破败的皮,治虫毒。

㊺登明:登,升用。明是耳目聪明没有被人蒙蔽的意思。

㊻纡馀为妍,卓荦为杰:纡馀,屈曲。妍,美好。卓荦,超然杰出的意思。

㊼孟轲好辩:孟子自己说:"予岂好辩哉?予不得已也。"认为他自己的好辩,是为了"正人心、息邪说、距(阻止)诐行(险诐不正的行为)、放(放逐)淫辞(淫佚过分的言辞)"。

㊽辙环天下:辙是车轮所辗的轨迹。辙环天下,极言其足迹所到的广阔和辽远,是夸大之词。

㊾大论是弘:高澍然说,荀子在十二篇,称"论"者有四:天论、正论、礼论、乐论。

㊿废死兰陵:荀子原为兰陵(今山东峄县东六十里)令,罢官以后,就住在兰陵讲学,不再出来。

㉛优入圣域:优,有余之意。这句说孟子和荀卿两位大儒者已进入圣人的地域,绰绰有余。

㉜不繇其统:繇,同由。不繇其统,指不曾做有系统的学术研究。

㉝不要其中:要,约束、归宿。中,儒家的"中庸之道"。

㉞月费俸钱,岁靡廪粟:韩愈做国子博士,官级是正五品上,月得俸钱四十贯文,每年得禄米二百斛。靡,同糜,费。廪,仓库。

㉟从徒:从,跟随。徒,奴仆。

㊱促促:义同局促。

㊲窥陈编以盗窃:陈编,古籍。盗窃陈编,东抄西袭,没有什么心得和发明可言。

㊳动而得谤,名亦随之:谤,谤毁。动而得谤,和上文"动辄得咎"意义差不多,一举一动、一言一行都遭到谤毁;一遭谤毁,名声也就随而显著了,就是柳宗元所说韩愈"以是得狂名"的意思。

㊴商财贿之有亡:财贿二字同义。亡,同无。

㊵计班资之崇庳:班,指官位。资,资格。崇,高。庳,同卑,低下。

㊶诘匠氏之不以杙为楹:诘,问。杙,音yì,短木、断木。楹,柱。楹大而杙小,不能相代,却偏要质问木匠为什么不以杙代楹。

㊷而訾药医以昌阳引年,欲进其豨苓也:訾,诋毁。昌阳有两说:一、就是菖蒲,据说长久服用可轻身延年;二、生于下湿之地、大根者名昌阳,不可以服食。因此苏轼说:

"不知退之以昌阳为菖蒲耶？抑谓其似是而非、不可以引年耶？"从文义上来看，上句用楹和杙对举，楹大杙小；这句当也是用昌阳和豨苓对举，昌阳可以引年，而豨苓久服损肾气、昏耳目。则韩愈自然是以昌阳为菖蒲，苏轼前说是。

守 戒

　　《诗》曰:"大邦维翰。"①《书》曰:"以蕃②王室。"诸侯之于天子,不惟守土地奉职贡而已,固将有以翰蕃之也。今人有宅于山③者,知猛兽之为害,则必高其柴④而外施陷阱以待之;宅于都者,知穿窬⑤之为盗,则必峻其垣墙而内固扃以防之。此野人鄙夫之所及,非有过人之智而后能也。今之通都大邑,介于屈强⑥之间,而不知为之备。噫,亦惑矣!

　　野人鄙夫能之,而王公大人反不能焉,岂材力为有不足欤?盖以谓不足⑦为而不为耳!天下之祸,莫大于不足为,材力不足者次之。不足为者,敌至而不知;材力不足者,先事而思,则其于祸也有间⑧矣。彼之屈强者,带甲荷戈,不知其多少;其绵地则千里与我壤地相错,无有丘陵江河洞庭孟门之关,其间又自知其不得与天下齿,朝夕举踵引颈,冀天下之有事,以乘吾之便:此其暴于猛兽穿窬也甚矣。呜呼,胡知而不为之备乎哉!

　　贲、育⑨之不戒,童子之不抗;鲁鸡⑩之不期,蜀鸡之不支。今夫鹿之于豹非不巍然大矣,然而卒为之禽⑪者;爪牙之材不同,猛怯之资殊也。曰:然则如之何而备之?曰:在得人。

　　"安史之乱"以后,唐王朝中央集权被严重削弱,而藩镇势力却在不断扩大,并时时与朝廷作对,朝廷的尊严、国家的统一都受到严重威胁。韩愈本人是王权的维护者和道统的继承者,从他的政治立场出发,他敏锐地感到了这种威胁。本文用意在于提醒当政者,必须提高警惕,防止来自藩镇威胁朝廷的不测发生。

【注释】
①"大邦维翰":《诗经·大雅·板》曰:"大邦维屏,大宗维翰。"高亨注:大邦,指大国诸侯。屏,屏障。大宗,指帝王的同姓宗族。翰,借为干(gàn 树干),栋梁之意。

②蕃:通"藩"。屏障、捍卫之意。
③宅于山:宅,动词。宅于山,在山上兴建屋舍。
④楥:音 yuán,篱笆、栅栏。
⑤窬:音 yú,跃墙而入。
⑥屈强:屈,通"倔"。屈强,强悍,这里指藩镇。
⑦足:值得。前"足"为充足;此处"以谓不足为而不为"意即认为不值得做所以不去做。为,读 wéi,文中乃戒备之意。
⑧间:音 jiàn,间隔。这里指时间尚可容与。
⑨贲、育:孟贲、夏育,皆古代勇士。
⑩鲁鸡:《庄子·庚桑楚》:"越鸡不能孵化鹄卵,鲁鸡固能矣。"言鲁鸡体大,可孵化鹄卵。蜀鸡:《尔雅·释畜》:"鸡大者,蜀。"不期:不防备。
⑪禽:同"擒"。"卒为之禽",最后被豹擒获。

圬者①王承福传

圬之为技,贱且劳者也,有业之,其色若自得者②。听其言,约而尽。问之:王其姓,承福其名,世为京兆长安③农夫。天宝之乱,发人为兵④,持弓矢十叁年,有官勋⑤,弃之来归,丧其土田,手镘衣食⑥,馀叁十年,舍于市之主人,而归其屋食之当⑦焉,视时屋食之贵贱,而上下其圬之以偿之⑧,有馀,则以与道路之废疾饿者焉。

又曰:"粟,稼而生者⑨也,若布与帛,必蚕绩而后成者也,其他所以养生之具,皆待人力而后完也,吾皆赖之。然人不可遍为,宜乎各致其能以相生⑩也。故君者,理我所以生者也⑪,而百官者,承君之化⑫者也。任有大小,惟其所能,若器皿焉⑬。食焉而怠其事,必有天殃⑭,故吾不敢一日舍镘以嬉⑮。夫镘易能,可力焉,又诚有功,取其直,虽劳无愧,吾心安焉。夫力易强而有功也,心难强而有智也⑯,用力者使于人,用心者使人⑰,亦其宜也,吾特择其易为而无愧者取焉。"嘻!吾操镘以入贵富之家有年矣,有一至者焉,又往过之,则为墟⑱矣;有再至叁至者焉,而往过之,则为墟矣。问之其邻,或曰:"噫!刑戮也。"或曰:"身既死,而其子孙不能有也。"或曰:"死而归之官⑲也。"吾以是观之,非所谓食焉怠其事,而得天殃者邪!非强心以智而不足,不择其才之称否而冒之者⑳邪!非多行可愧㉑,知其不可,而强为之者邪!将贵富难守,薄功而厚飨㉒之者邪!抑丰悴㉓有时,一去一来,而不可常者邪!吾悯焉,是故择其力之可能者行焉,乐富贵而悲贫贱,我岂异于人哉!

又曰:"功大者其所以自奉也博,妻与子皆养于我者也,吾能薄而功小,不有之可也。又吾所谓劳力者,若立吾家而力不足,则心又劳也。"一身而二任㉔焉,虽圣者不可能也。

愈始闻而惑之,又从而思之,盖贤者也,盖所谓"独善其身"者也。然吾有讥㉕焉,谓其自为也过多,其为人也过少㉖,其学杨朱㉗之道者邪?杨之道,不肯拔我一毛而利天下,而夫人以有家为劳心,不肯一动其心,以蓄其妻子㉘,其肯劳其心以为人乎哉!虽然,其贤于世之患不得之,而患失之者㉙,以济其生之欲㉚,贪邪而亡㉛道以丧其身者,其亦远矣!又其言有可以警余者,故余为之传而自鉴㉜焉。

这篇传记通过一个体力劳动者的口述来反映当时社会的一些情况并抒发意见。从"各致其能以相生"的认识出发,揭示出真正无愧的是凭双手劳动、自食其力的人,而成为对照的是"多行可愧""食焉而怠其事"的剥削统治阶级,对他们的种种丑态进行了揭露和讽刺。

此文作于唐德宗贞元十四年,时作者三十四岁,居汴州。

【注释】

① 圬者:圬,粉刷墙壁。圬者,粉刷墙壁的工人,旧时俗解"泥水匠"。
② 有业之,其色若自得者:有个做这行职业而看样子却很自我满足的人。
③ 京兆长安:长安属于京兆尹管辖,所以说京兆长安,现陕西西安市附近地区。
④ 天宝之乱二句:天宝,唐玄宗(李隆基)年号。十四年十一月,安禄山起兵叛唐。玄宗曾命荣王琬(第六皇子)为元帅,在京师招募士兵十一万讨之。
⑤ 有官勋:官,官职。勋,勋级。有战功的才授给。唐制,武散官,最高为骠骑大将军,最低为陪戎副尉。勋级最高为上柱国,最低为武骑尉。官有九品,勋有十二级。
⑥ 手镘衣食:镘,音 màn,泥水匠工人砌墙和粉刷的工具。手,当动词用。手镘衣食,拿着"镘"做工来养活自己。
⑦ 屋食之当:指房饭钱的价格。屋,指房租。食,指饭钱。当,相当,相称。
⑧ 视时屋食之贵贱,而上下其圬之以偿之:随着房饭钱之因物价涨落而有高低,来增减自己的工价。上下,犹言增减。偿之,指付房饭钱。
⑨ 稼而生者:由人种植才生长收成。
⑩ 各致其能以相生:致,至,极尽。各人尽自己的能力去劳动,相互帮助合作,以图生存。
⑪ 故君者,理我所以生者也:理,治。唐高宗名治,唐人避讳不用治,用"理"字来代替。生,生活、生存。这句承接上文三个"生"字而言,说皇帝管理人民,使人民进地"稼"和"蚕绩"等等生产活动以生活下去。
⑫ 承君之化:奉行皇帝的"教化"。封建时代,统治阶级把皇帝当作最高的领导者,这句话就是这种思想的反映。

⑬任有小大三句:所任有大小不同,能力大的做大事、小的做小事,譬如器皿,虽有大小方圆之不同,却各有各的用处。
⑭食焉而怠其事,必有天殃:"食焉"句是说勤吃饭、懒做事。天殃,天祸;一说,天字作理字解,即,照理讲,应该受到这种祸害。
⑮舍镘以嬉:丢下镘去游玩,不做工作。
⑯力易强而有功二句:强,勉强。两句是说,体力劳动的事,勉力去做,能收到功效。脑力劳动的事,很难勉强做得好,意思说愚笨的人,一时很难变成有智慧的人。
⑰用力者使于人,用心者使人:使于人,被人使用。使人,使用别人,统治人。此二句和孟子所说的"劳心者治人,劳力者治于人"意义相同。
⑱为墟:墟,空虚,荒废。为墟,指富贵家的大宅院,或已易主,或者连房子也没有了。
⑲死而归之官:本人死后因种种关系,收归官有。
⑳不择其才之称否而冒之者:不管自己才干和能力配得上配不上,一味冒进。
㉑多行可愧:尽做着对不起自己良心的事。
㉒薄功而厚飨:飨同享。功劳微薄,享受丰厚。
㉓丰悴:丰,丰满,昌盛。悴,憔悴,衰落。
㉔二任:指劳心兼劳力。
㉕有讥:讥,批评。
㉖自为也过多,其为人也过少:为,去声。自为,为自己打算。为人,帮助别人。
㉗杨朱:字子居,战国时人。主张"为我"学说,和墨子主张"兼爱"正相反对。他没有著作留下来,列子有杨朱篇,记载他和墨子的弟子相辩论。孟子、庄子、韩非子都片段地载有他的事迹和议论。
㉘蓄其妻子:养活妻子。
㉙患不得之而患失之者:患得患失,语出论语。说一般求富贵的人,当他没有得到的时候,心中所忧愁的是得不到;得到之后,又忧愁恐怕丢失保不住;总之是天天忧愁。
㉚以济其生之欲:济,成全,满足。欲,欲望。这说要满足他在生活上的欲望。
㉛亡:同无。
㉜自鉴:鉴,镜子。自鉴,像镜子样把自己照一照,有没有像他所说的毛病。

后汉三贤赞三首

王充者何①？会稽上虞②，本自元城③，爰来徙居④。师事班彪⑤，家贫无书。阅书于肆⑥，市肆是游，一见诵忆，遂通众流⑦，闭门潜思⑧，《论衡》以修⑨。为州治中，自免归欤⑩，同郡友人，谢姓夷吾⑪，上书荐之，待诏公车⑫，以病不行，年七十余。乃作《养性》⑬，一十六篇。肃宗之时，终于永元。

王符节信，安定临泾⑭。好学有志，为乡人所轻⑮，愤世著论，《潜夫》是名⑯。《述赦》之篇⑰，以赦为贼，良民之甚⑱，其旨甚明。皇甫度辽⑲，闻至乃惊，衣不及带，屣履出迎⑳，岂若雁门，问雁呼卿㉑。不仕终家，呼嗟先生！

仲长统公理，山阳高平㉒。谓高干㉓有雄志而无雄才，其后果败，以此有声㉔。俶傥㉕敢言，语默无常㉖，人以为狂生。州郡会召㉗，称疾不就，著论见情㉘。初举尚书郎㉙，后参丞相㉚军事，卒不至于荣㉛。论说古今，发愤㉜著书，《昌言》是名。友人缪袭㉝，称其文章，足继西京㉞。四十一终，何其短邪！呜呼先生！

此三人《后汉书》都有传，韩愈把三人的事迹用韵语扼要地叙述出来，读之极为谐调，和散文一样。最长的一首，也仅一百零四字，其余二首都不到一百字，寥寥数笔，便把每个人的形象生动地勾勒出来。

【注释】
①王充者何：者，这个。何，如何。这句是说，王充这个人，是何等样人呢？此是问句，用以引起下文，以便历叙他一生的经历。
②会稽上虞：会稽，郡名。上虞，县名，今浙江上虞县。
③元城：今河北大名县。

后汉三贤赞三首

④爰来徙居:爰,语词,一作"于是"解。徙,迁。王充父亲名诵,从元城迁居上虞。

⑤班彪:字叔皮,扶风人,作《汉书》,未成而殁,他的儿子班固和女儿班昭,先从继续编纂,方才成书。

⑥阅书于肆:肆,陈列货物售卖的场所。这说家贫只能在书店里读书。

⑦众流:流,流派。学派不同,犹如江河有大小方向的不同,因此称各家之书为"众流"。

⑧潜思:深思。

⑨《论衡》以修:王充自己说:"伤伪文俗书,多不实诚,故作论衡之书。"衡,平,论衡,是持平衡量诸家学说的意思。修,修改,修饰,是说不是草草成书。一说:修,作为,论衡以修,就是"作论衡"。

⑩为州治中,自免归欤:州,指扬州:东汉会稽郡属扬州刺史管辖,刺史所在地在今安徽和县。治中,官名,职务是办理一州法令、簿籍、文书等事。自免归欤,自己请求免职归家。欤,语词。"归欤"略如说"回家吧!"。二字原是成语,这里用来是为了押韵。

⑪谢姓夷吾:谢夷吾,字尧卿,会稽山阴人,官至钜鹿太守。

⑫待诏公车:汉代未央宫有公车门(长乐宫、甘泉宫都有此门)。设有公车司马,是卫尉的属官,总领天下上书和皇帝征召等事。待诏公车,是上书以后,等候公车司马传发皇帝的诏令。

⑬乃作《养性》:养性书今失传,《太平御览》六百二和《会稽典录》都作养生。

⑭王符节信,安定临泾:节信是王符的字,王符是安定临泾人。今陕西镇原县东南五十里有临泾故城。

⑮为乡人所轻:轻,瞧不起。据本传所载,符是庶子,他的母亲是妾,不是正妻,妾在当时是被人当作"贱"人的,因此同时也瞧不起她所生的儿子,这是封建时代的恶习。

⑯愤世著论,《潜夫》是名:愤世,对世事表示不满。夫,丈夫,男子的尊称。潜夫,犹言隐名氏,不愿发表自己的姓名。

⑰《述赦》之篇:在《潜夫》论第十六篇。赦,指大赦。

⑱以赦为贼,良民之甚:贼,伤害,说大赦最是伤害良民,就是原书"恶人昌(盛)而善人伤"的意思。

⑲皇甫度辽:是度辽将军皇甫规的倒装句,皇甫规也是安定人。

⑳衣不及带,屣履出迎:衣不及带,迅速穿上衣服,没有把带束好;屣履,履,不着足跟,就是拖着鞋,没有把鞋穿好。两句是形容急遽出来迎接王符,表示对他极尊重,和上文为乡人所轻句作对照。

㉑岂若雁门,问雁呼卿:据本传所载:"乡人有以货(钱财,指出钱买官)得雁门太守者,

谒规，规卧不起，既入，而问卿前在郡食雁美乎?"一个是书生，一个是太守，皇甫规对书生则屣履出迎，对太守则卧而不起，都是两两对照。卿原是男子的美称，呼他作卿，而问他在雁门食雁美不美，是故意嘲讽他。

㉒仲长统公理，山阳高平：仲，姓，名长（zhǎng）统，字公理，山阳高平人。山阳，郡名。高平，今山东金乡县。

㉓高干：袁绍外甥，投曹操，为并州刺史；后又背叛，兵败，走荆州，为上洛都尉王炎所杀。

㉔有声：有名声。

㉕俶傥：同倜（tì）傥，是不为礼法所拘的意思。

㉖语默无常：有时敢说话，有时闭口不言。

㉗州郡会召：州的长官是刺史，郡的长官是太守。会，会集，宴会。召，辟召，举他做属吏。

㉘著论见情：大意是说不愿入帝王之门，情愿优游自乐其志。见《后汉书》本传。

㉙尚书郎：属尚书令，掌管起草文书。

㉚丞相：指曹操。

㉛卒不至于荣：荣，指官荣禄厚。

㉜发愤：发泄胸中抑郁不平之气。

㉝缪袭：字熙伯，东海（今山东郯县西南）人。《三国志·魏书》有传。

㉞称其文章，足继西京：文章当依本传作"才章"。西汉都长安，长安在洛阳（东汉首都）之西，称作西京；因此往往以"西京"指称西汉时代。缪袭称仲长统的才能和文章足以上继西汉董仲舒、贾谊、刘向、扬雄诸人。

讳　辩

　　愈与李贺①书,劝贺举进士。贺举进士有名,与贺争名者毁之,曰:"贺父名晋肃,贺不举进士为是,劝之举者为非。"听者不察也,和而唱之,同然一辞。皇甫湜②曰:"若不明白,子与贺且得罪!"愈曰:"然。"

　　《律》曰:"二名不偏讳。"释之者曰:谓若言"徵"不称"在",言"在"不称"徵"是也③。《律》曰:"不讳嫌名。"释之者曰:"谓若'禹'与'雨''丘'与'蓲'之类是也。"今贺父名晋肃,贺举进士,为犯"二名律"乎?为犯"嫌名律"乎?父名晋肃,子不得举进士;若父名"仁",子不得为人乎?

　　夫讳始于何时?作法制以教天下者,非周公、孔子欤?周公作诗不讳④;孔子不偏讳二名⑤;《春秋》不讥不讳嫌名;康王钊之孙实为昭王;曾参之父名晳,曾子不讳"昔"⑥。周之时有骐期,汉之时有杜度,此其子宜如何讳?将讳其嫌,遂讳其姓乎?将不讳其嫌者乎?汉讳武帝名彻为"通",不闻又讳"车辙"之"辙"为某字也;讳吕后名雉为"野鸡",不闻又讳"治天下"之"治"为某字也。今上章及诏不闻讳"浒""势""秉""饥"也,惟宦官宫妾乃不敢言"谕"及"机",以为触犯⑦。士君子言语行事,宜何所法守也?今考之于经,质之于律,稽之以国家之典,贺举进士为可邪,为不可邪?

　　凡事⑧父母得如曾参,可以无讥矣;作人得如周公、孔子,亦可以止矣。今世之士,不务行曾参、周公、孔子之行,而讳亲之名则务胜于曾参、周公、孔子,亦见其惑也!夫周公、孔子、曾参卒不可胜;胜周公、孔子、曾参,乃比于宦者宫妾,则是宦者宫妾之孝于其亲,贤于周公、孔子、曾参者耶?

　　李贺是与韩愈同时期著名诗人,韩愈曾写信劝李贺考进士。但有人说李贺之父名晋肃,"晋""进"同音,李贺应避父讳不应参加进士考试,谁劝他考进士也是不对的。韩愈对此非常气愤,写了这篇《讳辩》,据理加以驳斥,从而向社会和时俗提出严正抗议。

本文作于元和五年(810),时韩愈任河南(治所在今洛阳)县令。

【注释】

①李贺(790—816),字长吉,河南府福昌县(今河南省宜阳县)昌谷人,中唐诗人。因其父名李晋肃之"晋"与进士之"进"同音,议者以贺避父讳不举进士为是,迫于舆论,李贺负才而不得科名,潦倒终生。
②皇甫湜:中唐古文家,韩愈之弟子。
③孔子母亲名颜徵在,故举此例。
④周公作诗不讳:周文王名昌,武王名发,周公有诗曰"在昌厥后",曰"骏发尔私",并未讳避"昌"与"发"。
⑤孔子曾说过"守不足徵","某在斯",并未讳避"徵""在"。
⑥曾子不讳"昔":曾参曾有言曰"昔者我友",未避其父名"晳"。
⑦"浒""势""秉""饥""谕""机":唐高祖名虎,太宗名世民,世祖名昞,玄宗名隆基,代宗名豫。
⑧事:动词,侍奉之意。

伯夷颂

士之特立独行,适于义①而已,不顾人之是非,皆豪杰之士,信道笃而自知明者也。一家非之,力行而不惑者,寡矣;至于一国一州非之,力行而不惑者,盖天下一人而已矣;若至于举世非之,力行而不惑者,则千百年乃一人而已耳。若伯夷②者,穷天地亘万世而不顾者也。昭乎日月不足为明,崒③乎泰山不足为高,巍乎天地不足为容也!

当殷之亡,周之兴,微子④贤也,抱祭器而去之;武王、周公⑤圣也,从天下之贤士,与天下之诸侯而往攻之:未尝闻有非之者也。彼伯夷、叔齐者,乃独以为不可。殷既灭矣,天下宗周,彼二子乃独耻食其粟,饿死而不顾。繇⑥是而言,夫岂有求而为哉?信道笃而自知明也。

今世之所谓士者:一凡人誉之,则自以为有余;一凡人沮之,则自以为不足。彼独非圣人,而自是⑦如此。夫圣人乃万世之标准也。余故曰:若伯夷者,特立独行,穷天地亘万世而不顾者也。虽然,微⑧二子,乱臣贼子接迹于后世矣。

伯夷是古代的贤者,曾与其弟叔齐一道劝阻武王伐纣。周朝建立,兄弟二人耻食周粟,双双饿死于首阳山。韩愈在这篇颂文中,对伯夷的不随世俗、特立独行的品格表示了由衷的赞叹。同时,作者以伯夷自况,通过表彰伯夷,表现自己与当时社会环境的格格不入。

【注释】
①适于义:适,适合。适于义,行而不逾于义也。
②伯夷:《史记·伯夷列传》曰:"伯夷、叔齐,孤竹君之二子也。……西伯卒,武王载木主,号为文王,东伐纣。伯夷、叔齐叩马而谏曰:'父死不葬,爰及干戈,可谓孝乎?以臣弑君,可谓仁乎?'……武王已平殷乱,天下宗周,而伯夷、叔齐耻之,义不食周

粟,隐于首阳山,采薇而食之。……遂饿死于首阳山。"

③崒:音 zú。险峻,喻山之高峻。

④微子:《史记·宋微子世家》曰:"帝纣之庶兄也。纣既立,不明,淫乱于政,微子数谏,纣不听。……遂亡。……周武王伐纣克殷,微子乃持其祭器造于军门,肉袒面缚,左牵羊,右把茅,膝行而前以告。于是武王乃释箕子,复其位如故。"

⑤武王、周公:武王,周武王,名姬发。率师伐商纣王,建立周王朝。周公,名姬旦,武王之弟。武王死后,辅佐武王之子成王为政,周公行政七年,成王长,周公返政成王,北面就群臣之位。(《史记·周本纪》)

⑥繇:音 yóu,通"由"。

⑦自是:自以为正确。

⑧微:非、无。

子产①不毁乡校颂

我思古人,伊郑之侨②,以礼相国③,人未安其教④,游于乡之校,众口嚣嚣⑤。或谓子产,毁乡校则止。曰:"何患焉,可以成美⑥。夫岂多言,亦各其志,善也吾行,不善吾避,维善维否,我于此视。川不可防,言不可弭⑦,下塞上聋⑧,邦其倾矣⑨。"既乡校不毁⑩,而郑国以理。

在周之兴,养老乞言⑪;及其已衰,谤者使监⑫:成败之迹,昭哉可观⑬。

维是子产,执政之式,维其不遇,化止一国。诚率此道⑭,相天下君,交畅旁达,施及无垠⑮。於虖!四海所以不理,有君无臣⑯,谁其嗣之,我思古人!

韩愈借子产的故事来讽刺当时的执政大臣,把子产的开放舆论和周厉王的压制舆论作一对照,用"成败之迹,昭哉可观"二语作结作证,措词"温而厉"。关于此文的作时:一说是讽刺李实,作于德宗贞元末年;一说是讽刺皇甫镈,作于宪宗元和末年;也有人说作于元和初年。似乎前说近似。

【注释】

①子产:春秋时郑国大夫,名侨。
②伊郑之侨:伊,语词。一说:"伊"字作"是"字解。
③相国:相,作动词用;相国,佐理国政的意思。
④人未安其教:教,教化,教令。安,习惯。这句说人民对他的教令还没有习惯。
⑤嚣嚣:议论多,喧哗的形容词。
⑥成美:完成好事。
⑦言不可弭:弭,止,塞。这句说舆论不可以用势力来禁止。
⑧下塞上聋:"下"指人民,"上"指执政。堵塞人民的口,不许他们说话,则执政的人,

不能听到批评,不知道自己的过失,和聋子一样。
⑨邦其倾矣:倾,倾倒,倾覆。全句说,国家就要危亡了。
⑩既乡校不毁:"既"字当"旋"字解,时间不久的意思。
⑪在周之举,养老乞言:据诗行苇篇的序说:公刘(文王姬昌的十一世祖)时,已举行养老的典礼。老指老成有德的人。乞言,请求老人说话,把他的话,当作施政的标准。
⑫谤者使监:周厉王(姬胡)暴虐无道,国人咒骂他,他派卫巫去监视,听到骂他的话,便把说话的人杀掉,弄得人民敢怒而不敢言。后来激起人民的公愤,一致起来反抗,把他放逐出去。
⑬昭哉可观:昭,明。这句说,很明白地可以看到。
⑭诚率是道:如果能遵循这种作法。
⑮交畅旁达,施及无垠:"旁"这作"溥"字解,普遍的意思。施,作"延"字解释。垠,界限。两句连接上文说,如果子产治理国家的方法得到推广的机会,那么可以顺利地无界限地到处施行。
⑯有君无臣:意思是有好的君主而没有好的臣子辅佐他。

爱直赠李君房别

左右前后皆正人也,欲其身之不正,焉可得邪?吾观李生在南阳公之侧,有所不知,知之未尝不为①之思;有所不疑,疑之未尝不为之言;勇不动于气,义不陈乎色②。南阳公之举措施为不失其宜③,天下之所窥观称道洋洋者④,抑亦左右前后有其人乎⑤!

凡在此趋公之庭,议公之事者,吾既从而游矣。言而公信之者,谋而公从之者,四方之人则既闻而知之矣。李生,南阳公之甥⑥也。人不知者将曰:"李生之托婚于贵富之家,将以充其所求而止耳⑦。"故吾乐为天下道其为人焉。今之从事于彼也,吾为南阳公爱⑧之;且未知人之举李生于彼者何辞,彼之所以待李生者何道⑨。举不失辞,待不失道,虽失之此足爱惜,而得之彼为欢忻,于李生道犹若也;举之不以吾所称,待之不以吾所期,李生之言不可出诸其口矣,吾重为天下惜之。

直,即诚实正直。李君房为贞元六年进士,徐、泗、濠三州节度使张建封(即南阳公)的女婿。本文作于贞元十五年。

本篇的中心意旨在于赞扬李君房诚实正直的品行操守,并针对有关李生的不公正议论进行辩驳,同时也委曲婉转地提示了张建封霸道骄横的一面。

文章夹叙夹议,气脉通畅,行文简洁而寄意深远。

【注释】

①为:音"wèi"。
②勇不动于气,义不陈乎色:有勇尚义而不形之于气色。
③举措施为不失其宜:做事不出分寸之意。
④洋洋者:水大而多的样子。《诗经·卫风·硕人》曰:"河水洋洋"。这里引申为众多

的样子。
⑤抑亦左右前后其人乎：抑，语气词，或许之意，"其人"指李君房。
⑥甥：古代，甥可以表示多种亲属关系如"姊妹之子""女儿之子""女儿之夫，即女婿""姑之子""舅之子""妻之兄弟""姊妹之夫"等等。这里是"女婿"的意思。
⑦将以充其所求而止耳：仅仅为满足个人需求而已。
⑧爱：爱惜。
⑨举……何辞，待……何道：推荐（李生）的理由，（南阳公）对待（李生）的方法。

张中丞传后叙①

元和②二年四月十三日夜,愈与吴郡张籍③,阅家中旧书,得李翰④所为《张巡传》。翰以文章自名,为此传颇详密,然尚恨有阙者,不为许远⑤立传,又不载雷万春事首尾⑥。

远虽材若不及巡者⑦,然开门纳巡,位本在巡上,授之柄⑧而处其下,无所疑忌,竟与巡俱守死成功名;城陷而虏,与巡死先后异耳。两家子弟材智下⑨,不能通知二父志,以为巡死而远就虏,疑畏死而辞服于贼。远诚畏死,何苦守尺寸之地,食其所爱之肉⑩,以与贼抗而不降乎?当其围守时,外无蚍蜉蚁子之援,所欲忠者,国与主耳;而贼语以国亡主灭⑪,远见救援不至,而贼来益众,必以其言为信。外无待而犹死守,人相食且尽⑫,虽愚人亦能数日而知死处矣,远之不畏死亦明矣!乌有城坏而其徒俱死,独蒙愧耻求活?虽至愚者不忍为;呜呼!而谓远之贤而为之邪?

说者又谓远与巡分城而守,城之陷自远所分始⑬。以此诟远,此又与儿童之见无异。人之将死,其脏腑⑭必有先受其病者;引绳而绝之⑮,其绝必有处。观者见其然,从而尤之⑯,其亦不达于理矣。小人之好议论,不乐成人之美⑰如是哉!如巡、远之所成就,如此卓卓,犹且不免⑱,其他则又何说!

当二公之初守也,宁能知人之卒不救,弃城而逆遁⑲?苟此不能守,虽避之他处何益?及其无救而且穷也,将其创残饿羸之余⑳,虽欲去,必不达。二公之贤,其讲之精矣㉑。守一城,捍天下㉒,以千百就尽之卒㉓,战百万日滋之师,蔽遮江淮,沮遏其势㉔,天下之不亡,其谁之功也!当是时,弃城而图存者,不可一二数㉕;擅强兵坐而观者㉖相环也:不追议此,而责二公以死守,亦见其自比于逆乱㉗,设淫辞而助之攻也㉘。

愈尝从事于汴、徐二府㉙,屡道于两府间,亲祭于其所谓双庙者㉚;其老人往往说巡、远时事,云:南霁云㉛之乞救于贺兰㉜也,贺兰嫉巡、远之声威功绩出己上,不肯出师救。爱霁云之勇且壮,不听其语,强留之,具食与乐③,延霁云坐。霁云慷慨语曰:"云来时,睢阳之人不食月余日矣!云虽欲独食,义不忍;虽食,且不下咽。"因拔所佩刀,断一指,血淋漓,以示贺兰。一座大惊,皆感激为云泣下。云知贺兰终无为云出师意,即驰去,将出城,抽矢射佛寺浮图㉞,矢著其上砖半箭㉟,曰:"吾归破贼,必灭贺兰,此矢所以志也㊱。"——愈贞元中,过泗州,船上人犹指以相语。——城陷,贼以刃胁降巡,巡不屈,即牵去,将斩之;又降霁云,云未应,巡呼云曰:"南八㊲,男儿死耳,不可为不义屈。"云笑曰:"欲将以有为也,公有言,云敢不死!"即不屈。

　　张籍曰:有于嵩者,少依于巡,及巡起事,嵩尝在围中。籍大历中,于和州乌江县见嵩,嵩时年六十余矣。以巡初尝得临涣县尉㊳,好学,无所不读,籍时尚小,粗问巡、远事,不能细也。云:巡长七尺余,须髯若神。尝见嵩读《汉书》㊴,谓嵩曰:"何为久读此?"嵩曰:"未熟也。"巡曰:"吾于书读不过三遍,终身不忘也。"因诵嵩所读书,尽卷不错一字。嵩惊,以为巡偶熟此卷,因乱抽他帙㊵以试,无不尽然。嵩又取架上诸书,试以问巡,巡应口诵无疑。嵩从巡久,亦不见巡常读书也。为文章,操纸笔立书,未尝起草。初守睢阳时,士卒仅万人㊷,城中居人亦且数万,巡因一见问姓名,其后无不识者。巡怒,须髯辄张。及城陷,贼缚巡等数十人㊸坐,且将戮,巡起旋㊹,其众见巡起,或起或泣,巡曰:"汝勿怖!死,命也。"众泣,不能仰视。巡就戮时,颜色不乱,阳阳㊺如平常。远宽厚长者,貌如其心,与巡同年生,月日后于巡,呼巡为兄,死时年四十九。嵩贞元初,死于亳、宋间㊻。或传嵩有田在亳、宋间,武人夺而有之,嵩将诣州讼理㊼,为所杀。嵩无子。张籍云。

　　此文前半篇以议论申辩为主:一,辩许远之后死不是怕死;二,辩睢阳城的陷落,是由于粮源和兵源俱竭,得不到外界支援,不是许远倡议分城而守的计划不好;三,论死守睢阳,是保障江淮,阻扼敌势,虽是一城,实则关系全国,驳斥当时不必死守的谬论。后半篇补叙南霁云和张巡的遗事。

　　元和二年作,韩愈年四十岁。历来读者,对此文评价很高,有人说:其风格和司马迁相近。

张中丞传后叙

【注释】

① 张中丞传后叙:《张中丞传》原是李翰所作,韩愈对此传补充一些事实和议论,所以称作后叙。中丞,是张巡的官职"御史中丞"的简称。
② 元和:唐宪宗(李纯)的年号。
③ 吴郡张籍:吴郡张氏,是当时的"望族"。张籍是和州乌江人(今安徽和县),当是和吴郡张氏同族,因此便称为吴郡张籍。这是唐代士大夫标榜"郡望"的习气。
④ 李翰:赵州赞皇人,李华的族子,官至翰林学士。张巡粮尽无援殉难后,当时有人攻击他不应该吃人肉来死守睢阳,应该放弃土地,保全人命等等,李翰为作传表白。
⑤ 许远:盐官(今浙江海宁县)人,原为睢阳太守,敌将尹子奇来犯睢阳,许远告急于张巡,张巡时为真源(今河南鹿邑县东)令,从宁陵(今县名同)引兵来会,入城共守。
⑥ 雷万春事首尾:雷万春,张巡部下勇将之一,据说面着六矢,兀立不动,敌人至疑为木作假人。首,指出身;尾,指殉难后赠官等事。
⑦ 远虽材若不及巡者:许远曾同张巡说:"远懦不知兵,公智勇兼济,远为公守,公为远战。"所以说其材似不如张巡。
⑧ 授之柄:柄,权柄。授之柄,把军权交给张巡。
⑨ 两家子弟材智下:睢阳城陷,巡、远等被俘,敌人先杀张巡,送许远到洛阳(时敌首安庆绪在洛阳),至偃师,不屈而死。代宗(李豫)大历年间,张巡之子张去疾上书请追夺许远的官职,代宗叫去疾和许远之子许岘及百官共议,讨论结果,认为张去疾证状最具体的一点是"城陷而远独生",许远原是睢阳太守,是主将,凡屠城以活捉主将解送到上级处为首功,许远死在张巡之后,不足为疑。事情才作罢。按上书是张去疾,而韩愈说"两家子弟",大约许岘也不明事理,不能申辩,所以说都是材智低下。
⑩ 食其所爱之肉:当时睢阳被围,粮尽,先是以少许粮食和茶、纸同吃,后吃马、吃鼠、雀,最后以妇人老弱为食,张巡杀爱妾,许远杀童奴,给士兵做粮食。
⑪ 国亡主灭:国亡,指潼关失守,长安陷落。主灭,指玄宗(李隆基)逃往西蜀。
⑫ 人相食且尽:相食,人吃人;且尽,将要吃光了。按城破时,遗民仅剩下四百多人。
⑬ 分城而守,城之陷自远所分始:张巡守睢阳城东北,许远守西南,敌人是从西南面先攻入的。
⑭ 脏腑:脏,五脏:心、肝、脾、肺、肾。六腑:胆、胃、大肠、小肠、膀胱、三焦。
⑮ 引绳而绝之:将绳拉断。
⑯ 从而尤之:从,"就"的意思。尤,埋怨(过失)。从而尤之,就此便加以埋怨。
⑰ 小人之好议论,不乐成人之美:乐,欢喜。成人之美,赞成和帮助人家做好事,"君子

成人之美"是《论语·颜渊篇》的成语,这些人不欢喜成人之美,专门挑剔,所以说是小人。

⑱如巡、远之所成就……犹且不免:此文虽只是论到许远的被议,而张巡的受人批评,也见于李翰所作传中,所以一并提出。不免,不被放过,不免于小人的坏话。

⑲逆遁:逆,预料未来的事。逆遁,预先逃走,是承上文"宁能知人之卒不救"句而假设的话。

⑳将:率领。

㉑二公之贤,其讲之精矣:以张许二人那样贤明,当时讨论研究得已经很透彻了。

㉒捍天下:保卫全国。

㉓以千百就尽之卒:睢阳初守时有兵九千八百人;到城破,仅有残兵六百人。

㉔蔽遮江淮,沮遏其势:蔽,掩闭。遮,拦住。江淮是东南财富之区,敌人不破睢阳,不敢进犯江淮,因为怕张巡许远从后袭击,那就势必首尾不能兼顾。

㉕弃城而图存者,不可一二数:如河南节度使虢王李巨弃彭城,逃临淮,山南东道节度使鲁炅弃南阳,逃襄阳等。图存,想保全个人性命。不可一二数,不能一个、二个地列举,很多。

㉖擅强兵坐而观者:擅,专擅,拥有。如闾丘晓在谯郡、尚衡在彭城以及贺兰进明,都是拥有强兵的大员,离睢阳不远,都坐视不救。

㉗自比于逆乱:比,同并。自同于叛逆作乱之人。

㉘设淫辞而助之攻也:设,造作。淫辞,过分的、不正当的议论。之,代词,指上文所说的叛逆之人。

㉙愈尝从事于汴、徐二府:从事,帮助人家做事。这是韩愈指自己曾做汴府董晋、徐府张建封幕下的观察推官。

㉚双庙者:就是张巡、许远庙、二人合祀,所以称双庙,在睢阳。

㉛南霁云:魏州顿丘人。殉难后,赠官扬州大都督。

㉜贺兰:时为河南节度使,驻在临淮(今安徽泗县东南)。

㉝具食与乐:设备了饮食和歌乐。

㉞佛寺浮图:佛寺,指泗县香积寺。浮图,亦作浮屠,梵语音译,塔。此指香积寺塔。

㉟矢著其上砖半箭:著同着,这里犹言射中,射入。半箭,力强射深,箭身一半没入砖内。

㊱此矢所以志也:志,记号。用这支箭作记号。

㊲南八:南霁云排行第八,因此称作南八。

㊳以巡初尝从临涣县尉:以,因。张巡死难,皇帝对他的亲戚部下等特别"加恩",因此于嵩得补临涣(今安徽宿县)县尉。

㊴汉书:记载西汉历史的书,东汉扶风班彪创撰,班彪死时书未成,儿子班固、女儿班昭续完。一百卷。
㊵他帙:帙,书衣,合若干卷为一帙,犹如一函或一套。他帙,别的书。
㊶操纸笔:拿取纸笔。
㊷士卒仅万人:仅,几乎,表示数量之多。和后来的"仅止"义表示数量少正相反。
㊸贼缚巡等数十人:当时殉难者三十六人。
㊹起旋:起身小便。旋,小便。
㊺阳阳:无所动心、毫不在乎的神情。
㊻亳、宋:亳,今安徽亳州。宋,今河南商丘。
㊼诣州讼理:到州里去诉讼,请州刺史判断曲直。诣,往。

进士策问(其十二)

问:古之学者必有师,所以通其业①,成就其道德者也。由汉代已来,师道日微②,然犹时有授经传业者;及于今,则无闻矣。德行若颜回,言语若子贡,政事若子路,文学若子游,犹且有师③;非独如此,虽孔子亦有师,问礼于老聃,问乐于苌弘是也④。今之人不及孔子、颜回远矣,而且无所师;然其不闻有业不通而道德不成者,何也?

这是一篇为进士回答策问时所拟的题目。请考生回答为什么古之学者必有师,而今之学者为什么全无师自通?隐约表达了韩愈对今人浅薄骄矜的不满。

【注释】

①通其业:精通自己的业务。通,通晓,精通之意。
②师道日微:为师之道日渐衰败。微,衰败,衰弱。
③颜回、子贡、子路、子游:皆孔子弟子,各以德行、言语、政事、文学见长。事见《论语·先进》篇。
④老聃、苌弘:老聃,即老子,名李耳,著有《道德经》;苌弘(公元前?—前492年),春秋时期周敬王大夫。晋公族内讧,苌弘帮助晋大夫范吉射、中行寅,晋国公卿为此质问周敬王,周天子因此杀了苌弘。传说死时流血凝结成碧,不见尸体。问礼于老聃、问乐于苌弘事参见师说注⑰。

争臣论

或问谏议大夫阳城于愈①：可以为有道之士乎哉？学广而闻多，不求闻于人也；行古人之道，居于晋之鄙②，晋之鄙人薰其德③而善良者几千人；大臣闻而荐之，天子以为谏议大夫，人皆以为华④，阳子不色喜；居于位五年矣，视其德如在草野：彼岂以富贵易移其心哉？愈应之曰：是《易》所谓"恒其德贞而夫子凶"⑤者也，恶得为有道之士乎哉？在《易·蛊》之上九云："不事王侯，高尚其事"⑥；《蹇》之六二则曰："王臣蹇蹇，匪躬之故"⑦。夫亦以所居之时不一，而所蹈⑧之德不同也。若《蛊》之上九，居无用之地，而致匪躬之节；《蹇》之六二，在王臣之位，而高不事上之心：则冒进之患生，旷官之刺兴，志不可则，而尤不终无也⑨。今阳子在位，不为不久矣，闻天下之得失，不为不熟矣，天子待之不为不加矣；而未尝一言及于政。视政之得失，若越人视秦人之肥瘠，忽焉不加喜戚于其心⑩。问其官，则曰谏议也；问其禄，则曰下大夫之秩⑪也；问其政，则曰我不知也：有道之士，固如是乎哉？且吾闻之，有官守者，不得其职则去；有言责者，不得其言则去⑫；今阳子以为得其言乎哉？得其言而不言，与不得其言而不去，无一可者也。阳子将为禄仕⑬乎？古之人有云：仕不为贫，而有时乎为贫，谓禄仕者也；宜乎辞尊而居卑，辞富而居贫，若抱关击柝者可也⑭。盖孔子尝为委吏⑮矣，尝为乘田⑯矣，亦不敢旷其职：必曰"会计当而已矣"，必曰"牛羊遂而已矣"。若阳子之秩禄不为卑且贫，章章⑰明矣，而如此，其可乎哉？

或曰：否，非若此也。夫阳子恶讪上者⑱，恶为人臣招⑲其君之过而以为名者；故虽谏且议，使人不得而知焉。《书》曰："尔有嘉谟嘉猷，则入告尔后于内，尔乃顺之于外，"曰："斯谟斯猷，惟我后之德"⑳。夫阳子之用心，亦若此者！愈应之曰：若阳子之用心如此，滋㉑所谓惑者矣！入则谏其君，出不使人知者，大臣宰相者之事，非阳子之所宜行也。夫阳子本以布衣隐于蓬蒿之下②,主上嘉其行谊③,擢④在此位,官以谏为名,诚宜有以奉其职,使四方后代知朝廷有直言骨鲠之臣,天子有不僭赏⑤从谏如流⑥之美;庶岩穴之士⑦闻而慕之,束带结发⑧,愿进于阙下⑨,而伸其辞说,致吾君于尧舜,熙鸿号于无穷也⑩。若《书》所谓,则大臣宰相之事,非阳子之所宜行也。且阳子之心将使君人者恶闻其过乎?是启㉛之也!

或曰:阳子之不求闻而人闻之,不求用而君用之,不得已而起,守其道而不变,何子过㉜之深也?愈曰:自古圣人贤士皆非有求于闻用也,闵㉝其时之不平,人之不乂㉞,得其道,不敢独善其身,而必以兼济天下也,孜孜矻矻㉟,死而后已。故禹过家门而不入,孔席不暇暖,而墨突不得黔㊱:彼二圣一贤者,岂不知自安佚之为乐哉?诚畏天命而悲人穷也。夫天授人以贤圣才能,岂使自有余而已?诚欲以自补其不足者。耳目之于身也,耳司㊲闻而目司见,听其是非,视其险易,然后身得安焉。圣贤者,时人之耳目也;时人者,圣贤之身也㊳。且阳子之不贤,则将役于贤,以奉其上矣;若果贤,则固畏天命而闵人穷也:恶得以自暇逸乎哉㊴?

或曰:吾闻君子不欲加诸人,而恶讦以为直者㊵。若吾子㊶之论,直则直矣,无乃伤于德而费于辞乎?好尽言以招人过,国武子之所以见杀于齐也㊷。吾子其亦闻乎!愈曰:君子居其位,则思死其官;未得位,则思修其辞以明其道:我将以明道也,非以为直而加人也。且国武子不能得善人而好尽言于乱国,是以见杀。《传》曰:"惟善人,能受尽言。"谓其闻而能改之也。子告我曰:阳子可以为有道之士也;今虽不能及已,阳子将不得为善人乎哉?

唐德宗贞元四年(788),河北贤士阳城被推荐入朝为谏议大夫,其后五年当中,他没有针对朝政发表一次议论。贞元九年(793),韩愈专门针对此事写了这篇文章,对阳城的行为进行评论。

在文章中,作者以儒家积极入世的态度,从维护封建秩序的立场出发,有理有据,层层深入地进行了周密而犀利的论辩,阐明了作者对"谏官"职任的看法,从而不给对方以还手的余地。此文在当时及后来都有很大影响,宋代欧阳修、王安石、曾巩等都曾仿此以责备当时的谏官。

争臣论

【注释】

① 或问谏议大夫阳城于愈：有人问我（韩愈）关于谏议大夫阳城的问题。或：有人。谏议大夫：古代官名。秦朝始设谏大夫，职责是对皇帝论议时政缺失。东汉改为谏议大夫。唐仍袭前制。
② 鄙：边境或偏远之地。
③ 薰其德：受其德行的熏陶。
④ 华：光彩。《淮南子·地形》"末（树梢）有十日（太阳），其华下照地。"
⑤ 恒其德贞而夫子凶：《周易·恒·六五》："恒其德，贞，妇人，吉；夫子，凶。"意为妻子永远坚持顺从的德性是吉祥的；身为丈夫的人衡量事理却应当以正确与否为依据。如果长期听从妻子的话，就会有凶险。它说明立场不同，所应坚持的德行也应不同。
⑥ 不事王侯，高尚其事：坚持自己的志向，而不效力于王侯。韩愈在这里赋予了讥讽的含义，意为阳城只自命清高，而不肯为国家效力。
⑦ 王臣蹇蹇，匪躬之故：作为王之臣子，正言直谏不已，不是为自身，而是为君为国。蹇借为謇，謇謇，直谏不已的样子。
⑧ 蹈：遵循，实行之意。
⑨ 以上引《易》中所述两种情况，即"不事王侯，高尚其事"的行为与"王臣蹇蹇，匪躬之故"的行为做比较，得出结论是：这样下去将会在言辞行为方面标新立异、自命清高的人越来越多，而旷废职守，才能不副其位的官员也就越来越多，人们的思想得不到统一，从而很难保证朝政不出过错。
⑩ 此句意为：朝政的正确与否在阳城看来，就像越国人看数千里之外的秦国人的肥或瘦而不关自身痛痒，不为之忧，不为之喜。
⑪ 禄，官吏的薪水。大夫，卿之下、士之上的官职；下大夫，大夫分为上中下三级；秩，俸禄。
⑫ 有官位的人，不能尽其职能就应当离开；负谏议言论责任的人，不能言事（以补朝政得失）则应当去职。去：离开。
⑬ 禄仕：为赚钱而做官。
⑭ 宜乎辞尊……若抱关击柝者可也：语据《孟子》。《孟子·万章下》："辞尊居卑，辞富居贫，恶乎宜乎？抱关击柝。"抱关，守门人。击柝(tuò)，打更巡夜的人。
⑮ 委吏：古代负责仓库保管、会计事务的小官。《孟子·万章（下）》："孔子尝为委吏矣，曰：'会计当而已矣'。"
⑯ 乘田：春秋时期鲁国设置的管理牧场、饲养六畜的小官吏。《孟子·万章（下）》："（孔子）尝为乘田矣，曰：'牛羊茁壮长而已矣。'"

⑰章章:同"彰",明显、显著。
⑱恶讪上者:恶,厌恶;对……有恶感。讪,诽谤,诋毁。上:人君,皇帝。
⑲招:同"昭",揭露。此句意为:阳城反感那些以揭露、挑剔皇帝的过错而取得名声的大臣。
⑳《书》曰:"……我后之德。":《尚书》说:"你有好的计谋、方法,要悄悄、隐蔽地告诉君王,在众人面前要摆出顺从的样子,并且说:这些计谋和方法都是君王的智慧产物。"语见《尚书·周书·君陈》。
㉑滋:甚、愈、更加的意思。
㉒以布衣隐于蓬蒿之下:做平民百姓,处于乡野之间。布衣,指平民、百姓。古代平民穿麻布衣服,故以"布衣"来指代平民百姓。蓬蒿:杂草。蓬蒿随处而生,既杂且矮,以指代乡野、民间。李白诗曰:"仰天大笑出门去,我辈岂是蓬蒿人。"
㉓行谊:道德、品行。
㉔擢:提拔、选拔。《战国策·燕策二》:"擢之乎宾客之中,而立之于群臣之上。"
㉕僭赏:因超越本分而不适当的赏赐。僭,音 jiàn,超越、过分之意。
㉖从谏如流:听从人的劝谏就像流水顺势而下般自然。
㉗岩穴之士:指有才能而隐居于民间的人。岩穴,隐士所常居之地。
㉘束带结发:指(隐士)弃隐还俗。古代隐士以衣不束带,发不加结而放浪于世俗之外以区别于追名逐利的俗人。李白诗:"明朝散发弄扁舟。"
㉙阙下:阙,皇宫前两侧的楼台。阙下,指代首都、皇城。
㉚熙鸿号于无穷:光大他伟大的帝号流传到千秋万代。熙,光大;鸿,大;号,名号、帝号。
㉛启:启发,开导,诱导。
㉜过:过错,这里是名词动用,怪罪、苛责之意。
㉝闵:通"悯",哀怜之意。
㉞乂:音 yì。安定之意。《北史·齐文宣帝纪》:"朝野安乂。"
㉟孜孜矻矻:勤苦劳累的样子。矻,音 kē。
㊱大禹治水,三过家门而不入:孔子为实现自己的政治理想,游说列国,十分忙碌,常常坐席还没温暖过来就又动身了;墨子为宣传自己"兼爱""非攻"等政治主张,居无定所,常常住在一处时烟囱还没黑就又得拔腿离去。突,烟囱;黔,黑色。
㊲司:掌管之意。《史记·太史公自序》:"命南正重以司天。"
㊳圣贤是百姓的耳目,百姓是圣贤的身体。
㊴哪能只顾自己悠闲自在呢?恶,音 wū,哪能;暇逸,清闲自在。
㊵我听说为君子的不想勉强他人,且厌恶那种以攻讦别人来博取直名的做法。加,勉

强;讦,用语言攻击。
㊶吾子:实即"子"之意。
㊷国武子之所以见杀于齐也:国武子指国佐,春秋时期齐国卿士。齐与晋国大战于鞍,败后曾代表齐国与晋国盟于爰娄。后因揭发齐灵公之母的隐私而被杀,谥武子。

太学生何蕃传

太学生何蕃,入太学者廿余年矣。岁举进士,学成行尊,自太学诸生推颂不敢与蕃齿①,相与言于助教博士②,助教博士以状申于司业、祭酒③,司业、祭酒撰次④蕃之群行焯焯⑤者数十余事,以之升于礼部,而以闻于天子。京师诸生以荐蕃名文说者不可选纪⑥。公卿大夫知蕃者比肩立⑦,莫为礼部;为礼部者,率蕃所不合者:以是无成功。

蕃淮南人,父母具全;初入太学,岁率一归,父母止之;其后间一二岁乃一归,又止之:不归者五岁矣。蕃纯孝人也,闵亲之老不自克⑧,一日,揖诸生归养于和州,诸生不能止,乃闭蕃空舍中,于是太学六馆⑨之士百余人,又以蕃之义行⑩言于司业阳先生城,请谕留蕃,于是太学阙祭酒⑪,会阳先生出道州,不果留。

欧阳詹生⑫言曰:"蕃仁勇人也。"或者曰:"蕃居太学,诸生不为非义,葬死者之无归⑬,哀其孤而字焉,惠之大小,必以力复⑭,斯其所谓仁欤!蕃之力不任其体,其貌不任其心⑮,吾不知其勇也。"欧阳詹生曰:"朱泚⑯之乱,太学诸生举将从之,来请起蕃,蕃正色叱之,六馆之士不从乱,兹非其勇欤!"

惜乎!蕃之居下,其可以施于人者不流也。譬之水,其为泽,不为川乎!川者高,泽者卑,高者流,卑者止,是故蕃之仁义,充诸心,行诸太学,积者多,施者不遐⑰也。天将雨,水气上,无择于川泽涧溪之高下⑱,然则泽之道,其亦有施乎!抑有待于彼者欤!故凡贫贱之士必有待,然后能有所立⑲,独何蕃欤!吾是以言之,无亦使其无传焉。

此文以"必有待"三字为主,全篇都反复说明此意。何蕃是一个"学成行尊"的人，因此太学诸生、京师诸生、公卿大夫都称颂他、推荐他，偏偏他不遇时，不得志，连一个作为进身之阶的进士也不能中，因而韩愈对他表示同情、表示惋惜。

此文作于贞元十五年冬，韩愈从徐州来京师时，年三十二岁。

【注释】

① 推颂不敢与蕃齿：推，推尊。颂，颂扬。齿，并列，比并。
② 助教博士：助教的名称，现在大学中仍旧沿用。博士，相当于现在的教授。
③ 以状申于司业、祭酒：状，事状，叙述其一人的事迹，此指何蕃的事迹。申，请。司业是管理太学行政的副长官，祭酒是正长官。
④ 撰次：撰，著述。次，编排。
⑤ 焯焯：光明，显著。
⑥ 以荐蕃名文说者不可选纪：名，动词，犹言标题。文，用文字发表。说，口说。作文的和口说的，都以荐举何蕃为标题。选同算，古字通用；不可选纪，算不清楚，纪不胜纪，极言其多。
⑦ 比肩立：比肩，并肩。形容何蕃的知己朋友很多。
⑧ 闵亲之老不自克：闵，悲哀。克，战胜，含有抑制的意思。因为父母年老，抑制不住自己悲哀的心情，于是不顾学业而归去侍奉双亲。
⑨ 太学六馆：一、国子馆，二、太学，三、四门馆，四、律馆，五、书馆，六、算馆。
⑩ 义行：行谊、操行。
⑪ 于是太学阙祭酒：是，同"时"，于是，这时候。和上句"于是太学六馆之士百余人"句的"于是"是承接词不同。阙祭酒，祭酒的职位没有补人。阙，同缺。
⑫ 欧阳詹生：欧阳詹，字行周，泉州晋江（今福建晋江县）人。和韩愈同年进士。生，先生，此时詹任四门助教，所以尊称他为先生。
⑬ 葬死者之无归：归，归宿，依靠。无归，指无人将旅榇运回故里安葬，或故乡已无亲属可依的情况。哀其孤而字焉：幼年丧父叫孤。字，养。
⑭ 力复：复，报复，报答。力复，尽自己的力量去报答。
⑮ 力不任其体，其貌不任其心：任，堪，担当。看他的身体和相貌，似乎和心力不相称，虽然心力很强，体貌衰弱，担任不了。
⑯ 朱泚：唐德宗建中四年，泾原军反叛唐朝，推朱泚做领袖。
⑰ 施者不遐：所施用的不广远。
⑱ 天将雨，水气上，无择于川泽涧溪之高下：无择，不分。涧，山夹水。山水流入大川

的叫溪。高下，高指川和涧溪，下指泽。天将雨，泽中水气蒸发，也和别的水一样，不分止水流水，都能化为云雨。其实水气随时蒸发，不一定要待将雨的时候。

⑲故凡贫贱之士必有待，然后能有所立：待，等待，指等待时机获得职位。立，自立、表现，指立功业。这说必须等待时机条件才能树立功业。

毛颖传①

　　毛颖者，中山人②也。其先明眎③，佐禹治东方土，养万物有功，因封于卯地④，死为十二神⑤。尝曰："吾子孙神明⑥之后，不可与物同，当吐而生⑦。"已而果然。明眎八世孙䨲⑧，世传当殷时居中山，得神仙之术，能匿光使物⑨，窃姮娥、骑蟾蜍入月⑩，其后代遂隐不仕云。居东郭者曰䳺，狡而善走，与韩卢争能⑪，卢不及，卢怒，与宋鹊⑫谋而杀之，醢其家⑬。

　　秦始皇时，蒙将军恬⑭南伐楚，次中山⑮，将大猎以惧楚，召左、右庶长⑯与军尉⑰，以《连山》筮之⑱，得天与人文之兆⑲，筮者贺曰："今日之获，不角不牙⑳，衣褐之徒，缺口而长须，八窍而趺居㉑，独取其毫㉒，简牍是资㉓，天下其同书，秦其遂兼诸侯乎！"遂猎，围毛氏之族，拔其豪，载颖而归，献俘于章台宫㉔，聚其族而加束缚焉。秦皇帝使恬赐之汤沐㉕，而封诸管城㉖，号曰管城子，日见亲宠任事。颖为人，强记而便敏，自结绳之代㉗以及秦事，无不纂录㉘。阴阳、卜筮、占相㉙、医方、族氏、山经、地志、字书、图书、九流㉚、百家、天人之书，及至浮图㉛、老子、外国之说，皆所详悉。又通于当代之务，官府簿书㉜、市井货钱注记，惟上所使。自秦皇帝㉝及太子扶苏、胡亥㉞、丞相斯㉟、中车府令㊱高、下及国人，无不爱重。又善随人意，正、直、邪、典、巧、拙，一随其人，虽见废弃，终默不泄。惟不喜武士，然见请，亦时往。累拜中书令㊲，与上益狎，上尝呼为"中书君"。上亲决事，以衡石自程㊳，虽宫人不得立左右，独颖与执烛者常侍，上休，方罢。颖与绛人陈玄㊴、弘农陶泓㊵及会稽褚先生㊶友善，相推致，其出处必偕。上召颖，三人者不待诏辄俱往，上未尝怪焉。

　　后因进见，上将有任使，拂拭之，因免冠谢㊷，上见其发秃，又所摹画不能称上意，上嘻笑曰："中书君老而秃，不任吾用，吾尝谓中书君，君今不中书耶？"对曰："臣所谓尽心㊸者。"因不复召，归封邑，终于管城。其子孙甚多，散处中国夷狄，皆冒管城，惟居中山者，能继父祖业。

太史公曰：毛氏有两族：其一姬姓，文王之子封于毛㊵，所谓鲁、卫、毛、聃㊷者也。战国时有毛公、毛遂㊸。独中山之族，不知其本所出，子孙最为蕃昌㊹。《春秋》之成，见绝于孔子㊿，而非其罪。及蒙将军拔中山之豪，始皇封诸管城，世遂有名，而姬姓之毛无闻。颖始以俘见，卒见任使㉛，秦之灭诸侯，颖与有功㉜，赏不酬劳，以老见疏，秦真少恩哉！

有人说：这篇文字就是韩愈所作的传奇小说，借此来嘲讽当时的执政大臣。此文喻意深刻、丰富。李肇说："韩愈撰《毛颖传》，其文尤高，真良史才也。"

【注释】

① 毛颖传：毛颖，指笔。古时笔以兔毫制成，因此借作姓名称毛颖，是拟人格。
② 中山人：中山，战国时国名，为赵所灭，今河北定县。据《事文类聚》：汉郡郡献兔毫，书鸿都门（洛阳城门）匾额，惟赵国毫中用。所以说是中山人。一说：中山在溧水，出兔毫，唐时溧水属宣州，宣州贡笔，出自中山。
③ 明眎：眎同视，兔一名明眎，见礼记曲礼篇。相传兔肥则目开而视明；一说兔视月，便怀胎，因此称作明眎。
④ 佐禹治东方土三句：十二支的卯位在东方，四时中春的位置也在东方。东方春能生万物，所以有养万物、封卯地等话。
⑤ 死为十二神：十二神，如子属鼠、卯属兔等十二"生肖"。死为十二神，死后为十二神之一。
⑥ 神明：既能"生养"万物，所以喻说是"神明"。
⑦ 当吐而生：古时一种不科学的传说，以为兔生子从口而出，见王充《论衡·物势篇》。
⑧ 毚：兔子，音 nuò。
⑨ 匿光使物：匿光，"藏"于阳光之下而能使人看不见。物，鬼物。使物，能役使鬼物。
⑩ 窃姮娥、骑蟾蜍入月：神话故事：羿（夏代诸侯）从西王母求得不死之药，他的妻子姮娥（嫦娥）窃而奔月。
⑪ 居东郭者曰䨲，狡而善走，与韩卢争能：䨲，音 jùn，狡兔。韩卢，韩，国名；卢，犬名。狡兔韩卢争能的故事，见《战国策·齐策》，是淳于髡说齐王时的寓言，而稍有不同。
⑫ 宋鹊：宋，国名。鹊，犬名。
⑬ 醢其家：醢，肉酱。作动词用。把他一家都杀了剁成肉酱。
⑭ 蒙将军恬：旧说相传秦时蒙恬始制毛笔。但今在战国时代古墓里已发现毛笔，其起

毛颖传

源当甚早。或是蒙恬曾使制笔法改加精选,所以大家举他为制笔者。

⑮南伐楚,次中山:次,宿歇。朱熹说:"中山在秦东北,非伐楚所当次,此固寓言,然亦不为无失。"按中山为赵所灭,始皇十九年灭赵,廿一年伐楚,自中山移兵伐楚,也说得过去。

⑯左、右庶长:秦国的爵位,商鞅所定,左庶长是第十级,右庶长第十一级。

⑰军尉:军中的尉史。一说:军尉是主管"发众使民"(即驱使人民)的官,原是晋国官名,秦无此官。按毛颖传原是所谓"设幻为文",游戏笔墨,不必拘泥。

⑱以《连山》筮之:相传夏代的易经称作《连山》,第一篇是艮卦,艮为山,两山相连,所以称连山。筮,卜筮,用蓍草卜卦。

⑲得天与人文之兆:天,自然现象。人文,人类文化。兆,某一事件尚未发生以前就有迹象可寻叫做兆。这里兆指卦兆,就是从卦相里看出了未来的情况,是一种迷信说法。

⑳不角不牙:兔不生角,也没有犬齿。

㉑衣褐之徒:褐是粗麻织成的衣服,古时普通人民所着,统治阶级以为是"贱者之服"。兔有毛,所以说是衣褐之徒。徒,众,等辈。

㉒缺口:兔缺上唇。

㉓八窍而跌居:兔只有八窍。跌音fū,同趺。居同踞。跌居,盘足蹲踞。

㉔独取其髦:髦,长鬣。引申作流辈中的豪杰解。这是双关语。下文"拔其豪",同。

㉕简牍是资:简是竹制薄片(也有木制的),长的二尺四寸,短的一尺二寸。牍,书版,长一尺。在发明制纸以前,简和牍都是书写所用。资,依靠,倚赖。

㉖章台宫:战国时秦国所建,在陕西长安故城西南角。

㉗汤沐:古时地主的封邑叫做汤沐邑,意思是收取人民的租税很薄,仅仅足够烧水供洗澡沐浴之用。制笔必须用热水把毫毛洗干净,所以借用汤沐字作双关语。

㉘管城:县名,管叔(文王之子)的封地,今河南郑县。下文管城子,摹拟一个爵号形式,用以指笔,因为笔杆是竹管所制。

㉙结绳之代:远古没有发明文字的时候,把绳子结起来,作为记事之用。据郑玄说:"大事大结其绳,小事小结其绳。"

㉚纂录:纂,聚集。录,记录。

㉛占相:占,卜卦。一说:测候阴阳风雨等等。相,相人形貌。

㉜九流:流,流派。九流,指儒、墨、名、法、道、阴阳、纵横、农、小说(一说杂家)九家。一说:九流极言流派之多,不必限于上列诸家。

㉝浮图:这里指佛家。

㉞簿书:簿,簿籍,如户口册、地亩册等等。书,文书。

㉟秦皇帝：即秦始皇，姓嬴，名政。

㊱胡亥：秦始皇的少子，即二世皇帝。

㊲丞相斯：李斯。

㊳中车府令高：中车府令，官名。高，赵高。主管皇帝乘坐的车子。

㊴中书令：中书原是主管奏疏的官，后来改掌机密，并代皇帝草拟诏书。中书令是中书省的长官，与原官中书的中字，意义微有不同。中书的本义，是居宫殿中收受文书和草拟文书，中是名词。这里的中书，是得心应手很适合书写使用的意思，中作适宜解，是动词。这也是借用其名作双关语，同时以不中书三字讽刺当时的执政大臣。

㊵衡石自程：衡，秤杆。石，一百二十斤。程，限度。这说每日批阅公文时，以一百二十斤为限，不满此限不休息。

㊶绛人陈玄：陈玄，指墨。拟人格。后文砚、纸亦同。墨，愈陈愈好。玄，黑，指墨的颜色。唐时绛州（今山西绛县）贡墨。

㊷弘农陶泓：陶泓，指砚。砚，烧土（陶）制成，也有用石琢成的。泓取其能容水。唐时虢州（即弘农郡，今河南灵宝县南）贡瓦砚。

㊸会稽褚先生：褚先生指纸。纸本是以褚木捣烂浸水制成。唐时会稽（今浙江绍兴）贡纸。汉时有褚先生，名少孙，续史记，因借用。

㊹免冠谢：古人除非居丧或有过失不去冠，免冠谢，脱冠谢罪。冠管同音，笔管，也叫笔帽，所以用为双关语。

㊺尽心：双关笔心的长毫已残。

㊻文王之子封于毛：这是左氏僖二十四年富辰的话。

㊼鲁、卫、毛、聃：指周文王四个儿子的封地：周公旦封在鲁地（今山东曲阜县）；康叔封在卫地（今河南淇县）；毛伯郑封在毛地（今河南宜阳县）；聃季载封在沈地（今安徽阜阳县西沈丘集）。

㊽毛公、毛遂：都是战国时人。毛公，名字不详。赵人，借赌徒的身份以隐蔽自己，是信陵君门客。毛遂，平原君的门客，曾自己荐举自己（所谓毛遂自荐），说服了楚王出兵帮助赵国攻打秦国，立了大功。

㊾蕃昌：蕃衍昌盛。

㊿《春秋》之成，见绝于孔子：孔子作《春秋》，杜预说："《春秋》绝笔于获麟。"按"获麟"事在鲁哀公十四年，孔子叹道："吾道穷矣！"遂绝笔不作。《春秋》到此为止。十六年孔子逝世。

㉛卒见任使：任，信任。使，使用。一说：任和使同义。卒见任使，终被任用。

㉜与有功：与，参与。与有功，在功劳上也占有份儿。

送穷①文

元和六年正月②乙丑晦,主人使奴星③结柳④作车,缚草为船,载糗与粮,牛系轭下⑤,引帆上樯⑥。三揖穷鬼而告之曰:"闻子行有日矣,鄙人不敢问所途,窃具船与车,备载糗粮,日吉时良,利行四方⑦,子饭一盂⑧,子啜一觞⑨,携朋挚俦,去故就新,驾尘彍风⑩,与电争先,子无底滞之尤⑪,我有资送⑫之恩,子等有意于行乎?"

屏息潜听,如闻音声,若啸若啼,砉欻歘嚶⑬,毛发尽竖,竦肩缩颈,疑有而无,久乃可明,若有言者曰:"吾与子居,四十年余:子在孩提,吾不子愚,子学子耕,求官与名,惟子是从,不变于初。门神户灵⑭,我叱我呵,包羞诡随⑮,志不在他。子迁南荒⑯,热烁⑰湿蒸,我非其乡,百鬼欺陵。太学四年,朝齑暮盐⑱,惟我保汝,人皆汝嫌。自初及终,未始背汝,心无异谋,口绝行语,于何听闻,云我当去?是必夫子信谗,有间⑲于予也。我鬼非人,安用车船,鼻嗅臭香⑳,糗粮可捐㉑。单独一身,谁为朋俦,子苟备知,可数已不㉒?子能尽言,可谓圣智,情状既露,敢不回避。"

主人应之曰:"子以吾为真不知也耶!子之朋俦,非六非四,在十去五、满七除二㉓,各有主张,私立名字,捩手覆羹㉔,转喉触讳㉕,凡所以使吾面目可憎、语言无味者,皆子之志也。——其一名曰智穷:矫矫亢亢㉖,恶圆喜方,羞为奸欺,不忍伤害;其次名曰学穷:傲数与名㉗,摘抉杳微㉘,高挹㉙群言,执神之机㉚;又其次曰文穷:不专一能,怪怪奇奇,不可时施㉛,祗以自嬉;又其次曰命穷:影与形殊,而丑心妍,利居众后,责在人先;又其次曰交穷:磨肌戛骨㉜,吐出心肝,企足以待,寘我仇冤㉝。凡此五鬼,为吾五患,饥我寒我,兴讹造讪㉞,能使我迷,人莫能间,朝悔其行,暮已复然,蝇营狗苟㉟,驱去复还。"

言未毕五鬼相与张眼吐舌,跳踉㊱偃仆,抵掌㊲顿脚,失笑相顾。徐谓主人曰："子知我名，凡我所为，驱我令去，小黠大痴㊵。人生一世，其久几何，吾立子名，百世不磨。小人君子，其心不同，惟乖于时，乃与天通。携持琬琰，易一羊皮，饫于肥甘，慕彼糠糜㊶。天下知子，谁过于予，虽遭斥逐，不忍子疏，谓予不信㊷，请质诗书。"

主人于是垂头丧气，上手㊸称谢，烧车与船，延之上座。

这篇文章是韩愈借穷鬼来发牢骚，也是把自己的个性和形象写给别人看。这是本"君子固穷"的意思作讽刺文字，嘲骂当时社会，借此来发泄满腹不平之气。形式是模拟扬雄的《逐贫赋》，内容则益加充实和恢奇。

【注释】

①送穷：相传高辛氏（一说高阳氏）有一个儿子，不喜欢穿好的衣服、吃好的食物，宫中号为穷子。死于正月晦日（月末一日）。后人在那一天把稀饭和破衣陈列门外祭他，号为送穷。
②元和六年正月：是年韩愈任河南令，年四十四岁。
③奴星：名字叫星的仆人。
④结柳：用柳条扎结成。
⑤牛系轭下：轭，车前面套牲口（扼在牛马颈上）的用具。牛系轭下，表示车已套好，备随时出发。
⑥引帆上樯：帆，布幔，船只用以驶风。樯，桅杆，是悬挂风帆的。
⑦日吉时良，利行四方：这是古代阴阳家的迷信说法，择"好日子"，"利于出行"。
⑧子饭一盂：请你吃一碗饭。饭，动词。
⑨子啜一觞：饮一杯（酒）。
⑩驾尘彍风：驾尘，指牛车驶行扬起尘土。彍，音kuò，张大。彍风，指帆船，帆得风开张，则舟行更快。
⑪子无底滞之尤：底，停止。滞，留滞。尤，怨恨。这说穷鬼不致埋怨长久住在像韩愈这样穷的人家，没出息，现在有船有车，便可趁船或坐车到别人家去。
⑫资送：资助，供给。
⑬荠欸嘤嘤：荠欸，和倏忽意义相同。嘤嘤，形容声音细小。
⑭门神户灵：古人迷信，以为门户都有神灵呵护，《礼记》已有礼门神的说法。
⑮包羞诡随：包羞，虽然认为是羞耻的事，也包含容忍，不计较。诡随，诡谲凭人，和包羞义同。

送穷文

⑯ 子迁南荒:指韩愈贬为阳山令。
⑰ 热烁:烁同铄,消损。为热所伤。
⑱ 朝齑暮盐:齑,细切的菜。这说吃得很苦。
⑲ 有间:间,去声,隔离。有间,有了隔膜。
⑳ 鼻嗅臭香:臭,气味。这说"鬼"只闻食物的味,不真吃东西。
㉑ 可捐:捐,弃。可捐,不必供给。
㉒ 已不:已同"以",又同"与"。不,同"否"。已不,和"以否""与否"同。
㉓ 非六非四,在十去五,满七除二:此三句只说一个"五"字,因是游戏文字,故意作累句,增强诙谐的效果。
㉔ 捩手覆羹:捩,拗,扭。这说"鬼"来捩手,把羹汤弄翻了,犹言动手就惹祸。
㉕ 转喉触讳:转喉,咽喉一转,就是说话。触讳,触人忌讳。这说受"鬼"支使,一说话就惹人不痛快。
㉖ 矫矫亢亢:矫矫,刚强。亢亢,高尚正直。
㉗ 傲数与名:数,术数,历数。名,典章制度等等。傲,轻视。认为数和名这些有形迹可求的事物,容易研究,不加重视。
㉘ 摘抉杳微:摘,发。抉,出。这说专门喜欢把杳远微妙的道理揭发出来。
㉙ 抯:取。
㉚ 执神之机:神,鬼神。机,枢机。能掌握鬼神的机要。
㉛ 不可时施:时,当时。施,施用。不可时施,不可施用于当时。
㉜ 自嬉:供自己娱乐。
㉝ 磨肌戞骨:磨,同摩,抚摩。戞,敲击。抚摩着肌肉,敲击着骨头,不是表面检查身体,而是彻底加以检查,譬喻待朋友很忠心刻实,不做表面上的敷衍文章。
㉞ 企足以待,置我仇冤:企足,举起足跟,表示盼望。这说我天天举足翘望交好,他却把我当作仇人。
㉟ 兴讹造汕:讹,谣言。汕,谤毁。造谣言,讲坏话。
㊱ 蝇营狗苟:营是蝇飞的声音。苟,苟且。四字形容卑鄙无耻的行径。
㊲ 跳踉:跳跃。
㊳ 抵掌:击掌,鼓掌。
㊴ 小黠大痴:有一些小聪明,其实是大大的呆子。
㊵ 携持琬琰,易一羊皮,饫于肥甘,慕彼糠糜:琬琰都是美玉,指宝贵的东西。饫,饱。肥甘,指美好的食物。糠糜,糠煮成的薄粥。这四句的意思是说,自己虽然不合时宜,却掌握着真理(惟乖于时,乃与天通),自己有着百世不磨的名誉(吾立子名,百世不磨),和"琬琰"与"肥甘"一样的好东西好食物,胜过世人一霎时的不值钱的富

贵显赫,(用羊皮和糜粥作譬喻)不要去做不值得的买卖,不用去羡慕他们,还是和穷鬼做做朋友吧!
㊶谓予不信,请质诗书:如果说我的话不实在,请你去问诗书。意思是我的话合于诗书。
㊷上手:举起手。

鳄鱼文

　　维元和十四年四月二十四日,潮州刺史韩愈,使军事衙推①秦济,以羊一猪一投恶溪之潭水,以与鳄鱼食,而告之曰:

　　昔先王既有天下,列山泽,罔绳擉刃②,以除虫蛇恶物为民害者,驱而出之四海之外。及后王德薄,不能远有,则江汉之间,尚皆弃之以与蛮夷楚越,况潮,岭海之间,去京师万里哉③?鳄鱼之涵淹卵育④于此,亦固其所。今天子嗣⑤唐位,神圣慈武,四海之外,六合之内⑥,皆抚而有之;况禹迹所掩⑦,扬州之近地,刺史县令之所治,出贡赋以供天地宗庙百神之祀之壤⑧者哉?鳄鱼其不可与刺史杂处此土也!

　　刺史受天子命,守此土,治此民,而鳄鱼睅然⑨不安溪潭,据处⑩食民畜、熊、豕、鹿、獐,以肥其身,以种其子孙⑪,与刺史抗拒,争为长雄;刺史虽驽弱,亦安肯为鳄鱼低首下心,伈伈睍睍⑬,为民吏羞,以偷活于此邪!且承天子命以来为吏,固其势不得不与鳄鱼辨,鳄鱼有知,其听刺史言:

　　潮之州,大海在其南,鲸鹏之大,虾蟹之细⑭,无不容归,以生以食,鳄鱼朝发而夕至也。今与鳄鱼约:尽三日,其率丑类南徙于海,以避天子之命吏⑮。三日不能至五日,五日不能至七日,七日不能,是终不肯徙也,是不有刺史,听从其言也;不然,则是鳄鱼冥顽不灵,刺史虽有言,不闻不知也。夫傲天子之命吏,不听其言,不徙以避之,与冥顽不灵而为民物害者:皆可杀。刺史则选材技吏民,操强弓毒矢,以与鳄鱼从事,必尽杀乃止。其无悔!

　　元和十四年,韩愈因谏迎佛骨事,得罪了唐宪宗,被贬为潮州刺史。潮州在今广东潮安,离唐朝首都长安七千多里,当时还是一片不毛之地。这里经常有鳄鱼出没为害,韩愈到任后,写了这篇《鳄鱼文》,命令鳄鱼迁徙,不要继续为害。

这篇祭文的思想内容远远超过了驱鳄抚民的表层含义,进而具备了深层的思想意蕴。包括三个方面:首先,表现作者为民除害和讨伐一切"为民物害者"的意志;其次表露作者除恶务尽的决心;第三,表达了作者有理有节、教而后诛的策略思想。

【注释】

① 军事衙推:即掌一州军事司法事务的官吏。推,推官。
② 网绳擉刃:结网、搓绳、磨刺、砺刀。这里意为制作"除虫蛇恶物"之具。擉,音 zhuō,刺之意。
③ 其后……万里哉:后来的天子们德性日衰,不能布其德泽至远处,就连长江汉水之间的地盘都委弃给荒蛮部落,更何况离京城万里之遥而处于岭南海陬的潮州呢?
④ 涵淹卵育:潜伏繁衍之意。
⑤ 嗣:音 sì。继承之意。
⑥ 六合之内:上下前后左右,天覆地载,四周环张。喻普天下。
⑦ 掩:音 yǎn。遮蔽,覆盖。《礼·聘仪》:"瑕不掩瑜,瑜不掩瑕,忠也。"这里指大禹足迹所至。
⑧ 壤:土地,疆域。
⑨ 眸然:眼睛瞪大突出的样子。
⑩ 据处:所在之地。
⑪ 种其子孙:种,音 zhǒng,在此为动词,繁育之意,言鳄鱼在这里繁育后代。
⑫ 争为长雄:争做最强的,有一比高低强弱之意。
⑬ 伈伈睍睍:伈,音 xīn;睍,音 xiàn。小心谨慎地窥视的样子。
⑭ 细:小之意。
⑮ 天子之命吏:受天子之命治理此地的官员。指韩愈自己。

通　解

　　今之人以一善①为行而耻为之，慕达节而称夫通才者多矣，然而脂韦汩没②以至于老死者相继，亦未见他人之称：其岂非乱教贼名③之术欤！

　　且五常④之教，与天地皆生；然而天下之人不得其师，终不能自知而行之矣。故尧之前千万年，天下之人促促然⑤不知其让之为美也；于是许由哀天下之愚，且以争为能，乃脱屣其九州⑥，高揖而辞尧，由是后之人竦然⑦而言曰："虽天下犹有薄而不售者⑧，况其小者乎？"故让⑨之教行于天下，许由为之师也。自桀之前千万年，天下之人循循然不知忠易其死也⑩。故龙逢⑪哀天下之不仁。睹君父百姓入水火而不救，于是进尽其言，退就割烹⑫；故后之臣竦然而言曰："虽万死犹有忠而不惧者，况其小者乎？"故忠之教行于天下，由龙逢为之师也。自周之前千万年，浑浑然⑬不知义之可换其生也，故伯夷哀天下之偷⑭，且以强则服⑮，食其葛薇，逃山而死；故后之人竦然而言曰："虽饿死犹有义而不惧者，况其小者乎！"故义之教行于天下，由伯夷为之师也。是三人俱以一身立教，而为师于千万年间；其身亡而其教存，扶持天地，功亦厚矣。向令三师耻独行，慕通达，则尧之日，必曰得位而济道，安用让为？夏之日，必曰长进而否退，安用死为？周之日，必曰同尘而和光⑯，安用饿为？若然者，天下之人促促然而争，循循然而佞，浑浑然而偷；其何惧而不为哉！是三师生于今，为偏⑰而不通者也，可不谓之大贤者哉？呜呼，今之人其慕通达之为弊也！

　　且古圣人言通者，盖百行众艺备于身而行之者也；今恒人⑱之言通者，盖百行众艺阙于身而求合者也。是则古之人言通者，通于道义；今之人言通者，通于私曲：其亦异矣！将欲齐⑲之者，不犹矜粪丸而拟质随珠⑳者乎？且令今父兄教其子弟者曰"尔当通于行如仲尼㉑"，虽愚者亦知其不能也；曰"尔尚力一行㉒如古之贤"，虽中人亦希其能矣㉓：岂不由圣可慕而不可齐邪？贤可及而可齐也？今之人行未能及乎贤而欲齐乎圣者，亦见其病矣!

　　夫古人之进修,或几㉔乎圣人。今之人行不出乎中人,而耻乎力一行为独行,且曰:"我通同如圣人。"彼其欺心邪? 吾不知矣! 彼其欺人而贼名邪? 吾不知矣! 余惧其说之将深㉕,为《通解》。

　　此文为有感于俗士之浅薄无术而发。
　　通,即指对于道、义、理、仁等多种道德和知识范畴都能通达知晓。在韩愈看来,许由之让、龙逢之忠、伯夷之义等等,皆古代贤人以其一行而垂于后世,已是很不容易的事,都只能是偏而不通之人。而当今的人在"百行众艺阙于身"的前提下便自号通才,且耻于"尚力一行"。作者指出,"古人之言通者,通于道义,今人之言通者,通于私曲",因此,后者与前者相较,如"矜粪丸而拟质随珠",是荒唐可笑的。

【注释】

① 一善:一技之长。
② 脂韦、汩没:脂,油脂;韦,软皮;用来形容圆滑、阿谀。汩没,隐没不彰。意为苟合取安以致品节沦落。
③ 乱教贼名:败坏儒教传统,窃取浮名。
④ 五常:指仁、义、礼、智、信。
⑤ 促促然:匆忙紧迫的样子。这里指人们为名利而奔忙。
⑥ 脱屣其九州:屣,音 xǐ,鞋子。《吕氏春秋·观表》:"视舍天下若舍屣。"这里为舍弃天下之意。
⑦ 竦然:伸长脖子,踮起脚跟的样子。竦,音 sǒng。
⑧ 虽天下犹有薄而不售者:即使天下之大,还有不把它放在心上的人。薄,轻视;售,买。
⑨ 让:辞让。
⑩ 循循然不知忠易其死也:循循然,遵循、沿习的样子。易,轻视。这句意为(天下之人)世世沿习,而不知道"忠"比生命更重要。
⑪ 龙逢:夏朝末期的忠臣,后为暴君所烹杀。
⑫ 进尽其言,退就割烹:可做如下断句:进,尽其言;退,就割烹。
⑬ 浑浑然:蒙昧无知的样子。

通 解

⑭偷:苟且,得过且过。《商君书·农战》:"善为国者,仓廪虽满,不偷于农。"

⑮以强则服:强,强暴;服,畏服。此句意为:伯夷为天下人得过且过、畏服于强暴而悲哀。

⑯同尘和光:又为"和光同尘"。不把光荣看高,把自己与尘土齐同。《老子》:"和其光,同其尘。"《太平御鉴·八二八》:"平原王君公以明道深晓阴阳,怀德灭行,和光同尘,不为皎皎之操。"多指与世沉浮,随波逐流。

⑰偏:这里比喻不同俗媚人。

⑱恒人:常人,一般人。

⑲齐:混同对待。

⑳矜粪丸而拟质随珠:以粪丸为宝而将它与珍珠同比。随珠,古代所称"随侯珠",非常名贵的稀世珍珠。拟,比作。

㉑仲尼:即孔子。

㉒尚力一行:尚,推重;力,用功;一行,"仁义礼智信"五行之一。

㉓虽中人亦希其能:中人,才行一般之人;希,接近。即使是才行一般的人也能达到。

㉔几:音jī,接近。

㉕惧其说之将深:怕这种看法流布日渐深远。

择言解

　　火泄于密①,而为用且大,能不违于道②,可燔可炙③,可镕可甄④,以利于生物;及其放而不禁,反为灾矣。水发于深,而为用且远,能不违于道,可浮可载,可饮可灌,以济于生物;及其导而不防,反为患矣。言起于微⑤,而为用且博,能不违于道,可化可令⑥,可告可训⑦,以推于生物;及其纵而不慎,反为祸矣。

　　火既我灾⑧,有水而可伏其焰,能使不陷于灰烬矣;水既我患,有土而可遏其流,能使不仆于波涛矣;言既我祸,即无以掩其辞,能不罹于过者亦鲜矣⑨;所以知理者又焉得不择其言欤?其为慎而甚于水火!

　　此文以火和水可以为利也可以为害作比喻,告诫人们说话也有利弊两个方面,知理者必须慎重择言。这恐怕也是韩愈在吃了许多直言之苦后得出的教训吧。

【注释】
①火泄于密:火从封闭的地方泄出。
②不违于道:不违反使用火的方法。
③可燔可炙:燔,音fán,烤炙。可用来烤炙肉食品。
④可镕可甄:可以熔化金属,制造陶器。
⑤微:没有,这里指无声状态。
⑥可化可令:可以教化人和颁布政令。
⑦可告可训:可以劝勉人和教导人。
⑧火既我灾:(如果)火已经危害我们。灾,动词;我灾,即"灾我",危害之意。
⑨罹:音lí,遭受。鲜:音xiǎn,少。

鄠人对

鄠①有以孝为旌②门者,乃本其自于鄠人③,曰:"彼自剔股以奉母,疾瘳④,大夫以闻其令尹⑤,令尹以闻其上⑥,上俾聚土以旌其门⑦,使勿输赋⑧,欲为后劝⑨。"鄠大夫常曰:"他邑有是人乎⑩!"

曰:母疾则于烹粉药石以为是⑪,未闻毁伤支⑫体以为养,在教⑬未闻有如此者。苟⑭不伤于义,则贤圣当先众而为之也;是不幸因而致死,则毁伤绝灭之罪有归矣⑮。其为不孝,得无甚乎!若有合孝之道,又不当旌门:盖生人之所宜为,曷⑯足为异乎?既以一家为孝,是辨一邑里皆无孝矣;以一身为孝,是辨其祖父皆无孝矣。

然或陷于危难,能固⑰其忠孝,而不苟生之逆乱⑱,以是而死者,乃旌表其门闾,爵禄⑲其子孙,斯为为劝已;矧⑳非是而希㉑免输者乎?曾不以毁伤为罪,灭绝为忧;不腰㉒于市,而已黩于政㉓,况复旌其门?

本文所探讨的是关于"孝"的问题。儒家历来重"孝道",以为尽孝乃百德之本,能孝敬父母,则能推其孝心与君主、天下。但韩愈认为,尽孝不能以无谓伤残自己身体为代价,即"不伤于义"。像鄠人割股奉母,虽欲孝,但违于圣人之道,也违于人的天性,也伤于为人之"义"。所以,对此类"孝举",韩愈认为,"不腰于市(即腰斩弃市),而已黩于政",而当地官府竟还旌表他,免他赋输,所以是十分荒唐的行为。

文章本于圣人之道,人之天性,据理雄辩,逻辑严谨,结构严密,令人不容置喙。

【注释】
①鄠:音 hù。鄠县。今陕西户县。
②旌:表彰。曹操《表论田畴功》:"以旌其美。"

③本其自于鄂人:向鄂县人查问之所以旌门的原因。本,追查;自,所从来,即源头。
④彼:那个人。剔股:割臂部之肉。瘳,痊愈。
⑤令尹:即县令,古代一县之最高行政长官。
⑥以闻其上:上,指令尹的上级。令尹将这件事告诉他的上级长官。
⑦上俾聚土以旌其门:俾,使;聚土,堆土为丘。聚土为丘,高于平地,意即令人景仰。县令的上司让人们在门前聚土为丘以表彰他的孝行。
⑧输赋:输,缴纳;赋,税赋。
⑨欲为后劝:打算以此(上文所言)鼓励其他人。
⑩他邑有是人乎:他,别的;邑,城镇;是,这样。意为:"其他的城镇有这样的人吗?"有以此自豪之意。
⑪是:正当,正确之意。
⑫支:同"肢"。
⑬在教:教,教导,在教指古代圣贤留下来的训言、教条等。
⑭苟:如果,假如。
⑮毁伤绝灭之罪有归矣:自残身体绝灭父母之后代的罪落在他头上了。
⑯曷:哪里。
⑰固:巩固,坚守。
⑱不苟生之逆乱:不在忤逆、叛乱的环境中苟活偷生。
⑲爵禄:为子孙争得爵禄。
⑳矧:音 shěn。况且。
㉑希:希望,企图。
㉒腰:腰斩。古时酷刑,将人体从腰部斩为两段。《史记·商君传》:"令民为什伍,而相牧司连坐,不告奸者腰斩。"
㉓黩于政:亵渎政事。

三器论

或曰：天子坐于明堂，执传国玺，列九鼎①，使万方之来者，惕然②知天下之人意有所归，而太平之阶具矣。后王者或阙③，何如？

对曰：异乎吾所闻④。归天人之心，兴太平之基，是非三器之能系也。子不谓明堂天子布政者邪⑤？周公、成王居之而朝诸侯，美矣；幽、厉居之，何如哉⑥？子不谓传国之玺帝王所以传宝者邪⑦？汉高、文、景⑧得之而以为宝，美矣；新莽、胡石⑨得之，何如哉？子不谓九鼎帝王之所谓神器邪？夏禹铸之，周文迁之而为宝，美矣；桀癸、纣辛⑩有之，何如哉？若然，归天人之心，兴太平之阶，决非三器之所能也。夫帝王之圣者，卑宫室、贱金玉、斥无用之器，以示天下，贻⑪子孙；而后王犹殚⑫天下之土木不肯已，又安忍夸广之⑬尊其为明堂欤？若传国玺之狂嬴贼新⑭，童心侈意而为之⑮，示既有之⑯，不抵之足矣⑰，称其符瑞则未也。若九鼎之死，百牢⑱不能膏其腹火，万载不能黔⑲其足，其烹饪祠之用不足取，岂不为无用之器哉？尧水滔天，人禽鬼神之居相混已；禹导川决水，以分神人之居，乃销九金，乃铸九鼎，仪⑳万有之族，露怪异之状，其护人已，其救人已。后王决不如大禹识鬼神之状，又无当时汩没之危，而徒欲阃金㉑大广器物，与夫垫巾效郭㉒、异名同蔺㉓者，岂不远哉！是亦见谬也。噫，不务其修诚于内，而务其盛饰于外，匹夫之不可，而况帝王哉！

三器，这里指显示国家权威的三种器具，即明堂、国玺、九鼎。有人认为，古人对三器非常重视，而后来的君王不太重视，甚至缺少三器。韩愈在此文中认为，三器对于国家的兴衰并非特别重要。比如，同样是周期，周公、成王居有三器，使诸侯朝见，这是很好的，但到了无道的周幽王和周厉王时，居有三器又如何呢？所以说，修诚于内比盛饰于外要重要得多。

【注释】

①九鼎：古代象征国家政权的传国之宝。《史记·武帝纪》："禹收九牧之金，铸九鼎，像九州。"相传成汤迁九鼎于商邑，周武王迁之于洛邑。战国时，秦、楚两国都曾兴师到周求鼎。周显王四十二年，九鼎没于泗水彭城下。

②惕然：提心吊胆的样子。

③阙：同"缺"。

④异乎吾所闻：与我所说的不一样。

⑤子不谓明堂天子布政者邪：你不是说明堂是天子布政的地方吗？

⑥何如哉：又怎么样呢？

⑦子不谓传国之玺帝王所以传宝者邪：你不是说传国的玉玺是帝王世世相传的宝印吗？

⑧汉高、文、景：指汉高祖、汉文帝和汉景帝。

⑨新莽、胡石：新莽：篡夺汉位自立新朝的王莽。胡石：指后赵石勒。石勒，羯人，故云胡石。

⑩桀癸、纣辛：桀癸，指夏桀，名癸。纣辛，指商纣，名辛。

⑪贻：留给。

⑫殚：音 dān。穷尽，竭尽。张衡《东京赋》："征税尽，人力殚。"

⑬夸广之：夸而广之。

⑭传国玺之狂嬴贼新：把国玺传给狂暴的秦始皇和篡逆的王莽。

⑮童心侈意而为之：像孩子一样任性地处置它。

⑯示既有之：其象征意义是有了。

⑰不抵之足矣：但实际上难副其实。

⑱牢：祭祀用的牛羊之类。

⑲黔：黑。

⑳仪：匹配。

㉑阃金：纳金于阃。阃，音 kǔn，闺闱之意。

㉒垫巾效郭：东汉郭泰（字林宗）曾经出行遇雨，以一个角垫为巾以遮雨。因其负有盛名，时人故意折巾一角以效之，曰林宗巾。

㉓异名同蔺：虽同姓蔺，而名不同。

下邳侯革华传

下邳①侯革华者,其先陇西②人也。三十六代祖守犍为③,黄帝时以力见召,拜大司农④。以其辟土⑤有功,又知稼穑艰难,迁轻车都尉,子孙相继。至周武王时徙居桃林⑥,冠冕遂绝。其后人思其济世之才,因复其位而加任使焉。

华父犨⑦,生五年,袭先祖爵,仕至上轻车都尉。华母居长乐⑧,有乳哺之恩。越王勾践时,尝侍宴姑苏台,《诗》所谓"有觉德行"⑨者也。犨因引重至太行山,力不任事,遂死于辕下。上嗟悼,命太宰申屠公⑩执刀而解之,其支派⑪分离散在他处。革华,长子也。上念其父勤劳⑫而死于王事,封华为下邳侯,诏将作大匠⑬治之。华性坚劲崛强,难以直御⑭;匠以其膏润之,然后去其豪族⑮而加裁割焉。会太原人金十奴与新郑人斛斯生荐华于五木⑯大夫,是后稍稍得成其名。上嘉之,遂释褐⑰,赐墨绶⑱焉。

华尝曰:"吾辛勤久,今方成名,得处在上⑲左右,足矣。"及献之,果然。华为人善履道,别威仪,进止趋跄⑳,一随人意。上将驾出游,畋猎驰骋,球击射御,及交宾接贤,礼神祭祀,未尝不召华俱往,伏事上。久之,忽开口论议㉑,泄露密旨㉒,上由是疏之,诏将作大匠治之,又命其友金十奴等令补过之。寻㉓献于上,上虽纳之,然亦不甚见重。有泥涂贱处,方召使之,余并不得预焉㉔。

顷之,上见其颜色憔悴,衰惫失度㉕,上咨嗟曰:"下邳侯老而惫,不任吾事,今弃于市朝,不复召子矣。"遂弃之而终。华无子,其继者,族人矣。

太史公曰:华之先皮姓,轩辕㉖时,苍颉㉗观鸟迹制文字,以其始于皮而声于革,故从"革"焉。初,革自胡㉘而来,赵武灵王㉙时见重,是后子孙盛于中国。《汉书·功臣表》有煮枣侯革朱㉚者,即其后也。

南宋朱熹认为,本篇文粗俗,不类韩愈之作。但细究起来,其文章意旨与《毛颖传》相比,可谓异曲同工,而其叙革华身世之用典,自悲身世之感喟以及谐谑嘲讽的文风,应非韩文而莫属。

此文以拟人的手法叙述了一双皮鞋的身世、经历和悲惨的结局,实际上则是以委曲婉转的手法,隐约地展示了一个封建士大夫欲用于世,被用于世,而终被委弃于世的经历,充分展示了韩愈自己以及一批封建士大夫的自怜而又无奈的心态。

【注释】

①下邳:秦时所置县名,在今江苏宿迁县。汉代留侯张良早年曾在下邳为黄石公纳履。

②陇西:秦时所置郡名,在今甘肃东南一带。古时为游牧民族所居,牛畜繁多,制皮性能好。

③犍为:西汉置郡名,在今四川宜宾西南。犍,音 jiān,阉割过的公牛。守犍为:做犍为郡太守。

④司农:掌管农业生产的大臣。

⑤辟土:开垦土地。

⑥桃林:《尚书·武成》:"乃偃武修文,归马于华阴之阳,放牛于桃林之野。"在今陕西潼关一带。

⑦犨:音 chōu,牛的喘息声。

⑧长乐:即古长乐镇,在浙江嵊县西南。

⑨《诗》所谓"有觉德行":《诗》指《诗经·大雅·抑》。"有觉德行",朱熹《集传》:"觉,直、大也。"

⑩申屠:复姓。此处以"太宰"之"宰"借为"宰杀"之意。以"申屠"之"屠"借为"屠宰"之意。

⑪支派:指华父犨被屠宰并肢解后的尸体各部分。

⑫劬劳:劳苦。劬,音 qú。

⑬将作大匠:官名,职掌宫室、宗庙、陵寝及其他土木营建。这里指鞋匠。

⑭直御:直接驾御。引申为直接穿在脚上。

⑮去其豪族:指剔除皮上的牛毛。

⑯五木:加在身上的刑具,如枷、镣铐等。《太平广记·二七九》:"见有数人引入外公,则五木备体。"这里比喻为皮鞋整形定型。

⑰释褐:脱去百姓所穿的粗布服装。
⑱墨绶:黑色丝带。指黑色鞋带。
⑲上:指天子,君主。
⑳进止趋跄:进,走路;止,止步;趋,小跑;跄,跟跄,走路不稳的样子。
㉑开口论议:言天子脚下的鞋久经磨损而出现裂口。
㉒泄露密旨:意为由于出现裂口,露出天子脚趾。旨,音同"趾"。
㉓寻:不久。
㉔预:参加。
㉕失度:变形后不再合乎标准。
㉖轩辕:即传说中的黄帝。因居于轩辕之丘,故名轩辕。
㉗苍颉:上古传说中创造文字的人。
㉘胡:古代对北方少数民族的蔑称。
㉙赵武灵王:战国时期赵国国君。曾借鉴北方少数民族战服,教将士骑马射箭,史称"胡服骑射"。
㉚革朱:秦末从汉高祖征战,以功封煮枣侯。卒谥"端明"。

李　实①

　　实谄事李齐运②,骤迁至京兆尹③,恃宠强愎④,不顾文法⑤。是时春夏旱,京畿乏食,实一不以介意⑥,方务聚敛征求⑦,以给进奉⑧。每奏对,辄曰:"今年虽旱,而谷甚好。"由是租税皆不免,人穷,至坏屋卖瓦木⑨,贷麦苗⑩以应官。优人⑪成辅端为谣嘲之,实闻之,奏辅端诽谤朝政,杖杀之。

　　实遇侍御史王播于道,故事⑫,尹与御史相遇,尹下道避,实不肯避,导骑⑬如故,播诘让⑭导骑者,实怒,遂奏播为三原⑮令,廷诟⑯之,陵轹⑰公卿已下⑱,随喜怒诬奏迁黜,朝廷畏忌之。尝有诏免畿内逋租⑲,实不行用诏书,征之如初。勇于杀害,人吏不聊生。至遣⑳,市里欢呼㉑,皆袖瓦砾遮道伺之㉒,实由间道获免。

　　此文从《顺宗实录》摘录,是韩愈任史馆修撰时所作。把李实的残酷压迫剥削人民的情状赤裸裸地揭露出来,同时他写了李实对最高统治者的谄媚蒙蔽和对同僚的任意诬害。韩愈反映当前现实,尽量暴露,可以当得起"书法不隐"四字。

　　《顺宗实录》是元和十年所撰,是年韩愈四十八岁。

【注释】
① 李实:唐朝的宗室,道王元庆(高祖李渊之子)的四世孙。
② 李齐运:也是唐朝的宗室,蒋王恽(太宗李世民之子)之孙。德宗朝,官至礼部尚书。
③ 骤迁至京兆尹:骤,快速。骤迁,不依资历功绩而超越升迁。
④ 强愎:强,顽强,不顾一切。愎,刚愎自用。
⑤ 文法:文,指典章制度。法,法律规令。
⑥ 介意:耿耿于怀,放在心上。

⑦聚敛征求：敛，收。聚敛二字同义。征，取。征求二字同义。四字总意是凶恶残酷地剥削人民，租税名目繁多，限期促迫的意思。
⑧进奉：进献给最高统治者。
⑨坏屋卖瓦木：把屋拆卸，将砖瓦和木料零星出卖。
⑩贷麦苗：麦子还没有成熟，先把青苗抵押给人，得些钱以便纳租税。
⑪优人：扮演杂剧，以诡谐滑稽专长的艺人，往往以诙谐的方式对权贵进行讽刺。
⑫故事：旧例。
⑬导骑：指官僚出行时前面开路的骑卒卫士等人。
⑭诘让：责问。
⑮三原：县名，在陕西省。
⑯廷诟：廷，公堂。诟，辱骂。
⑰陵轹：陵，欺侮。轹，践踏，这里是压迫的意思。
⑱已下：同"以下"。
⑲逋租：旧欠的租税。
⑳至谴：临到谴责降职。
㉑欢呼：大声叫呼。
㉒袖瓦砾遮道伺之：把砖瓦和石头藏在袖里拦路等候李实经过——人民拿瓦石来投击他，发泄愤恨。

宫 市

旧事①：宫中有要市外物②，令官吏主之，与人为市，随给其直③。贞元末，以宦者为使，抑买④人物，稍不如本估⑤。末年不复行文书⑥，置白望⑦数百人于两市⑧并要闹坊，阅人所卖物，但称"宫市"，即敛手付与，真伪不复可辨，无敢问所从来，其论价之高下者⑨。率用百钱物，买人直数千钱物，仍索进奉门户并脚价钱⑩。将物诣市⑪，至有空手而归者。名为宫市，而实夺之。

尝有农夫以驴负柴至城卖，遇宦者称宫市取之，才与绢数尺，又就索门户，仍邀以驴送至内⑫。农夫涕泣，以所得绢付之，不肯受。曰："须汝驴送柴至内。"农夫曰："我有父母妻子，待此然后食⑬，今以柴与汝，不取直而归，汝尚不肯，我有死而已！"遂殴宦者。街吏⑭擒以闻，诏黜⑮此宦者，而赐农夫绢十匹。然宫市亦不为之改易。谏官御史数奏⑯疏谏，不听。上初登位⑰，禁之；至大赦，又明禁。

此文揭发宫市的罪恶。宫市是宦官主持的，设立"白望"数百人，等于几百坏人公然在"首善之区"横肆劫夺。宦官敢于公然作恶，又是最高统治者所默许的。韩愈毫不隐讳地把这个事实揭发出来，表现出了对农夫的同情和对宦官的憎恶。

【注释】

①旧事：同"故事"。
②要市外物：需要到市上去购买东西。
③给其直：直，价值。给其直，付价款。
④抑买：抑，抑制，减低。抑买，以低价强买。
⑤本估：估，价值。本估，原价值，应得的卖价。

宫市

⑥行文书:出具公文证件,载明派某人买某物等等。
⑦白望:胡三省说:"白望,使人于市中左右望,白取其物,不还本价。"白,就如口语里"白给""白得"的"白"字意义一样。
⑧两市:指长安市的东市西市。
⑨其论价之高下者:朱熹说:"其"当作"与"。按当依通鉴作"及"。
⑩仍索进奉门户并脚价钱:索,讨取。货物送入宫中,每过一门,都要付钱给守门人,叫做进奉门户钱。脚价钱,指托言要另雇人运载货物的"运费"。
⑪将物诣市:将,送。这里作运载解。诣,到。
⑫仍邀以驴送至内:仍,更。邀,请,要求,——这里其实是"命令"。内,宫里面。
⑬待此然后食:此,指驴。说要用这头驴子运载物品做买卖来养活一家老小。
⑭街吏:金吾左右街使的属吏。
⑮诏黜:皇帝命令贬黜、开除。
⑯数奏:不止一次的递进。
⑰上初登位:指顺宗李诵初做皇帝。

五坊小儿①

　　贞元末,五坊小儿张捕鸟省于闾里,皆为暴横,以取钱物。至有张罗网于门不许人出入者;或有张井上者,使不得汲水,近之,辄曰②:"汝惊供奉鸟雀!"痛殴之,出钱物求谢,乃去。或相聚饮食于肆③,醉饱而去。卖者或不知,就索其直,多被殴骂;或时留蛇一囊为质④,曰:"此蛇所以致鸟雀而捕之者⑤,今留付汝,幸善饲之,勿令饥渴。"卖者愧谢求哀,乃携而去。上在春宫⑥时,则知其弊,常欲奏禁之,至即位,遂推而行之,人情大悦。

　　这篇是揭发五坊小儿的罪恶。留蛇数语,摹画无赖口吻,惟妙惟肖。此篇选自《顺宗实录》。

【注释】

①五坊小儿:五坊:雕坊、鹘坊、鹞坊、鹰坊、狗坊,坊各有主持人,隶属于闲厩使(掌管皇帝"御"用军用马匹事项)。鸟类和狗是供最高统治者"打猎"玩乐时使用的。小儿,指各坊办事人员,唐时给事者多呼作小儿,如苑监小儿、飞龙(马的美名)小儿等等都是。
②辄曰:就说、便说。
③于肆:在店铺里,这里是指吃食店。
④为质:作抵押品。指不付现钱,把蛇作抵押品。
⑤此蛇所以致鸟雀而捕之者:这几条蛇是要使用它们去捕捉鸟类的。
⑥春宫:太子所居的宫叫春宫。春能生养万物,意思是要太子将来做皇帝后像"阳春"一样"生养"百姓。

阳　城

　　城字亢宗,北平①人,代为官族②。好学,贫不能得书,乃求入集贤③为书写吏,窃官书④读之,昼夜不出,经六年,遂无所不通。乃去沧州中条山下⑤,远近慕其德行,来学者相继于道,闾里有争者,不诣官府,诣城以决之。

　　李泌为相⑥,举为谏议大夫⑦,拜官不辞。未至京师,人皆想望风采,云城山人⑧,能自苦刻,不乐名利,必谏诤死职下,咸畏惮之。

　　既至,诸谏官纷纷言事,细碎无不闻达⑨,天子益厌苦之。而城方与其二弟牟、容连日夜痛饮,人莫能窥其意。有怀刺讥之者,将造城而问者⑩,城揣知其意,辄强与酒,客或时先醉,仆席上;或时先醉,卧客怀中,不能听客语。约其二弟云:"吾所得月俸⑪,汝可度吾家有几口,月食米当几何,买薪菜盐米凡用几钱,先具之⑫,其余悉以送酒媪⑬,无留也。"未尝有所贮积,虽其所服用切急不可阙者,客称其物可爱,城辄喜,举而授之。陈苌者,候其始请月俸,常往称其钱帛之美,月有获焉。

　　至裴延龄谗毁陆贽等坐贬黜⑭,德宗怒不解,在朝无救者,城闻而起曰:"吾谏官也,不可令天子杀无罪之人,而信用奸臣。"即率拾遗⑮王仲舒数人守延英门⑯,上疏论延龄奸佞、贽等无罪状,德宗大怒,召宰相入语,将加城等罪,良久乃解,令宰相谕遣之⑰。于是金吾将军张万福闻谏官伏阁谏,趋往,至延英门,大言贺曰:"朝廷有直臣,天下必太平矣。"遂遍拜城与仲舒等曰:"诸谏议能如此言事,天下安得不太平也!"已而连呼:"太平万岁! 太平万岁!"万福武人,时年八十余,自此名重天下。

　　时朝夕相延龄⑱,城曰:"脱以延龄为相⑲,当取白麻⑳坏之!"恸哭于庭。竟坐延龄事改国子司业。

　　至,引诸生告之曰:"凡学者所以学为忠与孝也,诸生宁有久不省其亲乎!"明日,谒城归养者㉑二十余人。有薛约者,尝学于城,狂躁,以言事得罪,将徙连州②,客寄有根蒂③,吏纵求得城家㉔,坐吏于门㉕,与约饮诀别,涕泣送之郊外。德宗闻之,以城为党罪人,出为道州㉖刺史,太学王鲁卿、李傥等二百七十人诣阙乞留㉗,住数日,吏遮止之,疏不得上㉘。

在州,以家人礼待吏人㉙,宜罚者罚之,宜赏者赏之,一不以簿书介意㉚。赋税不登㉛,观察使数消让㉜,上考功第㉝,城自署第㉞曰:"抚字心劳,催科政拙㉟,考下下。"观察使尝使判官督其赋,至州,怪城不出迎,以问州吏,吏曰:"刺史闻判官㊱来,以为己有罪,自囚于狱,不敢出。"判官大惊,驰入谒城于狱,曰:"使君何罪,某奉命来候安否耳㊲!"留一两日未去,城固不复归,馆门外有故门扇横地㊳,城尽夜坐卧其上,判官不自安,辞去。其后又遣他判官崔某往按之㊴,崔承命不辞,载妻子一行中道而逃㊵。

城孝友,不忍与其弟异处,皆不娶,给侍终身㊶。有寡妹,依城以居,有生㊷,年四十余,痴不能如人㊸,常与弟负之以游。初,城之妹夫亡在他处,家贫,不能葬,城亲与其弟异尸㊹以归,葬于其居之侧,往返千余里。卒时年六十余。

《新唐书·裴延龄传》说:"延龄资苛刻,专剥下附上。"阳城率领其他谏官弹劾裴延龄并竭力反对他做宰相,是能从大处着眼、同情人民的表现。阳城后来做道州刺史,自愿考"下下"、说是"抚字心劳,催科政拙",不肯极力榨取人民来讨好上司。

这篇也是选自《顺宗实录》。

【注释】

①北平:今河北定县。
②代为官族:代原当作世,是唐人避太宗李世民名讳所改用。
③集贤:指集贤殿书院,属中书省,长官为学士,掌管征求、储藏经籍图书。
④官书:公家的书籍。
⑤沧州中条山下:沧州今河北沧县。按通鉴:阳城隐居柳谷之北。胡注:在安邑县中条山。是沧州应作蒲州(安邑属蒲州)。
⑥李泌为相:李泌字长源,京兆人。作宰相事在德宗贞元三年六月。
⑦谏议大夫:属门下省,侍从皇帝并讽谏政治得失。阳城任此职,在贞元四年六月。

阳城

⑧山人：隐居山中，不愿和世人争名夺利的人。
⑨细碎无不闻达：这说当时诸谏官只把些极琐碎无关大体的事举出来塞责。
⑩有怀刺讥之者，将造城而问者：刺，名帖，写着本人的姓名籍贯等等，为拜访之用。怀，藏着，造，至，往。问，质问。
⑪吾所得月俸：谏议大夫为正四品，每月俸钱为七十贯文。
⑫具之：将它们储备好。
⑬酒媪：卖酒的老妇人。
⑭至裴延龄谗毁陆贽等坐贬黜：陆贽，字敬舆，吴郡人。贞元八年任宰相。当时裴延龄以司农少卿判度支（掌管贡赋租税统收统支等事）。说陆贽指责收支机关有意不发军人饷料、摇动军心的话是造谣，因此陆贽贬为忠州别驾。事在贞元十一年。京兆尹李充、盐铁使张滂因劾延龄奸佞欺骗，也同时贬官。
⑮拾遗：官名。遗，过失。拾，拾起来。意义是"补正"最高统治者的过失。
⑯延英门：在大明宫中，宣政殿之右，延英殿之左。
⑰谕遣：告谕遣散。
⑱时朝夕相延龄：当时早晚间就要任延龄为宰相。
⑲脱以延龄为相：脱，假设词，倘使、或者的意思。
⑳白麻：纸名，任命宰相，用白麻纸写诏书。这里即指宰相的"任命状"。
㉑谒城归养者：谒，告假。谒城，向阳城请假。归养，归去奉养父母。
㉒徙连州：驱逐到连州居住。连州，今广东连县。
㉓客寄有根蒂：客寄，没有家属，像旅客一样寄宿旅馆，或别人家中。有根蒂，是借植物做譬喻，虽然客居，也有根有蒂，有所依着，可以追寻下落。
㉔纵求得城家：纵求，根据踪迹去追求。得城家，得下省去"之"字，说在阳城家寻到。
㉕坐吏于门：命吏坐在门旁等候。
㉖道州：今湖南道县。
㉗诣阙乞留：阙原为宫门外的两个高台，其上架作楼观，可以登望，其下阙然（空缺）可以行车马，因而名作阙。后来便用作最高统治者所居宫殿的通称。诣阙乞留，到皇帝那里去请留阳城，不要外放到道州去。
㉘疏不得上：疏，读去声，奏疏，上行公文之一。
㉙以家人礼待吏人：用像对家人一样的礼法来对待群吏。
㉚一不以簿书介意：簿，各种簿册。书，文书。这说阳城不注意各种表面的官样文章，着重在实际。
㉛赋税不登：赋税，农业税和其他各项税收。登，人。这指税收不足额。
㉜观察使数诮让：观察使是刺史的上级上官，管辖一道的事务。数，不止一次。诮让，

责问。

㉝上考功第：吏部有考功郎中和考功员外郎，掌管考查内外官员的成绩，计分九等，最高为"上上"，最低为"下下"。这里上考功第，是指外官送成绩的等第给吏部。

㉞城自署第：阳城自己签名写上对他自己的考语和等第。

㉟抚字心劳，催科政拙：这两句就是考语。抚，爱。字，养。抚爱句说自己很留意人民的生活。催科句说自己不忍严厉督催税收，因此成绩不好。一说：催，督促，科，科罚，和上句"抚字"对文。

㊱判官：官名，这里是指观察使的僚属。

㊲使君：原为奉最高统治者命令而出使的官吏的尊称，以后州郡的长官也称使君。

㊳来候安否耳：不过是来问候一下你的身体好不好罢了。因为阳城有相当地位和名誉，不敢直说"你成绩不好，我来督催粮赋"的话，所以用这样话语来支应。

㊴馆门外有故门扇横地：馆，指判官所住的客馆。故门扇，旧门板。横地，横在地上。

㊵按之：查办他。

㊶载妻子一行中道而逃：一行，一列。载着自己妻子一道半途逃走。这是因为不愿查办阳城，又无法避上司的派遣，只好以一逃了之。

㊷给侍终身：这句是说一生给他的弟弟服劳。

㊸有生：生，同甥。有生，生有一个外甥。

㊹痴不能如人：痴，白痴，有精神病，不能和平常人一样。

㊺舁尸：原为两人共同扛抬尸骨之意，这里舁作"载运"解。

燕喜亭记

　　太原王弘中在连州①，与学佛之人景常、元慧者游，异日从二人者行于其居②之后，丘荒之间，上高而望，得异处③焉。斩茅而嘉树列④，发石而清泉激⑤，辇粪壤，焚榛翳⑥；却立而视之⑦；出者突然成丘，陷者呀然成谷，洼者为池而缺者为洞；若有鬼神异物阴来相之⑧。自是弘中与二人者晨往而夕忘归焉，乃立屋⑨以御风雨寒暑。

　　既成，愈请名之，名其丘曰"俟德之丘"，蔽于古而显于今，有俟德之道也⑩；其石谷曰"谦受之谷"，瀑曰"振鹭之瀑"⑪，谷言德，瀑言容也；其土谷曰"黄金之谷"，瀑曰"秩秩之瀑"⑫，谷言容，瀑言德也；洞曰"寒居之洞"，志其入时也；池曰"君子之池"，虚以钟其美，盈以出其恶⑬也；泉之源曰"天泽之泉"，出高而施下⑭也；合而名之以屋曰"燕喜之亭"，取《诗》所谓"鲁侯燕喜"者颂也⑮。

　　于是州民之老⑯，闻者相与观焉，曰：吾州之山水名天下，然而无与"燕喜"相比。经营于其侧者相接也，而莫直其地⑰。凡天作而地藏之以遗其人乎⑱？弘中自吏部郎贬秩⑲而来，次其道途所经，自蓝田入商洛，涉浙湍，临汉水，升岘首以望方城；出荆门，下岷江，过洞庭，上湘水，行衡山之下，繇郴逾岭⑳，猿狖所家，鱼龙所宫，极幽遐瑰诡之观，宜其于山水饫闻而厌见㉑也。今其意乃若不足，《传》曰："智者乐水，仁者乐山。"㉒弘中之德，与其所好，可谓协矣。智以谋之，仁以居之，吾知其去是而羽仪于天朝㉓也不远矣。遂刻石以记。

　　此文作于韩愈被贬至连州任阳山县令期间（803—805）。
　　文章借写山水来写人物，将山水游记与颂体文章巧妙结合起来，以山水之美妙，映衬出王弘中有才有智的君子之德。
　　王弘中，名仲舒，贞元十九年（803）从吏部员外郎贬为连州司户参军。

王弘中在当时以德行、文章并佳而知名。为官多年不肯依附权贵,体察民间疾苦,兴利除害,革除弊端,为时人所敬重。作者与他交往甚厚。

【注释】

①连州:在今广东省境内。
②居:居处。
③异处:不同一般的地方。
④斩茅而嘉树列:铲除茅蒿后树木成行。
⑤发石而清泉激:挖掘土石后清泉喷射。
⑥辇粪壤,焚榛翳:清理掉污秽的土壤,焚烧掉荆棘杂草。
⑦却立而视之:退到远处再看。
⑧相:音 xiàng。辅佐。
⑨立屋:建筑小屋。
⑩蔽于古而显于今,有俟德之道也:古为一直隐而不彰,至今方得显露,有等待德行君子的意味。
⑪谦受之谷:"谦受益,满招损。"有虚怀以待之意,言谷有谦受之德。振鹭之瀑:言其瀑有纯洁之德。《诗·鲁颂·有駜》毛传:"鹭,白鸟也,以兴洁白之士。"
⑫秩秩之瀑:《诗经·大雅·假乐》:"威仪抑抑,德音秩秩。"《笺》曰:"秩秩,清也。……教令又清明,天下皆乐。"言瀑布有君子之风范。
⑬虚以钟其美,盈以出其恶:钟,积聚也。虚其怀为的是积聚更多的美德;盈满而流目的是排出有害于美德的成分。
⑭出高而施下:出于高处而泽于下。
⑮鲁侯燕喜:《诗经·颂·閟宫》之十一有曰:"鲁侯燕喜,令妻寿母,宜大夫庶士,邦国是有"之句。意为:鲁僖公安乐喜悦,他有贤惠的妻子和高寿的母亲,他善待鲁国的官员和百姓,鲁国的江山将万世永固。
⑯州民之老:一州百姓中的老者。
⑰经营于其侧者相接也,而莫直其地:在亭子周围的土地上有不少人家不留隙地的经营农田,但没有人发现这块地盘的价值。
⑱凡天作而地藏之以遗其人乎:大概是天公生就这块地,而大地又把它隐藏起来,以便专门送给王弘中的吧。
⑲贬秩:降低官职。
⑳繇郴逾岭:从郴州越过秦岭。

㉑饫闻而厌见:饫,音 yù,饱、足之意。《后汉书·刘盆子传》:"十万余人皆得饱饫。"厌,与饫同义。意思是对于山水之类看个足够。
㉒《传》曰:"智者乐水,仁者乐山。"传,指古人的著作。此指《论语》。《论语·雍也》子曰:"知者乐水,仁者乐山;知者动,仁者静;知者乐,仁者寿。"略谓知者乐于观赏水,仁者乐于观赏山。知同智。
㉓去是而羽仪于天朝:离开这里而去长安辅佐天朝。去,离开;羽,辅佐;仪,匹配。

徐泗豪三州节度掌书记厅石记

　　书记①之任亦难矣！元戎②整齐三军之士,统理所部之盱③,以镇守邦国,赞天子施教化,而又外与宾客四邻交;其朝觐、聘问、慰荐、祭祀、祈祝之文,与所部之政,三军之号令升黜:凡文辞之事,皆出书记。非闳辨通敏兼人之才,莫宜居之④。然皆元戎自辟⑤,然后命于天子;苟其帅之不文⑥,则其所辟或不当,亦其理宜也。

　　南阳公自御史大夫、豪寿庐三州观察使⑦,授节⑧移镇徐州,历十一年,而掌书记者凡三人:其一人曰高阳许孟容,入仕于王朝,今为尚书礼部郎中;其一人曰京兆杜兼,今为尚书礼部员外郎、观察判官;其一人曰陇西李博,自前乡贡进士授秘书省校书郎,方为之⑨。南阳公文章称天下,其所辟实所谓闳辨通敏兼人之才者也。后之人苟⑩未知南阳公之文章,吾请观于三君子⑪;苟未知三君子之文章,吾请观于南阳公可知矣:蔚乎其相章⑫,炳乎其相辉⑬;志同而气合,鱼川泳而鸟云飞也⑭!

　　愈乐是宾主之相得⑮也,故请刻石以记之,而陷置于壁间⑯,俾来者得以览观焉。

　　文中南阳公,即张建封。张建封,南阳人,字本立,少习文章,慷慨任气,以平盗、拒乱有功,拜徐泗濠三州节度使,颇得朝廷倚重,卒赠司徒。

　　作品首先叙述了掌书记一职的重要性,而后写节度使与三任掌书记之相得,"蔚乎其相彰,炳乎其相辉",以流畅飞扬的笔意盛赞了张建封的善得人心。

【注释】

①书记:掌管书牍记录的官员。唐代主帅府及节度使属官有掌书记,主撰文字,简称书记。

徐泗豪三州节度掌书记厅石记

②元戎：元，首领；戎，军队，指部队首长。这里指节度使。
③甿：音 méng，同"氓"，指百姓。这里指节度使治下的百姓。
④莫宜居之：不适合占据这个位置。
⑤元戎自辟：节度使自己选定。
⑥不文：没文化，这里指学识粗浅。
⑦观察使：唐代设观察使，位秩次于节度使，甲兵财赋民俗之事无所不管，权任很重。宋代设置的观察使为荣衔，无实职，主要为了显示其待遇。
⑧授节：节，符节，古代用来做凭证的东西。所谓授节，即朝廷授予某人赴任某职的凭证。
⑨方为之：方，正在。这里指陇西李博正在南阳公幕下任掌书记职务。
⑩苟：假如。
⑪三君子：指许孟容、杜兼、李博三人。
⑫相章：相得益彰。
⑬相辉：意同"相章"。
⑭鱼川泳而鸟云飞：各得其所之态。
⑮乐是宾主之相得：为这里宾主相得而高兴。
⑯陷置于壁间：镶嵌在墙壁之上。

画　记

　　杂古今人物小画共一卷：骑而立者五人，骑而被甲载兵①立者十人，一人骑执大旗前立，骑而被甲载兵行且下牵者十人，骑且负者二人，骑执器者二人，骑拥田犬者一人，骑而牵者二人，骑而驱者三人，执羁靮②立者二人，骑而下倚马臂隼③而立者一人，骑而驱涉④者二人，徒而驱牧⑤者二人，坐而指使者一人，甲胄手弓矢鈇钺植⑥者七人，甲胄执帜植者十人，负者七人，偃寝⑦休者二人，甲胄坐睡者一人，方涉者一人，坐而脱足⑧者一人，寒附火⑨者一人，杂执器物役者八人，奉壶矢⑩者一人，舍而具食⑪者十有一人，挹且注⑫者四人，牛牵⑬者二人，驴驱者四人，一人杖而负者，妇人以孺子载而可见者六人，载而上下⑭者三人，孺子戏者九人。凡人之事三十有二，为人大小百二十有三，而莫有同者焉。

　　马大者九匹；于马之中，又有上者，下者，行者，牵者，涉者，陆者，翘者⑮，顾者，鸣者，寝者，讹者⑯，立者，人立者⑰，龁者⑱，饮者，溲者⑲，陟者，降者，痒磨树者，嘘者，嗅者，喜相戏者，怒相踶啮者⑳，秣者㉑，骑者，骤者㉒，走者，载服物者，载狐兔者。凡马之事二十有七，为马大小八十有三，而莫有同者焉。

　　牛大小十一头。橐驼㉓三头。驴如橐驼之数，而加其一焉。隼一。犬羊狐兔麋鹿共三十。旃车三两㉔。杂兵器弓矢旌旗刀剑矛盾弓服矢房㉕甲胄之属，䩉盂簦笠㉖筐筥錡釜㉗饮食服用之器，壶矢博弈之具，二百五十有一，皆曲极其妙。

　　贞元甲戌年，余在京师，甚无事，同居有独孤生申叔㉘者，始得此画，而与余弹棋㉙，余幸胜而获焉。意甚惜之，以为非一工人之所能运思，盖藂集㉚众工人之所长耳，虽百金不愿易也。明年出京师，至河阳㉛，与二三客论画品格，因出而观之。座有赵侍御者，君子人㉜也，见之戚然㉝，若有感然；少而㉞进曰："噫！余之手摸㉟也，亡之且二十年矣，余少时常有志乎兹事,得国本㊱,绝人事而摸得之,游闽中而丧焉,居闲处独,时往来余怀也㊲,以其始为之劳而夙好之笃也,今虽遇之,力不能为已,且命工人存其大都㊳焉。"余既甚爱之,又感赵君之事,因以赠之,而记其人物之形状与数,而时观之,以自释㊴焉。

此文借记画中人马各种动作,几乎和一本流水账一样,但能使读者不生厌倦。作者写人马栩栩如生,引人入胜。
此文是贞元十一年在河阳老家作,韩愈年二十八岁。

【注释】
① 被甲载兵:被,穿着。早,铠甲,古代用皮革制成或以金属片连缀而成的军服。载同戴,负戴,负荷。兵,兵器。载兵,背上背着兵器。
② 羁靮:羁是络在马头部的革带。靮,音 dí,马缰绳。
③ 臂隼:手臂上驾着隼。臂当动词用。隼,名鹘,性凶猛,喜博击鸟类和其他动物。
④ 驱涉:指挥渡水。
⑤ 徒而驱牧:徒,步行。驱牧,指挥牧养牲畜。
⑥ 甲胄手弓矢鈇钺植:胄,古代用金属制成的军帽。甲胄二字作动词用,指身穿军服,头戴军帽。手弓矢,手字也当动词用,手执着弓和矢。鈇,斧。钺,大斧。植,立。鈇钺植,鈇钺的柄植立在地上。
⑦ 偃寝:躺卧休息。
⑧ 脱足:脱去所着鞋袜,脚就脱露出来,所以说是脱足。
⑨ 附火:附,近。附火,靠火,向火,就是烤火取暖。
⑩ 奉壶矢:奉,同捧。壶矢,古时一种游戏,用矢投入壶中,以投中的枚数多少比胜负。
⑪ 舍而具食:在屋下做饭。舍当动词用。
⑫ 挹且注:挹,斟酌。注,灌入。酌水或酒、灌入容器中。
⑬ 牛牵:牵牛。下文驴驱也就是驱驴,是倒字法。
⑭ 载而上下:指上车下车。
⑮ 涉者、陆者、翘者:涉者,指马渡水。陆指马在跳跃。翘指马举起足预备跳。
⑯ 訛者:訛,动。指马在动。
⑰ 人立者:指马高举前两足,像人站立一样。
⑱ 龁者:指马在吃草。
⑲ 溲者:溲,大小便。指马在便溺。

⑳踶啮者：踶，同蹄，当动词用。踶啮，指马在足踢口咬。
㉑秣者：秣，本是饲马的刍豆，也当动词用，指马正在吃饲料。
㉒骑者，骤者：骑，疑当作驰，驰骤，马疾行，骤比驰更快。指马在跑。
㉓橐驼：骆驼。
㉔旃车三两：旃，音 zhān，曲柄旗。车上插着曲柄旗，是招集士众的标帜。一车两轮，因此车一乘称一两。两亦作辆。
㉕弓服矢房：服和房是装弓装矢的用器。
㉖缾盂簦笠：缾，同瓶。簦笠，防雨用具：簦，音 dēng，大而有柄，就是现在通行的雨伞；笠，无柄，戴在头上。
㉗筐篚錡釜：筐，方形竹器。篚，圆形竹器。錡、釜，炊具；有足叫錡，无足叫釜。
㉘独孤生申叔：字子重，卒年二十六岁，柳宗元有墓志铭，韩愈也为他作哀辞一首。
㉙弹棋：古时一种游戏。
㉚藂集：聚集。藂同丛。
㉛河阳：在今河南孟县。
㉜君子人：这里意为诚实无欺的正派人士。
㉝戚然：悲伤的样子。
㉞少而：少，同稍。一会儿。
㉟手摸：亲自依样摹绘。摸，同摹。
㊱国本：国库所藏的画本。
㊲居闲处独，时往来余怀也：空闲时、一人独居的时候，心中常常忆念起这幅画，忘不了。
㊳大都：大略，大概。
㊴自释：自己解释、宽慰。

蓝田①县丞厅壁记

　　丞之职所以贰令②,于一邑无所不当问。其下主簿、尉③,主簿、尉乃有分职。丞位高而逼④,例以嫌不可否事⑤。文书行,吏抱成案诣丞⑥,卷其前⑦,钳以左手,右手摘纸尾,雁鹜行⑧以进,平立,睨丞曰:"当署⑨。"丞涉笔占位⑩署惟谨,目吏⑪问可不可,吏曰:"得⑫。"则退,不敢略省,漫不知何事。官虽尊,力势反出主簿、尉下。谚数慢,必曰丞⑬,至以相訾謷⑭。丞之设岂端使然⑯哉!
　　博陵崔斯立⑰,种学绩文⑱,以蓄其有,泓涵演迤⑲,日大以肆。贞元初,挟其能,战艺于京师⑳,再进,再屈于人㉑。元和初,以前大理评事言得失黜官,再转而为丞兹邑。始至,喟曰:"官无卑㉒,顾材不足塞职㉓。"既噤不得施用,又喟曰:"丞哉丞哉!余不负丞,而丞负余。"则尽枿去牙角㉔,一蹶故迹㉖,破崖岸㉗而为之。丞厅故有记,坏漏污不可读,斯立易桷与瓦㉘,墁治壁㉙,悉书前任人名氏。庭有老槐四行,南墙钜竹千梃㉚,俨立若相持㉛,水㶁㶁㉜循除㉝鸣,斯立痛扫溉㉞,对树二松,日吟哦其间。有问者,辄对曰:"余方有公事,子姑去。"
　　考功郎中、知制诰㉟韩愈记。

　　此文把吏胥共同欺凌县丞和县丞的低首下气的情状,写得淋漓尽致。而"丞涉笔占位"四句,如见其人,如闻其声,更是传神。这是封建专制制度下势利官场内幕的一幅缩写。县丞如果要想做事,就不免要和县令发生矛盾,而县令要揽权怕人干预。吏胥窥破这些秘密,一面巴结县令,一面藉势通同作弊,所以公然演出各类丑剧,这正是县令心中所乐意而予以默认的。
　　崔立之是一个弱者,又是经过挫折的人,因此没有勇气出来斗争,只有发出"丞哉丞哉"的微弱叹息声。最后只好把公署作书室,种松对竹,以吟诗度日,说吟诗就是公事,藉以为自己解嘲。这种无聊的情绪,韩愈曲折地把它描绘出来,代他作不平之鸣,同时也含有希望当局能"正视"这样的问题的期望。

这是元和十年韩愈年四十八岁时所作。

【注释】

① 蓝田:县名,在今陕西省。
② 贰令:贰,佐助。县丞,县令的副职,略如说副县令。
③ 主簿、尉:主簿,掌管文书簿册和监印事项。尉,掌管督察"盗贼"等事。
④ 丞位高而逼:逼,迫近,侵迫的意思。在一县里,县丞的地位仅略次县令,所以说是"高";县丞如果认真办起事来,很容易侵犯到县令的职权,所以说是"逼"。
⑤ 例以嫌不可否事:嫌,嫌疑。可否,动词,表示意见。这句说县丞为了避夺权的嫌疑,照例不敢对县令已决定的大小公事置可否,只让县令去作主。
⑥ 抱成案诣丞:成案,已经办好的案件文书。诣,到;诣丞,到县丞面前。
⑦ 卷其前:把公文前半卷起来,指连公文内容也不让县丞知道。
⑧ 雁鹜行:像天鹅和水鸭一样排列成行。
⑨ 当署:应该签名。
⑩ 涉笔占位:涉笔,举起笔来蘸墨。占位,估量何处是应该签名的位置,——照例是应在县令名字之下。
⑪ 目吏:目,动词。看着吏胥的脸色,观察他的表情。
⑫ 得:行了。
⑬ 略省:稍稍去察看它的内容怎么样。
⑭ 谚数慢,必曰丞:谚,俗语。数,读上声。慢同漫,散漫。俗语谈到闲散冗官,首先数到的一定就是县丞。
⑮ 訾謷:讥诮毁伤。
⑯ 端使然:本来就是要这样。
⑰ 博陵崔斯立:博陵,今河北定县。崔斯立,名立之。
⑱ 种学绩文:种,植。借种庄稼譬喻,说学问有根底。绩,同积。绩文,"博学于文"的意思,文指一切典章制度而言。
⑲ 泓涵演迤:泓涵,形容其广大。演迤,形容其源流很长。
⑳ 战艺于京师:在京师以文艺和人家竞争,就是应考试。崔立之贞元四年中进士,六年中博学鸿辞科。

㉑再进,再屈于人:再进,指应进士试后再应博学鸿辞试。指崔立之才艺出众,两试都及第。

㉒官无卑:官职没有什么小不小。意思是官在人去做,尽管是小官,也可以展自己的抱负。

㉓顾材不足塞职:顾,但,只是。塞职,尽职。

㉔余不负丞,而丞负余:我有做县丞的才能,对得起这职位,但现在的丞不能任事,实在是这职位对不起我。

㉕柭去牙角:柭,同櫱,嫩枝。这句说,把牙和角像嫩枝一样拔去它。是敛去锋芒,不触犯人的意思。

㉖一蹈故迹:遵照老规矩,不加更张。

㉗破崖岸:崖岸,指严峻不易亲近,破崖岸,就是力求平易近人的意思。

㉘易桷与瓦:更换新椽子新瓦,使不再漏。

㉙墁治壁:修整粉刷墙壁。

㉚钜竹千梃:大竹千竿。

㉛俨立若相持:说老槐和大竹俨然对立,好像互不相让的样子。

㉜虢虢:音 guó,水流声。

㉝循除:顺着台阶。

㉞痛扫溉:大大地清扫洗涤一下。

㉟考功郎中、知制诰:官名。考功郎中,属吏部,掌管文武百官考绩事项。知制诰,掌管撰拟诏令事项,这原是中书舍人的职务,当时韩愈以考功郎中兼任此职。

新修滕王阁记

愈少时则闻江南多临观①之美,而滕王阁②独为第一,有瑰伟绝特之称;及得三王所为序、赋、记③等,壮其文辞,益欲往一观而读之,以忘吾忧;系官于朝,愿莫之遂。十四年,以言事斥守揭阳④,便道取疾⑤以至海上,又不得过南昌而观所谓滕王阁者。其冬,以天子进大号,加恩区内,移刺袁州⑥。袁于南昌为属邑,私喜幸自语,以为当得躬诣大府⑦,受约束于下执事,及其无事且还,倪⑧得一至其处,窃寄目偿所愿焉。至州之七月,诏以中书舍人太原王公为御史中丞,观察江南西道;洪、江、饶、虔、吉、信、抚、袁悉属治所。八州之人,前所不便及所愿欲而不得者,公至之日,皆罢行之。大者驿闻,小者立变,春生秋杀,阳开阴闭⑨,令修于庭户数日之间,而人自得于湖山千里之外⑩。吾虽欲出意见,论利害,听命于幕下;而吾州乃无一事可假而行⑪者,又安得舍己所事以勤⑫馆人?则滕王阁又无因而至焉矣!

其岁九月,人吏浃和⑬,公与监军使燕于此阁,文武宾士皆与在席。酒半,合辞⑭言曰:"此屋不修,且坏。前公为从事此邦⑮,适治新⑯之,公所为文,实书在壁;今三十年而公来为邦伯⑰,适及期月⑱,公又来燕于此,公乌⑲得无情哉?"公应曰:"诺。"于是栋楹梁桷板槛之腐黑挠⑳折者,盖瓦级砖之破缺者,赤白之漫漶不鲜㉑者,治之则已;无侈前人,无废后观㉒。

工既讫功㉓,公以众饮,而以书命愈㉔曰:"子其为我记之!"愈既以未得造㉕观为叹,窃喜载名其上,词列三王之次,有荣耀焉;乃不辞㉖而承公命。其江山之好,登望之乐,虽老矣,如获从公游,尚能为公赋之。

元和十五年十月某日袁州刺史韩愈记。

滕王阁旧址在江西赣江门上,西临大江,唐显庆四年滕王李元婴为洪州都督时所建。唐高宗时著名诗人王勃途经此地,作《滕王阁序》,名声

新修滕王阁记

远扬。

　　元和十五年,中书舍人太原王公为御史中丞,观察江南西道,重修了滕王阁。当时韩愈为袁州刺史,归王公管辖,受王公之命,作了这篇记文。

　　王公,即王弘中,名仲舒,详见《燕喜亭记》题解。

【注释】

①临观:亲临现场观览。

②滕王阁:在今南昌,为古代四大名楼之一。唐初王勃有《滕王阁序》,极赞其登临之美。

③三王所为序赋记:指初唐王勃以及王绪、王弘中等人为滕王阁所写的序、赋、记等文章。

④揭阳:在今广东省。韩愈因向皇帝进《谏佛骨表》而"一朝书奏九重天,夕贬潮州路八千"。

⑤取疾:图个快捷。

⑥移刺袁州:《资治通鉴》曰:元和十四年"己丑,群臣上尊号曰元和圣文神武法天应道皇帝,赦天下。"韩愈逢大赦而由揭阳内移为袁州刺史。

⑦躬诣大府:亲身造访南昌。

⑧傥:同"倘","假如"之意。

⑨大者驿闻,小者立变,春生秋杀,阳开阴闭:大州且远的通过驿马通知,小且近者立即执行;春播秋收,正当的通行,不正当的取缔。此句意在描述王公初临的威风。

⑩令修于庭户数日之间,而人自得于湖山千里之外:法令颁行不几天,王公便在千里之外游山玩水,自得其乐了。

⑪假而行:假借理由动身前往。

⑫勤:劳累。

⑬人吏浃和:浃,音jiā,普遍、周遍。无论为官为民,大家一片平和景象。

⑭合辞:异口同声。

⑮为从事此邦:在这里任从事之职。从事,节度使幕下属官。

⑯新:动词,翻新、改造、修葺之意。

⑰邦伯:伯,古代一方首领。此意为做八州之首领。

⑱适及期月:刚刚到这里一个月时间。

⑲乌:语气词,"哪能""怎么会"之意。

⑳挠:弯曲。

㉑漫漶不鲜：漶，音 huàn。漫漶，模糊不可辨别的样子。
㉒无侈前人，无废后观：既不在规模制度方面超过前人，又不影响后人观览。
㉓讫功：大功告成。
㉔以书命愈：用书信的形式命令韩愈。
㉕造：到。
㉖不辞：不推诿。

题李生壁

余始得李生于河中①,今相遇于下邳②,自始及今,十四年矣。始相见,吾与之皆未冠③,未通人事,追思多有可笑者,与生皆然也。今者相遇,皆有妻子,昔时无度量之心,宁复可有是?生之为交,何其近古人也!
是来④也,余黜于徐州⑤,将西居于洛阳。泛舟于清泠池,泊于文雅台下。西望商丘⑥,东望修竹园。入微子庙,求邹阳、枚叔、司马相如之故文⑦。久立于庙陛⑧间,悲《那颂》⑨之不作于是者已久。陇西李翱、太原王涯、上谷侯喜实同与焉。贞元十六年五月十四日。昌黎韩愈书。

唐贞元十六年夏天,韩愈辞别了在徐州的幕府生活,举家迁往洛阳,这篇题记就写于此时。文中,他回顾了与李生的友谊,感慨人世沧桑,同时憧憬西居洛阳能放纵自己于山水名胜之间。

【注释】

①河中:河中府,在今山西永济县。
②下邳:今江苏邳县。
③未冠:冠,音 guàn。古代的一种礼仪,男子二十岁举行冠礼,表示已经成年。未冠,尚未成年之意。
④是来:这次来。
⑤黜于徐州:被降职来到徐州。
⑥商丘:在今河南省境内。
⑦入微子庙,求邹阳、枚叔、司马相如之故文:微子,商纣王大臣,后臣于周,封于宋;邹阳,西汉文学家,有《狱中上梁王书》;枚叔,即枚乘,西汉文学家,有赋《七发》等;司马相如,西汉两司马之一,以赋体作品见长,都曾有关于洛阳的词赋作品。
⑧庙陛:庙门外的台阶。
⑨《那颂》:《诗经·大雅·商颂》有诗曰《那》,是春秋时期宋国国君祭祀祖先的通用乐

歌。

答张籍书

　　愈始者望见吾子于众人之中,固有异①焉;及聆其音声,接其辞气,则有愿交之志;因缘幸会,遂得所图②,岂惟吾子之不遗③,抑仆之所遇有时焉耳。近者尝有意吾子之阙焉无言④,意仆所以交之之道不至⑤也;今乃大得所图,脱然若沉疴去体⑥,洒然若执热者之濯清风也⑦。然吾子所论:排释老不若著书,嚣嚣多言,徒相为訾⑧;若仆之所见,则有异乎此⑨也!

　　夫所谓著书者,义止于辞⑩耳。宣之于口,书之于简,何择焉?孟轲之书,非轲自著,轲既殁,其徒万章、公孙丑相与记轲所言者耳。仆自得圣人之道而诵之,排前二家有年矣⑪。不知者以仆为好辩也;然从而化者亦有矣,闻而疑者又有倍焉⑫。顽然不入者,亲以言谕之不入,则其观吾书也固将无所得矣。为此而止,吾岂有爱于力乎哉?

　　然有一说:化当世莫若口,传来世莫若书⑬。又惧吾力之不能也。三十而立,四十而不惑,吾于圣人,既过之犹惧不及⑭;矧今未至,固有所未至耳。请待五六十然后为之,冀其少过也。

　　吾子又讥吾与人为无实驳杂之说,此吾所以为戏耳;比之酒色,不有间乎?吾子讥之,似同浴而讥裸裎⑮也。若商论不能下气,或似有之,当更思而悔⑯之耳。博塞之讥⑰,敢不承教;其他俟⑱相见。

　　薄晚⑲须到公府,言不能尽。愈再拜。

　　张籍是韩愈在汴州幕府时认识的一位朋友,两人一见如故,倾心交谈。

　　张籍给韩愈写信,感叹佛老横行,劝韩愈不要多言,而应写一部发扬"圣人之道"的著作,以打击佛老之教。同时批评韩愈爱好驳杂无实之类的小说、好以雄辩屈人、嗜好赌博等。作者在这篇复信中针对张籍的责备与指摘,一一进行答复或予以照应,态度鲜明地阐述了自己对著书传世等问题的看法。作者并未板起面孔,而是或据理力争,或恳切辨析,或谦虚接受,抑扬顿挫,寓情于理,充分显示了作者在说理、议论方面的艺术才能。

【注释】

①固有异:本来与众不同。
②遂得所图:所图,所期望的事,此句意为"于是如愿"。
③不遗:不遗弃,不遗忘。此为韩愈与张籍书信中的谦词。
④阙焉无言:指近来信件不多。
⑤交之之道不至:指交友没达到古圣贤要求的标准。
⑥沉疴去体:沉疴,顽疾。多年老病一旦祛除。
⑦执热者之濯清风也:将身心燥热之人置于清风爽气之中。
⑧排释老不若著书,嚣嚣多言,徒相为訾:释老,佛与道;嚣嚣,争论不休的样子;訾,诋毁,非议。徒相为訾,只是互相攻讦。
⑨异乎此:与此不同。此句是说,我的看法与你所说的不同。
⑩义止于辞:文辞表达到什么程度,所寄托的思想也就显露到什么程度。此句意为思想的表达要受到书面语言的限制。
⑪排前二家有年矣:前二家,指孟子门生万章、公孙丑。此句意为,我读孟子,不受其门徒所传之言的局限,而直接探求孟轲的本义。
⑫闻而疑者又倍焉:与上句联系,则意为听我宣讲孟子的本义,持怀疑态度的人比顺从而接受的人要多得多。
⑬化当世莫若口,传来世莫若书:一种理论,要想深入当世人之心,口宣论辩效果最好,而影响后世,则著书立说效果最佳。
⑭既过之犹惧不及:过,指年龄已超过了古圣人所说的"三十而立,四十而不惑"的时光。既,已经;犹惧不及,还怕赶不上(圣人的学问)。
⑮同浴而讥裸裎:一同沐浴却讥笑别人赤身露体。
⑯悔:改变之意。
⑰博塞之讥:博塞,古代的六博和格五等博戏。《庄子·骈拇》:"问穀奚事,则博塞以游。"韩愈生性好博,常与人赌钱,张籍在来信提出了他的这一缺点,他表示"敢不承教"。
⑱俟:等到。
⑲薄晚:薄,将近,迫近。意即傍晚。

重答张籍书

　　吾子不以愈无似①,意欲推而纳诸圣贤之域,拂其邪心,增其所未高②;谓愈之质有可以至于道者,浚其源③,导其所归④,溉其根,将食其实:此盛德者之所辞让⑤,况于愈者哉?抑其中有宜复者,故不可遂已。

　　昔者圣人之作《春秋》也,既深其文辞⑥矣;然犹不敢公传道之,口授弟子,至于后世,其书出焉。其所以虑患之道微⑦也。今夫二氏⑧之所宗而事之者,下及公卿辅相,吾岂敢昌⑨言排之哉?择其可语者诲之,犹时与吾悖⑩,其声哓哓⑪;若遂成其书,则见而怒之者必多矣,必且以我为狂为惑;其身之不能恤⑫,书于吾何有?夫子,圣人也,且曰:"自吾得子路,而恶声不入于耳。"其余辅而相者周天下⑬,犹且绝粮于陈,畏于匡,毁于叔孙,奔走于齐、鲁、宋、卫之郊⑭,其道虽尊,其穷也亦甚矣⑮!赖其徒相与守之,卒有立于天下,向使独言之而独书之,其存也可冀乎?

　　今夫二氏行乎中土也,盖六百年有余⑯矣。其植根固,其流波漫,非所以朝令而夕禁也。自文王没,武王、周公、成、康相与守之,礼乐皆在,及乎夫子,未久也;自夫子而及乎孟子,未久也;自孟子而及乎扬雄,亦未久也,然犹其勤若此,其困若此,而后能有所立;吾其可易而为之哉!其为也易,则其传也不远,故余所以不敢也。

　　然观古人,得其时行其道,则无所为书;为书者,皆所为不行乎今而行乎后者也⑰。今吾之得吾志失吾志未可知,俟五六十为之未失也。天不欲使兹人⑱有知乎,则吾之命不可期⑲;如使兹人有知乎,非我其谁哉?其行道,其为书,其化今,其传后,必有在矣。吾子其何遽戚戚于吾所为哉!

　　前书谓吾与人商论,不能下气,若好胜者然。虽诚有之,抑非好己胜也,好己之道胜也;非好己之道胜也,己之道乃夫子、孟轲、扬雄所传之道也。若不胜,则无以为道⑳。吾岂敢避是名哉!夫子之言曰:"吾与回言终日,不违如愚。"则其与众人辨也有矣㉑。驳杂之讥,前书尽之,吾子其复之。昔者夫子犹有所戏,《诗》不云乎:"善戏谑兮,不为虐兮。"《记》曰"张而不弛,文武不能也",恶害于道哉㉒?吾子其未之思乎!

孟君㉓将有所适,思与吾子别,庶几一来,愈再拜。

张籍在接到韩愈的第一封回信后,又写了一封信,继续劝说他从事著作,宣扬儒家仁义道德,而不要等到五六十以后,那样恐怕会留有遗憾,并接着责备他喜欢"杂说"。

韩愈于是又写了这封信,一一加以解释。他表示,自己发扬儒家精神著书立说的愿望是不会改变的。佛道的祸害昭然于世,但信奉者上自天子,下至公卿辅相,他自己人微言轻,怎么敢公然反对呢?这也是他需要再等一等的原因。

【注释】

① 无似:无状,指行为有悖于常理。
② 增其所未高:提高到还未达到的高度。
③ 浚其源:浚,疏通。意为疏通致道之源。
④ 导其所归:指明所应达到的目的。
⑤ 盛德之所辞让:品行高洁的人都不敢当。
⑥ 深其文辞:使文辞所包含的思想很深。
⑦ 道微:治国做人的道理沦于衰微。
⑧ 二氏:指老子和庄子。
⑨ 昌:音 chàng,同"倡"。排,排斥、辩驳。
⑩ 悖:同"背",违背,相反。
⑪ 哓哓:音 xiāo。形容争辩发出的声音。
⑫ 身之不能恤:恤,音 xù,顾恤。生命都不能存恤。
⑬ 其余辅而相者周天下:其余,指子路以外的其他弟子;辅而相,辅佐、支持。
⑭ 详见《史记·孔子世家》。韩愈在此叙述孔子传道之艰难。
⑮ 孔子所坚持的"道"固然很珍贵,但他无路可行的状态也非同一般。
⑯ 中土:指中原。汉代始崇尚黄老之术,故曰:"六百年有余。"
⑰ 纵观古代圣贤,天时有利而他所坚持的"道"能畅行于天下,就没有必要再著之于书;凡是写了书的,都是他所坚持的"道"不能为当世所接受,而为后代人所接受的。
⑱ 兹人:指当世之人。

⑲期:预料。
⑳无以为道:即"道无以为",意即孔孟所传的"道"便没办法推行。
㉑"吾与回言……如愚。"则其与众人辩也有矣:《论语·为政》:"吾与回言终日,不违如愚;退而省其私,亦足以发,回也不愚。"按韩愈的意思,认为颜回退还与二三子说释道义,发明大体,孔子才知道颜回不愚。则颜回是与同学有辩论的。
㉒"昔者夫子犹有所戏"句,是针对张籍书信中对韩愈好赌一事所进行的"辩解"。"善戏谑兮,不为虐兮。"见《诗·卫风·淇奥》。《记》指《礼记》。《礼记·杂记下》:"张而不弛,文武弗能也,弛而不张,文武弗为也。一张一弛,文武之道也。"韩愈的意思是说:有时为戏是为了使精神放松一下,于道是无害的。
㉓孟君:指诗人孟郊。

与孟东野①书

与足下②别久矣,以吾心之思足下,知足下悬悬③于吾也。各以事牵,不可合并④,其于人人⑤,非足下之为见,而日与之处,足下知吾心乐否也!吾言之而听者谁欤!吾唱之而和者谁欤!言无听也,唱无和也,独行而无徒也,是非无所与同也,足下知吾心乐否也!足下才高气清,行古道,处今世,无田而衣食⑥,事亲左右无违⑦,足下之用心勤矣,足下之处身劳且苦矣,混混与世相浊⑧,独其心追古人而从之,足下之道,其使吾悲也。去年春,脱汴州之乱⑨,幸不死,无所于归⑩,遂来于此。主人与吾有故⑪,哀其穷,居吾于符离睢上⑫,及秋,将辞去,因被留以职事⑬,默默在此,行一年矣。到今年秋,聊复辞去。江湖余乐也,与足下终,幸矣⑭。李习之娶吾亡兄之女⑮,期在后月,朝夕当来此。张籍⑯在和州居丧⑰,家甚贫。恐足下不知,故具此白,冀足下一来相视也。自彼至此虽远,要皆舟行可至,速图之,吾之望也。春且尽,时气向热,惟侍奉吉庆⑱。愈眼疾比剧⑲,甚无聊,不复一一。愈再拜。

韩愈在徐州幕中,不大得意,孟郊也是"混混与世相浊",两人都不得意,又志同道合,因此亟想会晤共谈衷曲。此文诚恳朴质,不加修饰,不用一难字,是"文从字顺"的典范。

此文为贞元十六年三月作,时韩愈年三十三岁,孟郊年五十岁。

【注释】
①孟东野:名郊,湖州武康(今浙江武康县)人,擅长作诗,有诗集行世。
②足下:对人的尊称,战国时已流行,如苏代、乐毅都用"足下"二字称燕王,是其例。
③悬悬:系念,放不下。
④各以事牵,不可合并:各自为人事所牵累,不能同在一处。

⑤人人:一般人,众人。
⑥无田而衣食:没有田可耕种,还得谋吃谋穿,意思是靠做文字来谋生活。
⑦无违:违,失。无违,不失礼,很孝顺。
⑧混混与世相浊:借水做譬喻,"世人皆浊",不能不和他们混在一起,是委曲周旋的意思。
⑨去年春,脱汴州之乱:汴州,今河南开封。贞元十五年二月,驻在汴州的宣武军节度使董晋死了,韩愈随着灵柩离开那里。才走了四天,汴州的军士就把留后陆长源杀了。所以这里说是"脱汴州之乱"。
⑩无所于归:无所往归,没有地方可去。
⑪主人与吾有故:主人,指当时徐泗濠节度使张建封。故,旧;有故,有旧交情。
⑫符离睢上:符离,今安徽宿县符离集。睢,水名。睢上,睢水的旁边。
⑬因被留以职事:指张建封委韩愈为节度推官。
⑭江湖余乐也,与足下终,幸矣:说要归隐不出,以泛舟渔钓自乐,和孟郊相伴终老。幸,希望,希望做得到。
⑮李习之娶吾亡兄之女:习之名翱,唐宗室。曾从韩愈学古文,有李文公集。亡兄,指已亡故的从兄韩弇。
⑯张籍:字文昌,和州乌江人(今安徽和县),从韩愈学诗,有张司业集。
⑰居丧:尊亲属死亡,守丧居家不出。
⑱侍奉吉庆:侍奉,指孟郊奉养老母,吉庆是为他老母祝福。
⑲比剧:比,近来。剧,甚,加剧。

答窦秀才书

愈曰：愈少驽怯①，于他②艺能，自度③无可努力，又不通时事，而与世多龃龉④；念终无以树立，遂发愤笃专⑤于文学。学而不得其术，凡所辛苦而仅有之者，皆符于空言⑥而不适于实用，又重以自废；是故学成而道益穷⑦，年老而身愈困。今又以罪黜于朝廷，远宰蛮县，愁忧无聊，瘴疠侵加⑧，惴惴焉无以冀朝夕。

足下年少才俊，辞清而气锐，当朝廷求贤如不及⑨之时，当道者又皆良有司⑩，操数寸之管⑪，书盈尺之纸，高可以钓爵位，循次而进⑫，亦不失万一于甲科⑬；今乃乘不测之舟⑭，入无人之地，以相从问文章为事⑮。身勤而事左⑯，辞重而请约，非计之得也。虽使古之君子，积道藏德遁其光而不曜，胶其口⑰而不传者，遇足下之请恳恳，犹将倒廪倾囷⑱，罗列而进也；若愈之愚不肖，又安敢有爱于左右哉！

顾足下之能，足以自奋；愈之所有，如前所陈：是以临事愧耻而不敢答也。钱财不足以贿左右之匮急⑲，文章不足以发足下之事业，稇载而往，垂橐而归⑳，足下亮㉑之而已。

愈白。

窦秀才写信请求向韩愈学习文章之事，韩愈写这封信作答，谦虚推辞，希望窦秀才还是走科举入仕的道路为好。

时韩愈因《御史台上论天旱人饥状》得罪李实，以监察御史贬为连州（在今广东省境内）阳山县。所谓远宰蛮县，即指任偏远荒僻的阳山县县令。文中反话正说，牢骚之气充满字里行间。

【注释】

①少驽怯：少，少年，早年；驽怯，才能低下而胆小畏缩。少驽怯，意即从小如此。

答窦秀才书

②他:其他的,别的。
③自度:自我揣测。
④龃龉:上下牙齿不合。此句意为与世多有不合之处。
⑤笃专:专心一意。笃,即"专"之意。
⑥空言:无实际用处的言论。
⑦道益穷:孔孟之道统越来越行不通。
⑧瘴疠侵加:各种疾病同时侵袭于身。
⑨求贤如不及:生怕求不到贤才。
⑩有司:部门主管。
⑪数寸之管:指"笔"。
⑫循次而进:按顺序排队而进。
⑬甲科:指中进士甲科。
⑭不测之舟:说不清将来命运如何的船。
⑮相从:跟随。
⑯身勤而事左:身勤,指努力勤奋于"问文章"之事;事左,指学为文章的事在当今并不合时尚。左,意与"悖"同。
⑰胶其口:封住嘴。
⑱倒廪倾囷:廪,粮仓;囷,音 qūn,圆形谷仓。意即全部倒出,毫不保留。
⑲匮急:经济窘迫。
⑳稇载而往,垂橐而归:稇,音 kǔn,用绳索捆起来;橐,音 tuó,口袋的一种。意思说我把想能告诉的都告诉你了。
㉑亮,同"谅"。

答尉迟生书

愈白：尉迟生足下：夫所谓文者，必有诸其中，是故君子慎其实①，实之美恶，其发也不掩②；本深而末茂，形大而声宏，行峻而言厉，心醇而气和；昭晰者无疑，优游者有余；体不备不可以为成人，辞不足不可以为成文③。愈之所闻者如是，有问于愈者，亦以是对。

今吾子所为皆善矣，谦谦然若不足而以征④于愈，愈又敢有爱于言乎？抑所能言者，皆古之道，不足以取于今⑤，吾子何其爱之异也？贤公卿大夫在上比肩⑥，始进之贤士在下比肩，彼其得之必有以取之也⑦。子欲仕乎？其往问焉，皆可学也。若独有爱于是而非仕之谓，则愈也尝学之矣，请继今以言。

尉迟生，名汾，生平不详。

韩愈一生致力于古文，并竭力奖拔后进，此信便是一封向后学者讲述自己为文之道的书信。文章运用多种比喻，形象、生动而又简明地阐述了文以载道、气盛言宜的文学主张。

【注释】

① 此句意为文章当中必须有实际内容，所以君子特别在意其中的思想。
② 其发也不掩：当美的和丑的内容思想披露出来时，是掩盖不了的。
③ 此句意为根深了枝叶才繁茂，形体高大声音才洪亮，行为刚直言语才严厉，为人朴实厚道神色才能平和；思想明白清晰不容置疑，文气容易自在而宽和；形体不全不可以称为完整的人，词不达意难以称得上成熟的文章。
④ 征：征求，这里指征求为文之法。
⑤ 不足以取于今：难以为当世人所认可。
⑥ 比肩：肩与肩相比并，谓"贤公卿大夫"与"始进之贤士"充斥上下。此处含讥讽之意。
⑦ 彼其得之必有以取之：这些人之所以得就其位，必定有一套取得其位的办法。

上襄阳于相公书

　　伏蒙示《文武顺圣乐辞》《天宝乐诗》《读蔡琰胡笳辞诗》《移族从》并《与京兆书》①,自幕府至邓之北境凡五百余里,自庚子至甲辰凡五日,手披②目视,口咏其言,心惟③其义,且恐且惧,忽若④有亡,不知鞍马之勤,道途之远也!

　　夫涧谷之水,深不过咫尺,丘垤⑤之山,高不能逾寻⑥丈,人则狎而玩之;及至临泰山之悬崖,窥巨海之惊澜,莫不战掉悸栗,眩惑而自失⑦。所观变于前,所守易于内,亦其理宜也。阁下负超卓之奇材,蓄雄刚之俊德,浑然天成,无有畔岸,而又贵穷⑧乎公相,威动乎枢极⑨,天子之毗,诸侯之师;故其文章言语与事相侔⑩,惮赫若雷霆,浩汗若河汉,正声谐《韶濩》⑪,劲气沮金石,丰而不余一言,约而不失一辞,其事信,其理切:孔子曰:"有德者必有言。"信乎其有德而且有言也!扬子云曰:"商书灏灏尔,周书噩噩尔⑫。"信乎其能灏灏而且噩噩也!

　　昔者齐君行而失道,管子请释老马而随之⑬;樊迟⑭请学稼,孔子使问之老农。夫马之智不贤于夷吾⑮,农之能不圣于尼父⑯,然且云尔者,圣贤之能多,农马之知专故也。今愈虽愚且贱,其从事于文,实专且久;则其赞王公之能,而称大君子之美,不为僭越⑰也。伏惟详察。愈恐惧再拜。

　　此文作于元和元年(806),当时韩愈从江陵被召为国子博士,赴京途中经襄阳作此篇。

　　于相公,于頔(音dí),字允元,当时为襄阳大督都。清人沈德潜在点评此文时评价于頔说:"骄蹇不法,卒以入朝,坐其子敏杀人失位,自囚死。谥为厉,此人不足称也。"

　　韩愈此文重在发扬于頔所作文章的美学价值,通篇文气贯通,辞采飞扬,用典显而不晦,且妥帖得当。

【注释】

①以上所列皆于頔的作品。
②披:翻阅。
③惟:琢磨、品味。
④忽若:恍恍惚惚的样子。
⑤丘垤:垤,音dié,蚂蚁做窝时堆在穴口的小土堆,后泛指小土墩。
⑥寻:古代长度单位,一寻为八尺。
⑦眩惑而自失:莫名其妙以致失去自我。自失,这里指失神。
⑧穷:极,到顶端。
⑨枢极:枢,中枢,要害。指天下的最中心区域。
⑩文章言语与事相侔:称赞于頔言行一致。侔,相匹配。
⑪韶濩;也叫"大濩",商汤时期乐曲名。《左传·襄公二十九年》:"见舞《韶濩》者。"濩,音huò。
⑫灏灏:同"浩浩",博大的样子。噩噩:严正的样子。
⑬齐君行而失道,管子请释老马随之:齐君,齐桓公。失道,迷途。管子,管仲,字夷吾。释马,撒开马缰绳。老马识途之故。
⑭樊迟:孔子的弟子之一。学稼:请教种庄稼的学问。事见《论语·子路》。
⑮夷吾:即管仲。
⑯尼父:即孔子。
⑰僭越:超越职分。

为河南令上留守郑相公启①

愈启:愈为相公官属五年②,辱知辱爱,伏念曾无丝毫事为报答效。日夜思虑谋画,以为事大君子当以道,不宜苟且求容悦③,故于事未尝敢疑惑,宜行则行,宜止则止,受容受察④,不复进谢,自以为如此真得事大君子之道。今虽蒙沙汰为县⑤,固犹在相公治下⑥,未同去离门墙为故吏,为形迹嫌疑,改前所为,以自疏外于大君子,固当不待烦说于左右而后察也。人有告人辱骂其妹与妻,为其长者⑦,得不追而问之乎?追而不至,为其长者,得不怒而杖之乎?坐军营,操兵守御,为留守出入前后驱从者,此真为军人矣。坐坊市卖饼,又称"军人",则谁非军人也?愚以为此必奸人以钱财赂将吏,盗相公文牒,窃注名姓于军籍中⑧,以陵驾⑨府县,此固相公所欲去,奉法吏所当嫉,虽捕系杖之,未过也。昨闻相公追捕所告受辱骂者,愚以为大君子为政,当有权变,始似小异要归于正耳。军吏纷纷入见告屈,为其长者⑩,安得不小致为之之意⑪乎!未敢以此仰疑大君子。及见诸从事说,则与小人所望信⑫者,少似乖戾。虽然,岂敢生疑于万一,必诸从事与诸将吏未能去朋党心,盖履甑甑⑬,不以真情状白露⑭左右。小人受私恩良久⑮,安敢闭蓄以为私恨,不一二陈道?伏惟相公怜察,幸甚幸甚!愈无适时才用,渐不喜为吏,得一事为名⑯,可自罢去,不啻如弃涕唾⑰,无一分顾藉⑱心,顾失大君子纤芥⑲意如丘山重,守官去官,惟今日指挥。愈惶惧再拜。

韩愈作为县令,因为惩罚不法军人,保护受欺凌的好人,引起留守郑馀庆的恼怒,反而袒护不法军人,所以作此书启申诉。此书表面文辞委婉尽情,处处为郑馀庆回护脸面,搭下台阶梯,实际上却绵里藏针、抗辩不屈。文气沉雄浩瀚,精彩有力,有如巨斧劈砧,着着落在实处。

【注释】

① 为河南令上留守郑相公启：韩愈这时做河南令。留守郑相公，指郑馀庆，字居业，元和初年做过宰相，此时以检校兵部尚书兼东都留守，所以称为留守郑相公。启，是官文书的一种，向上级陈述政事用的。

② 为相公官属五年：韩愈在元和元年，做国子博士，郑馀庆是国子祭酒。二年，分教东都生，郑馀庆为河南尹兼知东都国子监事。四年，改都官员外郎，五年任河南令，时郑馀庆任东都留守。几次都在他的手下，所以说为相公官属五年。

③ 求容悦：以奉迎、巴结的手段博取欢心。

④ 受容受察：不管是受包容还是受体察。

⑤ 蒙沙汰为县：沙汰，和淘汰相同。为县，做县令。韩愈从都官员外郎出为县令，是外调，所以说是蒙沙汰，自谦如同淘米淘金时当作泥沙被汰除出来。

⑥ 固犹在相公治下：河南令的直接长官是河南尹，不隶属留守，但因同时也在留守领导管辖之下，所以说犹在相公治下。

⑦ 为其长者：韩愈为河南令，令是一县之长，所以说是为其长者。这两处"为其长者"都是韩愈自指。

⑧ 窃注名姓于军籍中：即冒充军人。军籍，记载军人履历的簿书。窃注，偷偷记入。

⑨ 陵驾：和凌驾同，欺陵跨越，以势压人。

⑩ 为其长者：这里长者则指留守，留守是掌理军籍的首长。

⑪ 小致为之之意：小同少，稍稍。为，帮助。稍稍表示帮助他们的意思。

⑫ 望信：希望和信任。

⑬ 盖履黤黮：黤黮，音 yān, dǎn，深黑色。意思说留守受小人蒙蔽，不明真相。

⑭ 白露：白、露，二字同义，表白暴露。

⑮ 良久：很久。

⑯ 得一事为名：得到某一事做名义、做借口。

⑰ 不啻如弃涕唾：不啻，不但，不止。这说弃官如弃涕唾，把官职看得比涕唾还轻。

⑱ 顾藉：顾，瞻顾。藉，假借。顾藉，有留恋的意思。

⑲ 纤芥：纤，细。芥和介同，也作细微解。

上宰相书

正月二十七日,前乡贡进士韩愈谨伏光范①门下,再拜献书相公阁下:

《诗》之序曰:"菁菁者莪,乐育材也。君子能长育人材,则天下喜乐之矣。"②其诗曰:"菁菁者莪,在彼中阿;既见君子,乐且有仪。"说者曰:"菁菁"者,盛也;"莪",微草也;"阿",大陵也!言君子之长育人材,若大陵之长育微草,能使之菁菁然盛也。"既见君子,乐且有仪"云者,天下美之之辞也。其三章曰:"既见君子,锡我百朋。"说者曰:"百朋",多之之辞也,言君子既长育人材,又当爵命之,赐之厚禄以宠贵之云尔。其卒章曰:"泛泛杨舟,载沉载浮,既见君子,我心则休。"说者曰:"载",载也;"沉浮"者,物也;言君子之于人材,无所不取,若舟之于物,浮沉皆载之云尔。"既见君子,我心则休"云者,言若此则天下之心美之也。君子之于人也,既长育之,又当爵命宠贵之,而于其材无所遗焉。孟子曰:"君子有三乐,王天下不与存焉。"其一曰:"乐得天下之英材而教育之。"③此皆圣人贤士之所极言至论。古今之所宜法④者也;然则孰能长育天下之人材,将非吾君与吾相乎?孰能教育天下之英材,将非吾君与吾相乎?幸今天下无事,小大之官各守其职,钱谷甲兵之问不至于庙堂;论道经邦之暇⑤,舍此宜无大者焉。

今有人生二十八年矣,名不著于农工商贾之版⑥。其业则读书著文歌颂尧舜之道,鸡鸣而起,孜孜焉亦不为利;其所读皆圣人之书,杨墨释老之学⑦无所入于其心;其所著皆约六经之旨而成文,抑邪兴正,辨时俗之所惑。居穷守约,亦时有感激怨怼⑧奇怪之辞,以求知于天下;亦不悖于教化,妖淫谀佞诪张之说,无所出于其中;四举于礼部乃一得,三选于吏部卒无成⑨;九品之位其可望,一亩之宅其可怀。遑遑乎四海无所归;恤恤乎饥不得食,寒不得衣;滨⑩于死而益固,得其所者争笑之;忽将弃其旧而新是图,求老农老圃而为师。悼⑪本志之变化,中夜涕泗交颐⑫。虽不足当⑬诗人孟子之所谓,抑长育之使成材,其亦可矣;教育之使成材,其亦可矣!

抑又闻古君子之相其君也,一夫不获其所,若己推而内之沟中⑬;今有人生七年而学圣人之道以修其身,积二十年,不得已一朝而毁之,是亦不获其所矣!伏念今有仁人在上位,若不往告之而遂行,是果于自弃而不以古之君子之道待吾相也,其可乎?宁往告焉,若不得其志,则命也,其亦行矣!

《洪范》⑮曰:"凡厥庶民,有猷、有为、有守,汝则念之,不协于极,不罹于咎,皇则受之,而康而色。曰予攸好德,汝则锡之福。"是皆与善之辞也。抑又闻古之人有自进⑯者,君子不逆之矣,曰"予攸好德,汝则锡之福"之谓也;抑又闻上之设官制禄,必求其人而授之者,非苟慕其才而富贵其身也,盖将用其能理不能,用其明理不明者耳;下之修己立诚必求其位而居之者,非苟没⑰于利而荣于名也,盖将推己之所余以济其不足者耳。然则上之于求人,下之于求位,交相求而一其致焉耳。苟以是而为心,则上之道不必难其下,下之道不必难其上;可举而举焉,不必让⑱于其自举也;可进而进焉,不必廉⑲于自进也。

抑又闻上之化⑳下,得其道,其劝赏不必遍加乎天下而天下从焉,因人之所欲为而遂推之之谓也。今天下不由吏部而仕进者几希㉑矣,主上感伤山林之士有逸遗者,屡诏内外之臣旁求儒雅于四海。而其至者盖阙㉒焉,岂其无人乎哉?亦见国家不以非常之道礼之而不来耳。彼之处隐就闲者亦人耳,其耳目鼻口之所欲、其心之所乐、其体之所安,岂有异于人乎哉?今所以恶衣食,穷体肤,麋鹿之与处,猿狄之与居,固自以其身不能与时从顺俯仰,故甘心自绝而不悔焉。而方闻今国家之仕进者,必举于州县,然后升于礼部吏部,试之以绣绘雕琢之文,考之以声势之逆顺、章句之短长,中其程式者,然后得从下士之列;虽有化俗之方、安边之画㉓,不繇是而稍进者,万有一得焉:彼惟恐入山之不深,入林之不密,其影响昧昧,惟恐闻于人也。今若闻有以书上宰相而求仕者,宰相不辱焉,而荐之天子,天子爵命㉔之,而布其书于四方,枯槁沉溺魁闳宽通之士,必且洋洋焉动其心,峨峨焉缨其冠,于焉㉕而来矣。此所谓劝赏不必遍加乎天下

上宰相书

而天下从焉者也,因人之所欲为而遂推之之谓者也。

伏惟览《诗》《书》《孟子》之所指,念育才锡福之所以;考古之君子相其君之道,而忘自进自举之罪;思设官制禄之故,以诱致山林逸遗之士:庶天下之行道者知所依归焉。

小子不敢自幸,其尝所著文,辄采其可者若干首,录在异卷,伏垂赐观焉。干黩⑧尊严,伏地待罪,愈再拜。

贞元八年,韩愈考中了进士,但他并没有得到官做,唐朝规定,礼部负责考进士,派官却必须经过吏部的考试,韩愈被挡在了这里,而且一拖就是几年。这期间,他三次投考博学鸿辞科,但都落空。贞元十一年,也就是韩愈考中进士后的第四年,他怀着迫切的愿望给宰相们上书,一月之内上书三次,这是其中之一。在这封上书中,韩愈陈述了自己的求学经过以及眼下的艰难处境,希望宰相们能可怜他,给他一个一官半职,那时踞于相位的人是赵憬、贾耽、卢迈,都是碌碌无能的庸材,对韩愈怀才不遇的惨痛呼号无动于衷,相府的大门始终没有对韩愈敞开。

满怀痛楚却不得不期望通过达官权贵了解自己以谋得职位,危苦与冀幸交织,哀怨与乞怜融汇,其情感之复杂,在文中一览可见。

【注释】

①光范:指美好的仪容。说光范门下,是对对方的恭维之辞。
②语出《诗经·小雅·菁菁者莪·毛诗序》。
③语见《孟子·尽心上》。三乐指父母健康长寿,兄弟无他事故,自己心正无邪,行为端正,能教育天下英才。三乐中不包括称王于天下。
④法:仿效,学习。
⑤论道经邦之暇:谈论道德,治理国家之余。
⑥版:名册、户籍之类。
⑦杨墨释老之学:杨,杨朱,战国时魏国人,生活在墨子之后,孟子之前,他主张利己,拔一毛可利天下,而不为;墨,墨子,主张"兼爱",与杨朱学说相反;释,即释迦牟尼的简称,佛教创始人;道,即道教,以老子、庄子为代表。以上对孔孟所倡导的儒教而言都属异端。
⑧怼:音 duì,怨恨。《管子·宙合》:"厚藉敛于百姓,则万民怼怨。"

⑨韩愈参加礼部科举先后四次才得上榜,而此后在待选过程中也经历了长时间磨难。
⑩滨,同"濒",接近;固,固执;得其所者,谋得官位利禄的人。
⑪悼:哀伤。
⑫中夜涕泗交颐:夜半更深之时泪流满面。颐,面颊,腮。
⑬当:配,称。
⑭此句意为:我又听说古代辅佐国君的宰相,他们认为,在他的治下,如果有一个人的才能得不到发挥,就感到好像是自己把他推进了沟壑一般。
⑮《洪范》:《尚书》中的一篇。
⑯自进:自荐以进。
⑰没,音 mò。淹没。
⑱让:责怪。
⑲廉:不苟取,与"贪"相对。这里有嫌其贪而戒之之意。
⑳化:教化。
㉑几希:差不多没有。几,音 jī,接近。希,无。
㉒阙:同"缺"。这句说国家虽多次招隐徕逸,却没得多少人才。
㉓画:计划、谋略。
㉔爵命:命之以爵,即给安排官位。
㉕洋洋焉……于于焉:洋洋焉,得意喜乐的样子;峨峨焉,高耸矗立的样子;缨其冠,给冠加缨;于于焉,悠然自得的样子。《庄子·盗跖》:"神农之世,卧则居居,起则于于。"
㉖干黩:干,音 gān,干犯、冒犯;黩,轻慢、亵渎。

答崔立之书

　　斯立①足下：仆②见险不能止，动不得时，颠顿狼狈，失其所操持③，困不知变，以至辱于再三：君子小人之所悯笑，天下之所背而驰者也。足下犹复以为可教，贬损道德④，乃至手笔以问之，扳援古昔，辞义高远，且进且劝，足下于故旧之道得之矣。虽仆亦固望于吾子，不敢望于他人者耳；然尚有似不相晓者。非故欲发余⑤乎？不然，何子之不以丈夫期我⑥也！不能默默⑦，聊复自明。

　　仆始年十六七时，未知人事，读圣人之书，以为人之仕者皆为人耳，非有利乎己也。及年二十时，苦家贫，衣食不足，谋于所亲，然后知仕之不唯为人耳。及来京师，见有举进士者，人多贵之⑧，仆诚乐之，就求其术，或出礼部所试诗赋策等以相示，仆以为可无学而能，因诣州县求举，有司好恶出于其心，四举而后有成，亦未即得仕。闻吏部有以博学宏辞⑨选者，人尤谓之才，且得美仕，就求其术，或出所试文章，亦礼部之类，私怪其故，然犹乐其名，因又诣州府求举，凡二试于吏部，一既得之，而又黜于中书⑩，虽不得仕，人或谓之能焉。退因自取所试读之，乃类乎俳优⑪者之辞，颜忸怩⑫而心不宁者数月；既已为之，则欲有所成就，《书》所谓"耻过作非"⑬者也。因复求举，亦无幸焉，乃复自疑，以为所试与得之者不同其程度⑭；及得观之，余亦无甚愧焉。夫所谓博学者，岂今之所谓者乎？夫所谓宏辞者，岂今之所谓者乎？诚使古之豪杰之士若屈原、孟轲、司马迁、扬雄之徒进于是选，必知其怀惭乃不自进而已耳；设使与夫今之善进取者竞于蒙昧之中，仆必知其辱焉。然彼数子者，且使出于今之世，其道虽不显于天下，其自负何如哉！肯与夫斗筲⑮者决得失于一夫之目⑯而为之忧乐哉！故凡仆之汲汲于进者，其小得盖欲以完裘葛、养孤穷，其大得盖欲以同吾之所乐于人耳⑰；其他可否自计已熟；诚不待人而后知。今足下乃复比之献玉者，以为必俟良工之剖然后见知于天下，虽两刖足而不为病，且无使勚者再克⑱;诚足下相勉之意厚也,然仕进者岂舍此而无门哉?足下谓我必待是而后进者,尤非相悉⑲之辞也。仆之玉固未尝献,而足固未尝刖,足下无为我戚戚⑳也。

方今天下风俗尚有未及于古者,边地尚有被甲执兵者,主上不得怡而宰相以为忧。仆虽不贤,亦且潜究㉑其得失,致之乎吾相,荐之乎吾君,上希㉒卿大夫之位,下犹取一障而乘之;若都不可得,犹将耕于宽闲之野,钓于寂寞之滨,求国家之遗事,考贤人哲士之终始,作唐之一经,垂之于无穷。诛奸谀于既死,发潜德之幽光㉓;二者将必有一可。足下以为仆之玉凡几献,而足凡几刖也㉔,又所谓勚者果谁哉?再克之刑信如何也。士固信于知己,微足下无以发吾之狂言㉕。愈再拜。

崔立之是韩愈的朋友,在韩愈通过礼部考试获取进士出身而又没有得官职的情况下,劝韩愈不要气馁,继续奋斗下去。

韩愈写了这封回信,向朋友倾泄了自己的一腔愤慨和忧郁之情。在这封书信的最后,韩愈表示,如能获用于朝廷便希望有所作为,如不获用,那也没关系,悠然自得,去做学问也行啊。

文章信笔拈来,颇有劲捍之气。有人认为此书可与司马迁的《报任安书》一较上下。

【注释】

① 斯立,崔立之的字,贞元年间进士,元和初为蓝田丞,韩愈在《蓝田县丞厅壁记》一文中对他多有传述。
② 仆:韩愈自我谦称。
③ 失其所操持:放弃、丢失了往日所坚持的志向。
④ 贬损道德:这里的道德指的是道德君子的身份。
⑤ 故欲发余:故意打算启发我。
⑥ 不以丈夫期我:不以大丈夫的标准要求我。
⑦ 默默:不作声。
⑧ 人多贵之:人们能以为他们尊贵。贵,在此为意动用法。
⑨ 博学宏辞:科举所设"博学宏辞"科,级别在进士科之上。
⑩ 黜于中书:被总管国家事务的中书省黜落。

⑪俳优:古代以乐舞作谐戏的人。
⑫忸怩:羞愧难堪的样子。
⑬《书》所谓"耻过作非。"《书》:指《尚书·说命中》。"耻过作非",意谓害怕人家批评自己的过失,便用言辞加以文饰,于是造成更大的错误。
⑭程度:规矩,要求,标准。
⑮斗筲:斗,盛米之器;筲,盛水之桶。此句以斗筲之容,谓多数士子学识之少。与江河湖海相较,则斗筲之容不足与论。
⑯一夫之目:指礼部主考官的眼光。
⑰故凡……乐于人耳:我之所以努力求中科选,在于不能大展其才之时,可以自奉衣食,奉养家人;一旦能大展其才,就让天下人同我一样过好日子。
⑱今足下……再克:现在你把我比为献玉的人,必须等待高明的琢玉工匠精心打磨,然后才被天下人珍视,即使被砍去双脚也不认为是伤害,并且不至于使更强有力的人超过自己。
⑲相悉:相了解。悉,知,了解。
⑳戚戚:忧伤的样子。
㉑潜究:默默研究。
㉒希:接近。
㉓诛奸谀于既死,发潜德之幽光:用笔去讨伐历代奸谀之人,阐发为人所不识的美好道德的光辉。
㉔足下以为……削也:您认为我几次投试于有司,我的志气也几次被人家消磨。韩愈在这里将自己投试求知比为卞和献璞,而将卞和被砍去双脚比作自己的意志被斫伤,消磨。
㉕士固……狂言:读书人本来就相信了解自己的人,如果没有你的责问,也就没有人听我说这些狂妄的话的人了。

答李翊①书

六月二十六日，愈白，李生足下：生之书辞甚高②，而其问何下而恭也！能如是，谁不欲告生以其道。道德之归也有日矣，况其外之文乎！抑愈所谓望孔子之门墙而不入于其宫者③，焉足以知是且非邪？虽然，不可不为生言之。

生所谓立言④者是也，生所为者与所期⑤者，甚似而几矣。抑不知生之志，蕲胜于人⑥而取于人邪？将蕲至于古之立言者邪？蕲胜于人而取于人，则固胜于人而可取于人矣；将蕲至于古之立言者，则无望其速成，无诱于势利⑦，养其根而俟其实，加其膏而希其光⑧，根之茂者其实遂⑨，膏之沃者其光晔⑩，仁义之人，其言蔼如⑪也。

抑又有难者，愈之所为，不自知其至犹未也，虽然，学之二十余年矣。始者非三代、两汉之书不敢观，非圣人之志不敢存，处若忘，行若遗，俨乎其若思，茫乎其若迷⑫，当其取于心而注于手也，惟陈言之务去⑬，戛戛⑭乎其难哉！其观于人，不知其非笑之为非笑也。如是者亦有年，犹不改，然后识古书之正伪⑮，与虽正而不至焉者，昭昭然白黑分矣，而务去之，乃徐有得也。当其取于心而注于手也，汩汩⑯然来矣，其观于人也，笑之则以为喜，誉之则以为忧，以其犹有人之说者存也。如是者亦有年，然后浩乎其沛然⑰矣，吾又惧其杂也，迎而距之，平心而察之⑱，其皆醇也，然后肆焉⑲。虽然，不可以不养也⑳，行之乎仁义之途，游之乎诗、书之源㉑，无迷其途，无绝其源，终吾身而已矣。气，水也；言，浮物也㉒；水大而物之浮者大小毕浮。气之与言犹是也：气盛，则言之短长与声之高下者皆宜㉓。

虽如是，其敢自谓几于成乎！虽几于成，其用于人也奚取焉㉕？虽然，待用于人者，其肖于器㉖邪？用与舍属诸人㉗。君子则不然：处心有道，行己有方，用则施诸人，舍则传诸其徒，垂诸文而为后世法㉘。如是者其亦足乐乎？其无足乐也？有志乎古者希矣，志乎古必遗乎今，吾诚乐而

答李翊书

悲之。亟称其人,所以劝之,㉒非敢褒其可褒,而贬其可贬也㉓。问于愈者多矣,念生之言,不志乎利,聊相为言之。愈白。

　　此文重在谈论作者自己学古文的经验,他自叙学文的过程,经历了三个阶段:选定应读的书,定出目标专心致志下一番研究工夫,着重在"陈言务去"一点,这是第一阶段。功夫渐渐加深,能够辨别正伪,把伪的扬弃掉,此时文思像水泉涌出,汩汩不绝;对时人的批语更能辨别是非,自信心更强了,此为第二阶段。功夫成熟,文思如长江大河,一泻千里,已到浩乎其沛然的境界,又恐怕还杂有不纯粹的成分,于是平心静气再加省察,然后才放笔写去,此为第三阶段。

　　此文作于贞元十七年,时作者三十四岁。

【注释】

① 李翊:贞元十八年进士。
② 辞甚高:说李翊的文辞高出于当时一般人,就是下文"蕲(求)胜于人而取于人,则固胜于人而可取于人"的意思。
③ 抑愈所谓望孔子之门墙而不入于其宫者:此借宫室作譬喻,说孔子道德学问如一座大宫室,门外人但见这一所宅院很大,墙宇很高,可是找不到它的门在哪里,不能入内游览,比喻孔子之道很高深,我个人正是门外人,只能在表面上知道一些。
④ 立言:指著书立说,可以流传后世。
⑤ 所期:所期望的。
⑥ 蕲胜于人:蕲,同祈,求。人,指当时的人,实指当时的知识分子而言。
⑦ 无诱于势利:当时应科目和士大夫阶级所习用的文体是时文,不是古文。作时文才可以取富贵,韩愈却希望人作古文,所以说不要为势利所引诱。
⑧ 加其膏而希其光:膏,油。古人照夜,是用油灯,灯碗中放置灯芯,注油点燃,名叫膏镫(灯)或华灯。
⑨ 其实遂:果子结得饱满。实,果实。遂,畅达,发育完全。
⑩ 膏之沃者其光晔:油足则灯亮。沃,盛多。晔,光明。
⑪ 蔼如:蔼,和。如,然。
⑫ 处若忘,行若遗,俨乎其若思,茫乎其若迷:处,上声,动词,居止。忘、遗义同。俨,同严,端庄,诚恳。思,思虑。这四句是形容用功过程中神志迷惘还没有得到完全成功时的情状。

⑬当其取于心而注于手也,惟陈言之务去:这说写文章的时候,心中想着,笔下抒写,把陈词滥调都要去净。
⑭戛戛:形容不轻松容易。
⑮古书之正伪:正,就是指上文所说的"仁义之人其言蔼如"的作品。伪是指不合上列标准,或者后人所伪托的作品。
⑯汩汩:本用以形容水的声音,这里借水来譬喻文思,像川流不息一样,不会枯竭。
⑰浩乎其沛然:浩,大。沛,充沛。也是借水做譬喻,形容文章气势的宏伟,正如他的弟子皇甫湜所说:"韩吏部之文如长江秋注、千里一道"的意思。
⑱迎而距之,平心而察之:迎,迎接。距,同拒。一面迎接它,一面又拒止它,这就是平心体察的预备工作。
⑲其皆醇也,然后肆焉:醇,醇正,纯粹。肆,放肆。经过平心静气体察后,觉得都是很纯粹,没有毛病,便放笔写下去。
⑳不可以不养也:这里养是培养、巩固以上所得的成果。
㉑仁义:据《原道》篇说:仁就是博爱。义是"行而宜之",就是所行因时因地制宜,合乎当时环境的需要。
㉒游之乎诗、书之源:诗,诗经,是六艺之一。司马迁说:古诗原有三千余篇,经孔子删定为三百零五篇。分为风、雅、颂三部分。书,《尚书》,书经,也是六艺之一。相传也是孔子所编次,上起唐尧,下迄秦穆,为"记言"之书,经秦始皇焚书以后,留存二十八篇,现在通行本多出十余篇,是后人伪造的。《论语》说:"子所雅(常)言,诗、书执礼"。诗、书是孔子所常常引说用以教人的,所以说游乎诗书之源。
㉓气,水也;言,浮物也:此又借水做譬喻。一个人的身体有形有气,气是无形的,只能从人的行动和言语上表达出来,所以说:气譬如水,言语像水上所浮的东西一样。
㉔气盛,则言之短长与声之高下皆宜:如果气很充沛的话,他的发言,不论言词或长或短,声调或高或低,都是很调适、很合拍。
㉕其于人也奚取焉:奚,何。这句说不为人所取,指古文不为当时士大夫所需要。
㉖肖于器:肖,相像。器,用具。肖于器,像一件用具,只有一种固定的、局限的用处。
㉗用与舍属诸人:舍,不用。属,从属,自己不能自主。诸,于。这句说器之用与不用,权柄操在人手里。
㉘君子则不然六句:说明"君子"不论见用不见用,都是"有道有方",用和舍都"无入而不自得",和上文的"器"相反,着重在"道"。
㉙劝之:劝勉、鼓励他。
㉚非敢褒其可褒,而贬其可贬也:褒,褒奖。贬,贬损。这句说:圣人可以对人褒贬(君相也有权褒贬人),圣人"大公无私",所以褒贬很恰当;我不是圣人,不敢对人表示褒贬意见。

重答李翊书

　　愈白：李生：生之自道其志①可也，其所疑于我者非也。人之来者，虽其心异于生；其于我也，皆有意焉。君子之于人，无不欲其入于善，宁有不可告而告之，孰有可进而不进也②？言辞之不酬，礼貌之不答，虽孔子不得行于互乡，宜乎愈之不为也③。苟来者，吾斯进之而已矣，乌待其礼逾而情过乎④？

　　虽然，生之志求知于我邪，求益于我邪⑤？其思广圣人之道邪，其欲善其身而使人不可及邪？其何汲汲于知而求待之殊也⑥！贤不肖固有分矣，生其急乎其所自立，而无患乎人不己知⑦；未尝闻有响大而声微者也，况愈之于生恳恳邪？

　　属有腹疾无聊，不果自书。愈白。

　　在这封书信中，韩愈认为自己没有什么盛气凌人不肯施教于人的地方。文章简短而有力地指出了李翊急于求人理解自己等缺点，并告诉他，要先自立，这样才能"无患乎人不己知"。

【注释】

①自道其志：叙述自己的志向。
②哪能不可告诉的告诉他，而可以指点的却不指点呢？进，指点以使之进步。
③人有来言我无去语，人施以礼而我不答，如果这样，就是孔子也不去互乡这地方传道。互乡：《论语·述而》："互乡难与言。"《论语正义》作者刘宝楠认为，互乡在兖州府峄县西北。
④有来访的人，我给他以指点罢了，哪能等到人家施非常之礼而表非常之情呢？
⑤求益于我邪：从我这里增长学识。
⑥求待之殊：希望得到特殊的礼遇。
⑦无患乎人不己知：不担心别人不理解自己。

答李秀才书

　　愈白：故友李观元宾①十年之前示愈《别吴中故人》诗六章，其首章则吾子也②，盛有所称引③。元宾行峻洁清，其中狭隘不能包容，于寻常人不肯苟有论说④；因究其所以，于是知吾子非庸庸之众。时吾子在吴中，其后愈出在外，无因缘相见。元宾既殁，其文益可贵重；思元宾而不见，见元宾之所与者⑤则如元宾焉。

　　今者辱惠书及文章，观其姓名，元宾之声恍若相接；读其文辞，见元宾之知人，交道之不污。甚矣，子之心有似于吾元宾也！

　　子之言以愈所为不违孔子，不以琢雕为工，将相从于此，愈敢自爱其道而以辞让为事乎？然愈之所志于古者，不惟其辞之好，好其道焉尔⑥。读吾子之辞而得其所用心，将复有深于是⑦者与吾子乐之，况其外之文乎？愈顿首。

　　文章分为两部分：第一部分为客套之词，但在客套之际，通过对李观的理解和评价，间接称赞了李生"非庸庸之众"。第二部分为本文重点，也是价值之所在。文中明确提出了"文"与"道"的关系："不惟其辞之好，好其道焉尔"，这是体现韩愈"文以载道"理论的一篇重要文章。

【注释】
①李观元宾：李观，(767—795)字元宾，陇西人，喜文学。韩愈在举进士之前即曾与之交游于京城。
②《别吴中故人》诗的第一首就是送给你的。吾子，即李生。
③盛有所称引：盛，大，多；称引，推举。

④对普通人不轻易发表议论、见解。
⑤所与者:与李观相互投机的人。
⑥不惟其辞之好,好其道焉尔:不仅仅喜欢它的言辞,主要是喜欢它的道统、学说。
⑦深于是:即对先王之道研究得很深。

答陈生书

愈白:陈生足下:今之负名誉享显荣者,在上位几人①。足下求速化之术②,不于其人,乃以访愈③,是所谓借听于聋,求道于盲④,虽其请之勤勤,教之云云⑤,未见其得者也。愈之志在古道,又甚好其言辞,观足下之书及十四篇之诗,亦云有志于是矣;而其所问则名,所慕则科⑥,故愈疑于其对焉。虽然,厚意不可虚辱,聊为足下诵⑦其所闻。

盖君子病乎在己而顺乎在天,待己以信而事亲以诚。所谓病乎在己者,仁义存乎内;彼圣贤者能推而广之,而我蠢然为众人。所谓顺乎在天者,贵贱穷通之来,平吾心而随顺之,不以累于其初。所谓待己以信者,己果能之,人曰不能,勿信也;己果不能,人曰能之,勿信也,孰信哉?信乎己而已矣。所谓事亲以诚者,尽其心不夸于外,先乎其质而后乎其文者也。尽其心不夸于外者,不以己之得于外者为父母荣也,名与位之谓也。先乎其质者,行也;后乎其文者,饮食旨甘以其外物供养之道也。诚者,不欺之名也。待于外而后为养,薄于质而厚于文,斯其不类于欺欤?果若是,子之汲汲于科名,以不得进为亲之羞者,惑也!

速化之术如是而已。古之学者惟义之问⑧,诚将学于太学,愈独守是说而俟见知焉。愈白。

在这封书信中,韩愈向陈生介绍了修身处世的原则:要始终把自己看得低一点,平静地对待命运的安排,要充满自信,对待亲人要"以诚"。这些是为人的根本,而汲汲于科举,认为考不上给亲人丢脸,那才是大惑。文章将事亲之道与为文之道巧妙地合二为一,并论同述,形象而切实地道出了无论事亲还是为文,都应遵守"先质后文"的原则。

答陈生书

【注释】

①在上位几人:在朝廷中当政的几位大人。
②速化之术:使社会习俗迅速趋古的方法。
③不于其人,乃以访愈:(求速化之术)不找"在上位"者而找到我,可算没找到合适的人。
④借听于聋,求道于盲:向耳聋人打听事情,向盲人问路。
⑤云云:语言、议论多而杂。
⑥所问则名,所慕则科:问的是成名之道,希求的如何得中科选。
⑦诵:陈述。这里有不厌其烦,重弹老调之意。
⑧惟义之问:惟问义。

与李翱书

　　使至,辱足下书,欢愧来并①,不容于心。嗟乎,子之言意皆是也!仆虽巧说,何能逃其责邪?然皆子之爱我多,重我厚,不酌时人待我之情,而以子之待我之意使我望于时人也。

　　仆之家本穷空,重遇攻劫②,衣服无所得,养生之具无所有,家累仅三十口,携此将安所归托乎?舍之入京不可也,挈③之而行不可也,足下将安以为我谋哉?此一事耳,足下谓我入京诚有所益乎?仆之有子,犹有不知者,时人能知我哉?持仆所守,驱而使奔走伺候公卿间,开口论议,其安能有以合乎?仆在京城八九年,无所取资,日求于人以度时月,当时行之不觉也,今而思之,如痛定之人思当痛之时,不知何能自处也。今年加长矣,复驱之使就其故地,是亦难矣!

　　所贵乎京师者,不以明天子在上,贤公卿在下,布衣韦带之士谈道义者多乎④?以仆遑遑于其中,能上闻而下达乎?其知我者固少,知而相爱不相忌者又加少,内无所资,外无所从,终安所为乎?嗟乎!子之责我诚是也,爱我诚多也,天下之人有如子者乎?自尧舜已来,士有不遇者乎,无也?子独能使我洁清不汙⑤而处其所可乐哉?非不愿为子之所云者,力不足,势不便故也。仆于此岂以为大相知乎?累累随行,役役逐队,饥而食,渴而饮者也。其所以止而不去者,以其心诚有爱于仆也。然其爱于我者少,不知于我者犹多,吾岂乐于此乎哉?将亦有所病而求息于此也。

　　嗟乎!子诚爱我矣,子之所责于我者诚是矣;然恐子有时不暇责我而悲我,不暇悲我而自责且自悲也:及之而后知,履之而后难耳⑥。孔子称颜回:"一箪食、一瓢饮,人不堪其忧,回也不改其乐。"⑦彼人者,有圣者为之依归,而又箪食瓢饮足以不死,其不忧而乐也岂不易哉!若仆无所依归,无箪食,无瓢饮,无所取资,则饿而死,其不亦难乎?子之闻我言亦悲矣。嗟乎,子亦慎其所之⑧哉!

离违久,乍还侍左右,当日欢喜,故专使驰此候足下意,并以自解。愈再拜。

李翱,字习之,陇西人,韩愈的登堂弟子,后来韩愈将其兄韩弇之女嫁给李翱。韩愈在世时,李翱的文章已负有盛名,韩愈去世后,李翱接过复兴古文的旗帜,但他对圣人之道的理解偏重于"理""性"等,最终导致古文运动越来越窄,而失去了韩、柳之时的号召力。与此同时,他的学问文章开了宋代理学的先河。

韩愈的信向李翱沉痛地回忆了在京城求职而一无所获的痛苦经历,讲述了自己当时生活的艰难,"然恐子有时不暇责我而悲我,不暇悲我而自责且自悲也;及之而后知,履之而后难也",如痛定思痛,且深刻道出对方不完全理解自己的深微怨艾之情。

文章不假雕饰,不掩真情,推心置腹,娓娓道来,因而感人至深。

【注释】

① 欢愧来并:欢喜和惭愧并至。
② 仆之家本穷空,重遇攻劫:这一年,汴州节度使董晋死,韩愈护送灵柩到洛阳,第四天,汴州兵乱,大小官吏几乎全部丧生,韩愈幸免于难,家属在汴京吃惊不小,后则东去彭城。
③ 挈:音 qiè。提起,提着,引申为带着,领着。
④ 京城之所以高贵,不是因为上有圣明的天子,下有贤达的公卿,而善于谈义论道的普通读书人又很多吗?
⑤ 洿:音 wū,污秽。班固《典引》:"司马相如洿行无节,但有浮华之词,不周于用。"
⑥ 及之而后知,履之而后难耳:到了那一阶段、状态,才会有真的了解;真正实践起来才知道多么不容易。
⑦ 孔子称颜回……不改其乐:事见《论语·雍也》。
⑧ 慎其所之:慎重选择自己的志向。

与崔群①书

自足下离东都②,凡两度枉问③,寻承已达宣州④,主人⑤仁贤,同列⑥皆君子,虽抱羁旅⑦之念,亦且可以度日,无入而不自得⑧,乐天知命⑨者,固前修⑩之所以御外物⑪者也,况足下度越⑫此等百千辈,岂以出处近远累其灵台⑬耶!宣州虽称清凉高爽,然皆大江之南,风土不并以北,将息⑭之道,当先理其心,心闲无事,然后外患不入,风气所宜,可以审备,小小者亦当自不至矣。足下之贤,虽在穷约⑮,犹不能改其乐,况地至近,官荣禄厚⑯,亲爱尽在左右者耶!所以如此云云者,以为足下贤者,宜在上位,托于幕府⑰,则不为得其所,是以及之,乃相亲重之道耳,非所以待足下者也。

仆自少至今,从事于往还朋友间,一十七年矣,日月不为不久。所与交往相识者千百人,非不多,其相与如骨肉兄弟者,亦且不少,或以事同,或以艺取⑱,或慕其一善,或以其久故⑲,或初不甚知,而与之已密,其后无大恶,因不复决舍,或其人虽不皆入于善,而于己已厚,虽欲悔之不可。凡诸浅者,固不足道,深者止如此!至于心所仰服,考之言行,而无瑕尤⑳,窥之阃奥,而不见畛域㉑,明白淳粹,辉光日新㉒者,惟吾崔君一人。仆愚陋无所知晓,然圣人之书,无所不读,其精粗㉓巨细,出入明晦,虽不尽识,抑不可谓不涉其流㉔者也。以此而推之,以此而度之,诚知足下出群拔萃,无谓仆何从而得之也㉕!与足下情义,宁须言而后自明耶!所以言者,惧足下以为吾所与深者,多不置白黑于胸中㉖耳。既谓能粗知足下,而复惧足下之不我知,亦过也。比亦有人说,足下诚尽善尽美,抑犹有可疑者。仆谓之曰:"何疑?"疑者曰:"君子当有所好恶,好恶不可不明,如清河者㉗,人无贤愚,无不说其善,伏其为人㉘,以是而疑之耳。"仆应之曰:"凤凰芝草㉙,贤愚皆以为美瑞;青天白日,奴隶亦知其清明。譬之食物,至于遐方异味,则有嗜者,有不嗜者;至于稻也,粱也,脍㉚也,炙也㉛,岂闻有不嗜者哉!"疑者乃解。解,不解,于吾崔君,无所损益也。

自古贤者少,不肖者多。自省事②已来,又见贤者恒不遇,不贤者比肩青紫③,贤者恒无以自存,不贤者志满气得,贤者虽得卑位,则旋而死,不贤者或至眉寿④。不知造物者⑤意竟如何?无乃所好恶与人异心哉!又不知无乃都不省记,任其死生寿夭耶!未可知也。人固有薄卿相之官,千乘之位⑥,而甘陋巷菜羹者,同是人也,犹有好恶如此之异者,况天之与人,当必异其所好恶无疑也!合于天而乖于人,何害!况又时有兼得者耶!崔君崔君,无怠无怠。

仆无以自全活者,从一官于此⑦,转困穷甚,思自放于伊、颍⑧之上,当亦终得之。近者尤衰惫:左车⑨第二牙,无故动摇脱去;目视昏花,寻常间便不分人颜色;两鬓半白,头发五分亦白其一,须亦有一茎两茎白者。仆家不幸,诸父诸兄,皆康强早世⑩,如仆者又可以图于久长哉!以此忽忽,思与足下相见,一道其怀,小儿女满前,能不顾念。足下何由得归北来,仆不乐江南⑪,官满便终老嵩下⑫,足下可相就,仆不可去矣。珍重自爱,慎饮食,少思虑,惟此之望!愈再拜。

这篇书启内容计分三部分:一是请崔群不以得失而戚戚忧心,好好保养身体;二是叙情义并表示非常钦佩他的人格。三是代他发牢骚,说自古贤者常不得志,不贤者则志满气得,因疑"造物者"的好恶和人类的好恶有所不同,得出"合于天而乖于人"的结论,又以"无怠"勉励崔群。书中不用一难字,明白晓畅,接近口语。

此文作于贞元十八年。时作者三十五岁。

【注释】

① 崔群:字敦诗,贝州武城(今山东武城县)人,与韩愈同年进士,其时在宣州(今安徽宣城县)任观察判官。
② 东都:唐以洛阳为东都。
③ 两度枉问:承两次写信给我。
④ 寻承已达宣州:寻,不久。承,奉。不久又接奉您的消息,知道您已到达宣州。
⑤ 主人:指宣、歙二州观察使崔衍,崔群在他幕下做判官。

⑥同列:当时李博也在宣州崔衍幕中。李博、崔群、韩愈三人都是陆贽榜下的同年进士。
⑦羁旅:羁,寄托。旅,客。旅客寄居外乡,所以说是羁旅。
⑧无入而不自得:入,往,自得,自己心中很得意,很舒适。
⑨乐天知命:任其自然的意思。
⑩前修:修,善。前修,前代的善人。
⑪外物:指一切天时人事等等。
⑫度越:度同渡,度越二字同义,超过的意思。
⑬累其灵台:累,牵累。灵台,指心(见《庄子·庚桑楚》篇郭注)。
⑭将息:将,养。息,休息。
⑮穷约:穷,穷困,穷乏。约,贫苦。
⑯官荣禄厚:按观察判官,官品是从五品。据唐会要所载:观察判官每月料钱五十贯文,每月杂给,准时估,不得过二十贯文。
⑰幕府:古代军队出兵,施用帐幕,所以将军府称幕府。后来凡是从属的文官兼管军事的甚至不兼管军事的,也统称幕府了。
⑱以艺取:艺,技艺。取其长于某种技艺。
⑲久故:故,旧。久故,老交情,老朋友。
⑳瑕尤:瑕,玉有疵病。喻指人的毛病。尤,过失。
㉑窥之闑奥,而不见畛域:闑,音kǔn,门限。奥,室中西南隅。闑奥,内室,借以喻幽秘。畛,田上的道路。域,界限。两句是说:从幽隐处来考察,也没有自私自利的存心,胸襟广阔,坦坦荡荡,无彼此界限。
㉒辉光日新:借火和太阳的光作譬喻,说他德业不断进步。
㉓精粗:即粗糙和细致。
㉔不可谓不涉其流:涉,渡。渡过水的人,便知道了这条水的深浅广狭等各种情况。这句譬喻说,我对圣人之书不能说没下过一番探讨工夫,亦即很知道它的底蕴。
㉕无谓仆何从而得之也:不要说我从什么地方得出这种结论。意思是说,我是从交友的经验中和古书的理论中得来的。
㉖不置白黑于胸中:不辨是非,不分好坏。
㉗如清河者:清河是崔氏的"郡望",所以用以代指崔群。
㉘伏其为人:就是服其为人,佩服他的人格。伏服二字古时通用。
㉙芝草:芝,神芝。按:芝是一种菌类植物,生枯木上。古人把它当作瑞草。
㉚脍:细切肉。
㉛炙:用火烤熟的肉。

㉜省事:省,察,知晓。省事,晓事,通世故,知人情。
㉝青紫:汉朝丞相、太尉,都是用金印紫绶(结在印纽上的带子),御史大夫用银印青绶,青紫二色是最高级文武官印绶所用的颜色,所以用"青紫"二字来代表高官贵人。
㉞眉寿:老年人眉间往往有长毫秀出,因此称年老长寿为眉寿。
㉟造物者:古人唯心宿命论中"创造"万物的"神祇"。
㊱千乘之位:古代大国出兵车千乘,一乘四马,千乘,有马四千匹。千乘之位,是大诸侯的职位。
㊲从一官于此:韩愈当时做国子监四门馆博士。
㊳伊、颖:伊水源出河南卢氏县熊耳山,东北经嵩县等地流入洛水。颖水出河南登封县西,东南经禹县等地,最后流入淮水。
㊴左车:左边牙床。
㊵诸父诸兄,皆康强早世:韩愈长兄会,死时年四十二,仲兄介,刚刚入仕即卒,卒年未详。他叔父云卿的儿子弇,死于吐蕃,年三十五。叔父仲卿的儿子岌,死时年五十七。早世,早死。
㊶江南:这里实指宣城。韩氏有别业在宣城,韩愈少时曾在那里住过。
㊷嵩下:嵩山之下。

与陈给事书

愈再拜:愈之获见①于阁下有年矣,始者亦尝辱一言之誉②。贫贱也,衣食于奔走,不得朝夕继见,其后阁下位益尊,伺候于门墙者③日益进。夫位益尊,则贱者日隔;伺候于门墙者日益进,则爱博而情不专。愈也道不加修而文日益有名。夫道不加修,则贤者不与;文日益有名,则同进者忌。始之以日隔之疏,加之以不专之望,以不与者之心而听忌者之说:由是阁下之庭无愈之迹矣!

去年春,亦尝一进谒于左右矣,温乎其容若加其新④也,属乎其言若闵⑤其穷也,退而喜也以告于人。其后如东京⑥取妻子,又不得朝夕继见,及其还也,亦尝一进谒于左右矣,邈乎其容⑦若不察其愚也,悄乎其言⑧若不接⑨其情也,退而惧也不敢复进。今则释然悟,翻然悔曰:其邈也,乃所以怒其来之不继也;其悄也,乃所以不尽其意也。不敏之诛⑩无所逃避,不敢遂进,辄自疏其所以⑪,并献近所为《复志赋》已下十首为一卷,卷有标轴;《送孟郊序》一首生纸写,不加装饰,皆有揩注字处,急于自解而谢,不能俟更写,阁下取其言而略其礼可也。愈恐惧再拜。

陈给事,即陈京,字庆复,大历元年(766)进士,贞元十九年(803)因受德宗赏识,由考功员外郎升为给事中,主管辩驳政令得失。此信便写于该年年底。这年七月,韩愈升为监察御史,但他感到并不能完全施展自己的才能,便写信给陈京,希望得到对方了解和推荐。作者与陈京此前曾有隔膜,因而信写起来便越加注重表达情感的技巧。全文三百五十余字,表达复杂情感委婉周致,情中见骨,显示了高超的驾驭文字的功力。

【注释】

①获见:荣幸受到接见。有恭维之意。

与陈给事书

②尝辱一言之誉:曾经受到您的言辞推举。
③伺候于门墙者:在您家门口等候接见的人。
④加其新:加,勉励,增益;新,更新,进步。
⑤闵:同"悯",怜悯。
⑥东京:唐代的东京指洛阳。
⑦邈乎其容:面有藐视之意。邈,通"藐"。
⑧悄乎其言:言语中透出凄切之意。悄,意 qiǎo,凄切,忧愁的样子。
⑨接:接待,领受。
⑩不敏之诛:被指责为不才。诛,谴责。
⑪疏其所以:以书信陈述这样做的原因。

答冯宿书

　　垂示仆所阙^①,非情之至,仆安得闻此言?朋友道缺绝久,无有相箴规磨切^②之道,仆何幸乃得吾子!仆常闵时俗人有耳不自闻其过,懔懔然^③惟恐已之不自闻^④也;而今而后,有望^⑤于吾子矣!

　　然足下与仆交久,仆之所守^⑥,足下之所熟知。在京城时,嚣嚣之徒^⑦相訾^⑧百倍,足下时与仆居,朝夕同出入起居,亦见仆有不善乎?然仆退而思之,虽无以获罪于人^⑨,亦有以获罪于人者,仆在京城一年,不一至贵人之门,人之所趋,仆之所傲^⑩,与己合者则从之游,不合者虽造吾庐未尝与之坐:此岂徒足致谤而已,不戮于人^⑪则幸也!追思之可为战栗寒心。故至此以来,克己自下,虽不肖人至,未尝敢以貌慢之^⑫;况时所尚者邪?以此自谓庶几无时患,不知犹复云云也。闻流言不信其行^⑬,呜呼,不复有斯人也!君子不为小人之恟恟^⑭而易其行,仆何能尔?委曲从顺,望风承意^⑮,汲汲恐不得合,犹且惧不免云云,命也,如何!然子路闻其过则喜,禹闻昌言则下车拜^⑯。古人有言曰:"告我以吾过者,吾之师也。"愿足下不惮烦,苟有所闻,必以相告;吾亦有以报子,不敢虚也,不敢忘也!愈再拜!

　　韩愈为了求取官职,奔走于达官贵人门下投书谒见,阿谀奉承。他的朋友冯宿为此批评了他,韩愈写了这封书信为自己辩白。他说自己本性并非是个阿谀小人,过去也颇为恃才傲物,但后来一看,不把自己变得低三下四根本就不行,这才处处表现出"委曲以顺,望风承意"。在信的末尾,他表示真心接受冯宿的批评。从这封信中也可以看出,在这种社会里,一个知识分子要想维护人格的尊严是一件多么艰难的事情。

答冯宿书

【注释】

①垂示仆所阙:承蒙您告诉我自身的缺失。
②箴规磨切:规劝并磋切。
③懔懔然:恐惧的样子。
④不自闻:自己的过失自己不能听到。
⑤有望:有所期望。
⑥仆之所守:我所坚持的志向。
⑦嚣嚣之徒:喧哗嘲闹之辈。
⑧訾,音 zī,诋毁。
⑨无以获罪于人:没有得罪人的地方。
⑩人之所趋,仆之所傲:别人千方百计所追求的,却是我所不屑的。
⑪戮于人:被人羞辱。戮,此处为"羞辱"。
⑫以貌慢之:以简慢的脸色对待他。
⑬闻流言不信其行:听到流言就怀疑被流言所攻击的人的品行。
⑭惘惘:纷扰不安的样子。
⑮望风承意:迎合别人的旨意如同看到风来即顺向而行一般。《晋书·石苞传》:"(王)骏戚属尊重,权要赫奕。内外有司,望风承旨。"
⑯闻其过则喜,禹闻昌言则下车拜:《孟子·公孙丑上》:"孟子曰:'子路,人告之以有过则喜。'"《尚书·大禹谟》:"禹拜昌言曰:'俞'。"昌言,即正言、善言。

与冯宿论文书

辱示《初筮赋》,实有意思。但力为之①,古人不难到;但不知直似古人,亦何有于今人②也?仆为文久每自则意中以为好,即人必以为恶矣;小称意人亦小怪之,大称意即人必大怪之也。时时应事作俗下文字③,下笔令人惭;及示人,则人以为好矣:小惭者亦蒙谓之小好,大惭者即必以为大好矣,不知古文真何用于今世也;然以俟知者知④耳。

昔扬子云⑤著《太玄》,人皆笑之,子云之言曰:"世不我知无害也;后世复有扬子云,必好之矣。"子云死近千载,竟未有扬子云,可叹也!其时桓谭⑥亦以为雄书胜老子;老子未足道也,子云岂止与老子争强而已乎?此未为知雄者。其弟子侯芭颇知之,以为其师之书胜《周易》,然侯之他文不见于世,不知其人果如何耳。以此而言,作者不祈人之知⑦也明矣。直百世以俟圣人而不惑,质诸鬼神⑧而不疑耳。足下岂不谓然乎?

近李翱从仆学文,颇有所得,然其人家贫多事,未能卒⑨其业。有张籍者,年长于翱,而亦学于仆,其文与翱相上下,一二年业之⑩,庶几乎至也;然闵其弃俗尚而从于寂寞之道,以之争名于时也!

久不谈,聊感足下能自进于此,故复发愤一道。愈再拜。

韩愈从二十九岁到三十六岁开始做官,仕途上有所进展,在政治、思想、文学上的见解也日渐成熟,比较明确地提出了古文复兴运动中心内容和具体要求。在这封书信中,韩愈对人们不重视古文表示了困惑和不解,并坚信古文复兴一定会得到后人的重视。

【注释】

①但力为之:只要努力去做。
②直似古人,亦何有于今人:很接近古人的作品,又怎么能为现在的人接受呢?

③应事作俗下文字:应付差事写些鄙俗的文章。俗下文字,指当时盛行的文章形式。
④俟知者知:等待能了解它的人去欣赏它。
⑤扬子云:扬雄(公元前53—公元18年),西汉成都人,字子云,少好学,长于辞赋。模仿《易经》《论语》作《太玄》《法言》,被后世认为是继孟子之后儒家道统的阐发者,继承者。
⑥桓谭(约公元前23—公元50年):字君山,西汉沛国相人。官至议郎,好音乐,善鼓琴,遍习五经,精于天文,主张浑天说。
⑦祈人之知:祈望被人了解。
⑧质诸鬼神:让鬼神来评判、对质。
⑨卒:完成。
⑩业之:以之为业。业,名词动用,"从事"。

为人求荐书

某闻木在山,马在肆①,过之而不顾者虽日累千万人,未为不材与下乘②也;及至匠石过之而不睨③,伯乐遇之而不顾,然后知其非栋梁之材、超逸之足也。以某在公之宇下非一日,而又辱居姻娅④之后,是生于匠石之园,长于伯乐之厩者也;于是而不得知,假有见知者千万人,亦何足云耳。今幸赖天子每岁诏公卿大夫贡士,若某等比咸⑤得以荐闻,是以冒进其说以累于执事,亦不自量已。

然执事其知某如何哉?昔人有鬻⑥马不售于市者,知伯乐之善相⑦也,从而求之;伯乐一顾,价增三倍⑧:某与其事颇相类,是故终始言之耳。某再拜。

这是韩愈替别人写的一封求荐信,希望请求引荐的人能像伯乐识马一样发现和引荐自己。

文章以工匠与木、伯乐与马的关系来况喻求荐者与引荐人之间的关系,殷殷之期、切切之望形于言辞。

【注释】

① 肆:市集贸易之处。马肆,即马市。
② 未为不材与下乘:不能算不材和驽劣。
③ 睨:斜视。
④ 姻娅:姻,女婿的父亲;娅,连襟。姻娅,泛指有婚姻关系的亲戚。
⑤ 比咸:比,接连;咸,都。
⑥ 鬻:音 yù,卖。
⑦ 善相:精于相马。
⑧ 伯乐一顾,价增三倍:《战国策·燕二》有类似的故事:"伯乐乃还而视之,去而顾之,一旦而马价十倍。"

应科目时与人书

月日愈再拜:天池之滨,大江之濆①,曰有怪物焉;盖非常鳞凡介②之品汇匹俦③也!其得水,变化风雨上下于天地不难也;其不及水,盖寻常尺寸之间耳。无高山大陵旷途绝险为之关隔也;然其穷涸不能自致乎水,为獱獭④之笑者,盖十八九矣。如有力者哀其穷而运转之,盖一举手一投足之劳也。

然是物也,负其异于众⑤也,且曰:"烂死于沙泥,吾宁乐之;若俯首帖耳摇尾而乞怜者,非我之志也。"是以有力者遇之,熟视之若无睹也。其死其生,固不可知也。今又有有力者当其前矣,聊试仰首一鸣号焉,庸讵知⑥有力者不哀其穷,而忘一举手一投足之劳而转之清波乎?

其哀之,命也;其不哀之,命也;知其在命⑦而鸣且号之者,亦命也;愈今者实有类于是。是以忘其疏愚之罪,而有是说焉。阁下其亦怜察之!

本篇为韩愈于贞元八年(792)考中进士之后,于第二年参加博学宏辞科考试前后写给当时韦舍人的一封求荐信。

通篇托物言志,一喻到底。从其寓意来看,不无明珠沉淀、自怜自叹且冀求援引之意,显得格调不高;但其艺术形式却有过人之处,即融书信与寓言于一炉,而运用纯熟,既简练又生动,这在前人是不多见的。

【注释】
①濆:音 fén,水边,河旁高地。
②常鳞凡介:普通的有鳞带甲的动物。介,铠甲。
③品汇匹俦:放在一起相提并论。
④獱獭:水獭。獱,水獭之小者。

⑤负其异于众:背负着与众不同的志向。
⑥庸讵知:庸,副词,难道之意,在此无实意。讵,音 jù,副词,意与"庸"同。庸讵知,哪里想到。
⑦在命:命该如此之意。

答刘正夫①书

　　愈白,进士刘君足下:辱笺②,教以所不及,既荷辱赐,且愧其诚然,幸甚幸甚!凡举进士者,于先进③之门,何所不往,先进之于后辈,苟见其至,宁可以不答其意邪?来者则接之,举城士大夫莫不皆然,而愈不幸独有接后辈名④,名之所存,谤之所归也。

　　有来问者,不敢不以诚答。或问:"为文宜何师?"必谨对曰:"宜师古圣贤人。"曰:"古圣贤人所为书具存,辞皆不同,宜何师?"必谨对曰:"师其意不师其辞。"又问曰:"文宜易宜难?"⑤必谨对曰:"无难易,惟其是尔⑥。"如是而已。非固开其为此、而禁其为彼也。

　　夫百物朝夕所见者,人皆不注视也,及睹其异者,则共观而言之。夫文岂异于是乎?汉朝人莫不能为文,独司马相如、太史公、刘向⑦、扬雄为之最。然则用功深者,其收名也远。若皆与世沉浮,不自树立;虽不为当时所怪,亦必无后世之传也。足下家中百物,皆赖而用也,然其所珍爱者,必非常物。夫君子之于文,岂异于是乎?今后进之为文,能深探而力取之,以古圣贤人为法者,虽未必皆是,要若有司马相如、太史公、刘向、扬雄之徒出,必自于此,不自于循常之徒也。若圣人之道,不用文则已,用则必尚其能者,能者非他,能自树立,不因循者是也。有文字来,谁不为文,然其存于今者,必其能者也。顾常以此为说耳。

　　愈于足下,忝同道而先进者⑧,又常从游于贤尊给事⑨,既辱厚赐,又安得不进其所有以为答也。足下以为何如?愈白。

　　这篇书信的内容是和刘正夫论文,要点是:"师古圣贤人,师其意不师其辞""文无难易,惟其是尔""能自树立不因循",反对因袭。是韩愈阐述为古文之道的一篇重要文章。

【注释】

①刘正夫：据《新唐书·宰相世系表》，刑部侍郎刘伯刍生三子：宽夫、端夫、严夫。没有名正夫的人。蜀本作严夫，应以蜀本为是。

②笺：书牍。

③先进：犹如说先辈，是后中进士的指先成进士的而言。

④而愈不幸独有接后辈名：《旧唐书》本书说：愈颇能诱励后进。《新唐书》本传也说：成就后进士，往往知名。韩愈是奖励后进的。但当时统治阶级对韩愈的排斥佛老、提倡古文、收召后进做助手，深为不满，因此他不得不用这种话来辩白，表明奖掖后辈本是很平常的事，以免被反对者加以"植党营私"的罪名，而招致意外的灾祸。

⑤宜易宜难：易，指用字用意都要浅近易解。难，指用僻字，造句佶屈聱牙，和文意艰深奥曲。李翱答朱载言书说："其爱难者，则曰文章宜深而不当易；其爱易者，则曰文章宜通而不当难。"可见文章难易，是当时文家所讨论的重要问题之一。

⑥无难易，惟其是尔：是，正常、合理的意思。这说论文不是孤立地划分和追求难易，而是以合理得宜为依归。

⑦刘向：原名更生，字子政，官至中垒校尉，汉朝宗室，卒于成帝（刘骜）绥和中。他的代表作品是《列女传》《新序》《说苑》。这三部书是采拾过去国家兴亡的事迹，送给刘骜阅览，要他鉴戒，做一个守成的皇帝。他也喜谈阴阳五行的学说，著有《尚书洪范五行传论》，《汉书·五行志》采其说；又校勘六艺九流百家之书，著有《七略别录》，《汉书·艺文志》也采其说。

⑧忝同道而先进者：忝，惭愧，有辱没的意思，客气话。刘正夫方才应试进士，韩愈是进士的先辈，所以说是同道而先进者。

⑨贤尊给事：贤尊，指刘正夫的父亲刘伯刍。给事，官名，给事中的省称。

答陈商书

　　愈白：辱惠书，语高而旨深，三四读①尚不能通晓，茫然增愧赧②；又不以其浅弊无过人智识，具喻以所守③，幸甚！愈敢不吐情实？然自识其不足补吾子所须也。

　　齐王好竽，有求仕于齐者操瑟而往④，立王之门三年不得入，叱曰："吾瑟鼓之能使鬼神上下，吾鼓瑟合轩辕氏之律吕⑤。"客骂之曰："王好竽而子鼓瑟，虽工，如王不好何？"⑥是所谓工于瑟而不工于求齐也。今举进士于此世也，求禄利行道于世，而为文必使一世人不好，得无⑦与操瑟立齐门者比欤？文诚工不利于求，求不得则怒且怨，不知君子必尔为不也！故区区之心，每有来访者，皆有意于不肖者也。略不辞让，遂尽言之，惟吾子谅察。愈白。

　　在这封信中，韩愈对人们只看重有利可图的时文而轻视语高旨深有见地的文章表示了愤懑和不满。作者以齐王好竽而求仕以瑟之间的矛盾、不合，来比喻学古文之工而不合于世之间的矛盾不合，既为古文不得行于世而鸣不平，又讥讽了时尚的浅薄与短见。

【注释】

①三四读：读了三四遍。
②愧赧：惭愧，脸红。
③喻以所守：告诉我以你所抱的志向。
④操瑟而往：携带着瑟前去。
⑤轩辕氏之律吕：轩辕，黄帝也；律吕，音乐的音调、旋律。
⑥王好竽而子鼓瑟，虽工，如王不好何：国王喜欢听吹竽而你却鼓瑟，即使你的技巧再高，而国王不喜欢，你有什么办法？
⑦得无：能不。

答吕翌山人①书

愈白：惠书责以不能如信陵执辔者②。夫信陵，战国公子，欲以取士声势倾天下而然耳③。如仆者，自度若世无孔子，不当在弟子之列④。以吾子始自山出，有朴茂⑤之美意，恐未砻磨以世事⑥。又自周后文弊⑦，百子为书⑧，各自名家，乱圣人之宗⑨，后生习传，杂而不贯⑩。故设问以观吾子：其已成熟乎，将以为友也；其未成熟乎，将以讲去其非而趋是耳。不如六国公子有市于道者也⑪。

方今天下入仕，惟以进士、明经及卿大夫之世耳⑫。其人率皆习熟时俗⑬，工于语言，识形势⑭，善候人主意。故天下靡靡⑮，日入于衰坏，恐不复振起。务欲进足下趋死不顾利害去就⑯之人于朝，以争救之耳。非谓当今公卿间，无足下辈文学知识也。不得以信陵比。

然足下衣破衣，系⑰麻鞋，率然叩吾门⑱，吾待足下，虽未尽宾主之道，不可谓无意者。足下行天下，得此⑲于人盖寡，乃遂能责不足于我，此真仆所汲汲⑳求者。议虽未中节㉒，其不肯阿曲㉓以事人者，灼灼明矣。方将坐足下三浴而三熏㉔之，听仆之所为，少安无躁㉕。愈顿首。

韩愈在当时，是以"奖励后进"著名的。此书说明所以要奖励后进的用意是要和他们共同讲明"圣人之道""进趋死不顾利害去就之人于朝"来拯救当时"靡靡日入于衰坏"的习俗。吕翌是一位朴茂有美意的人，一见便责韩愈不能如信陵执辔之礼款待他，韩愈说他的议论"未中节"，又说像你这样"不肯阿曲以事人"的人，正是我所"汲汲求者"，希望与之一同改变世风。

【注释】

① 吕翌山人：隐居山林，不求功名富贵的人，称作山人。吕翌，不详其籍贯。
② 责以不能如信陵执辔者：信陵君（魏公子无忌）和孟尝君（田文）、平原君（赵胜）、春申君（黄歇），号称战国四公子。他在四公子中，最能礼贤下士。这句是说吕翌责备韩愈没有以信陵君接待侯嬴那样的礼貌来接待他。
③ 欲以取士声势倾天下而然耳：取士，争取和接待贤士。声，声誉。势，势位。倾天下，使天下的人倾倒他、佩服他。而然，而这样，指接待侯嬴用后辈对长辈的礼，为他执辔。
④ 自度若世无孔子，不当在弟子之列：度（duó）忖度，思量。这句说明自己以道为重，不重声势，和信陵君不同。
⑤ 朴茂：朴，朴实。
⑥ 恐未砻磨以世事：砻、磨二字义同。此句意山人涉世不深，还不够老练，经验不够。
⑦ 周后文弊：周人尚文。文弊，专讲虚文，少诚意，不切实际。
⑧ 百子为书：极言著书立说、自成一家的很多。
⑨ 宗：宗派。
⑩ 杂而不贯：驳杂而不能贯通。
⑪ 不如六国公子有市于道者也：不如，不像，不同于。六国公子，包括孟尝君等，不仅指信陵君一人。市于道，把交友的道，当作买卖做，目的在扩张声势，不是以道义相结合。
⑫ 惟以进士、明经及卿大夫之世耳：进士、明经，都是考试科目的名称。进士以诗赋为主，明经以通经学为主。卿大夫之世，卿大夫的子孙，这些人靠先人的门荫，不一定经过考试，便可入仕。
⑬ 习熟时俗：是与世俯仰、不肯得罪人的意思。
⑭ 识形势：看对方颜色和环境条件的优劣来说话。
⑮ 靡靡：形容专门附和别人、自己不作主张的意思。
⑯ 趋死不顾利害去就：趋死，舍掉自己的生命，意思说：义之所在，死也不惜。不顾利害去就，或去或就，不为自己个人的利害打算。
⑰ 系：穿着。
⑱ 率然叩吾门：率然，和猝然相同，这说没有人介绍便敲门进来。
⑲ 得此：此，指上文所说的"宾主之道"。
⑳ 责不足于我：指上文"责以不能如信陵执辔者"。责备我待客的礼貌不够周到。
㉑ 汲汲：形容急速，唯恐不及的样子。

㉒议虽未中节:中,当动词用。未中节,不合节奏,借音乐不协调来譬喻议论不全恰当。
㉓阿曲:阿,阿附。阿曲,逢迎巴结。
㉔薰:是用香料涂身体。一说:是用香草煎汤沐浴。
㉕少安无躁:"安"字当"徐"字解。少安,稍缓。

与鄂州柳中丞书

　　淮右①残贼,尚守巢窟,环寇之师②,殆且十万,瞋目语难③。自以为武人不肯循法度,颉颃④作气势,窃爵位自尊大者,肩相磨地相属⑤也;不闻有一人援桴鼓誓众而前者,但日令走马来求赏给,助寇为声势而已!

　　阁下书生也。《诗》《书》《礼》《乐》是习,仁义是修,法度是束。一旦去文就武,鼓三军而进之,陈师鞠旅⑥,亲与为辛苦,慷慨感激,同食下卒⑦,将二州之牧⑧以壮士气,斩所乘马以祭踶死之士⑨,虽古名将,何以加兹!此由天资忠孝,郁于中⑩而大作于外,动皆中于机会,以取胜于当世。而为戎臣师⑪;岂常习于威暴之事,而乐其斗战之危也哉?

　　愈诚怯弱不适于用,听于下风,窃自增气,夸于中朝稠人广众之中,所以羞武夫之颜,令议者知将国兵而为人之司命者,不在彼而在此也。

　　临敌重慎,诫轻出入,良食自爱,以副见慕之徒⑫之心,而果为国立大功也。幸甚,幸甚!不宣。愈再拜。

　　唐宪宗元和九年(814),淮西(即淮右)节度使吴少阳死,其子吴元济欲继其父位,未遂,自领军务,纵兵焚掠舞阳等县,威胁东都洛阳。朝廷发兵十六道予以征讨。次年二月,诏鄂州刺史、鄂兵观察使柳公绰以兵卒五千隶属安州刺史李听赴行营。柳公绰曰:"朝廷以吾儒生不知兵耶?"愿自征行。领命后引兵渡江,每战必胜。此时任中书舍人的韩愈闻讯十分兴奋,写此信称赞柳公绰"去文就武",建立战功,为儒者争气,同时声讨了藩镇势力,并揭露了朝中某些腐败丑恶现象。

【注释】
①淮右:即淮西。
②环寇之师:即朝廷派出的讨伐部队。

③瞋目语难:怒目圆睁,胸中气愤话不流利。形容武士的样子。语见《庄子·说剑》。
④颉颃:倔强,高傲。
⑤肩相磨地相属:言人之多。属,音 zhǔ,连接。
⑥陈师鞠旅:陈列部队,发布出征号令。
⑦同食下卒:与普通士卒共同进食。
⑧将二州之牧:将,率领。二州之牧:指鄂州、安州的长官。
⑨斩所乘马以祭踶死之士:柳公绰的乘马在行军中踩死了士卒,即挥剑斩之,有人劝他不要杀马,他回答:"岂有良马害人乎。"遂杀马以祭踩死之卒。
⑩郁于中:积累忠孝之德于心中。
⑪为戎臣师:成为部队将帅的楷模。
⑫见慕之徒:倾慕柳中丞的人们。此有韩愈自指之意。

与鄂州柳中丞书又一首

　　愈愚不能量①事势可否。比②常念淮右以靡弊困顿三州之地,蚊蚋蚁虫之聚,感凶竖③煦濡④饮食之惠,提童子之手坐之堂上⑤,奉以为帅,出死力以抗逆明诏⑥,战天下之兵;乘机逐利,四出侵暴,屠烧县邑,贼杀不辜,环其地数千里莫不被其毒⑦,洛、汝、襄、荆、许、颍、淮、江⑧为之骚然。丞相公卿士大夫劳于图必,握兵之将、熊罴躯虎之士畏懦蹙缩⑨,莫肯杖戈为士卒前行者;独阁下能奋然率先,扬兵界上,将二州之守,亲出入行间,与士卒均辛苦,生其气势。见将军之锋颖凛然,有向敌之意;用儒雅文字章句之业,取先天下武夫,闭其口而夺之气;愚初闻时方食,不觉弃匕箸起立⑩。岂以为阁下真能引孤军单进,与死寇角逐,争一旦侥幸之利哉?就令如是,亦不足贵;其所以服人心,在行事适机宜,而风采可畏爱故也。是以前状辄述鄙诚,眷惠赐手翰还答,益增欣悚⑪。

　　夫一众人心力耳目⑫,使所至如时雨,三代用师,不出是道。阁下果能充其言,继之以无倦,得形便之地。甲兵足用,虽国家故所失地,旬月可坐而得;况此小寇,安足置齿牙间? 勉而卒之,以俟其至,幸甚! 夫远征军士:行者有羁旅离别之思,居者有怨旷骚动之忧,本军有馈饷烦费之难,地主多姑息形迹之患;急之则怨,缓之则不用命;浮寄孤悬⑬,形势销弱,又与贼不相谙委⑭,临敌恐骇,难以有功。若召募士人,必得豪勇,与贼相熟,知其气力所极,无望风之惊,爱护乡里,勇于自战:征兵满万,不如召募数千。阁下以为何如? 傥可上闻行之否?

　　计已与裴中丞⑮相见,行营事宜⑯,不惜时赐示及,幸甚! 不宣。愈再拜。

　　这是柳公绰出征累捷之后,韩愈在朝廷给他的又一封信。此前,韩愈因上书《论淮西事宜状》招致朝中权贵不满,被从中书舍人迁为右庶子。但他仍然坚持自己的观点。在此信中,他便向直接领兵讨伐吴元济的柳公绰重申了自己关于淮西用兵的意见。

　　文章气势连贯,条理清晰,说理透彻,有一种委婉而劲健的风格。

【注释】

① 量:估价,衡量。
② 比:近来。
③ 凶竖:凶恶的小人。《后汉书·窦武传》:"当是时,凶竖得志,士大夫皆丧其气矣。"
④ 煦濡:音 xǔ rú。同处于困境之中而相互帮助。此处为贬意。《庄子·天运》:"泉涸,鱼相与处于陆,相煦以湿,相濡以沫,不如相忘于江湖。"
⑤ 提童子之手坐之堂上:指吴少阳死后,吴元济的谋主质怂恿吴元济,袭其父位,童子,指吴元济。堂上:指节度使之职位。
⑥ 抗逆明诏:指淮西叛贼不服从朝廷之命。
⑦ 被其毒:受其害。
⑧ 洛、汝、襄、荆、许、颍、淮、江:为附近八州。
⑨ 蹙缩:音 cù sù。局促不展的样子。
⑩ 弃匕箸起立:肃然起敬的样子。
⑪ 欣悚:既欢喜又紧张不安。
⑫ 一众人心力耳目:统一众人心力耳目。
⑬ 浮寄孤悬:言军队深入后孤立无援的困境。
⑭ 与贼不相谙委:不熟悉敌方情况。
⑮ 裴中丞:指当时力主平叛的裴度。
⑯ 行营事宜:军队兵力部署情况。

上考功崔虞部书

　　愈不肖，行能①诚无可取；行己颇僻，与时俗异态；抱愚守迷，固不识仕进之门。乃与群士争名竞得失，行人之所甚鄙，求人之所甚利②，其为不可，虽童昏实知之。如执事者，不以是为念，援之幽穷之中③，推之高显之上。是知其文之或可，而不知其人之莫可也；知其人之或可；而不知其时之莫可也。既以自咎，又叹执事者所守异于人人，废耳任目，华实不兼，故有所进，故有所退。且执事始考文之明日，浮嚣之徒已相与称曰："某得矣，某得矣。"问其所从来，必言其有自④。一日之间，九变其说。凡进士之应此选者，三十有二人；其所不云者，数人而已，而愈在焉。及执事既上名之后，三人之中，其二人者，则固所传闻矣。华实兼者也，果竟得之，而又升焉。其一人者，则莫之闻矣；实与华违，行与时乖，果竟退之。如是则可见时之所与⑤者，时之所不与者之相远矣。

　　然愚之所守，竟非偶然，故不可变。凡在京师八九年矣，足不迹公卿之门，名不誉于大夫之口。始者谬为今相国所第⑥，此时惟念以为得失固有天命，不在趋时，而偃仰一室，啸歌古人。今则复疑矣。又未知夫天竟如何，命竟如何？由乎人哉，不由乎人哉？夫欲事干谒，则患不能小书⑦，困于投刺⑧；欲学为佞，则患言讷词直，卒事不成；徒使其躬儳焉⑨而不终日。是以劳思长怀，终夜起坐，度时揣己，废然而返；虽欲从之，末由也已。

　　又尝念古之人日已进，今之人日已退。夫古之人四十而仕，其行道为学，既已大成，而又之死不倦，故其事业功德，老而益明，死而益光，故《诗》曰："虽无老成人，尚有典刑。"⑩言老成之人可尚也。又曰："乐只君子，德音不已。"⑪谓死而不亡也。夫今之人务利而违道，其学其问，以之取名致官而已。得一名，获一官，则弃其业而役役于持权者之门，故其事业功德日以忘，月以削，老而益昏，死而遂亡。愈今年始二十有六矣，距古人始仕之年尚十四年⑫，岂为晚哉？行之以不息，要之以至死⑬，不有得于今，必有得于古;不有得于身,必有得于后:用此自遣,且以为知己者之报,执事以为如何哉?其信然否也?今所病者在于穷约⑭,无僦屋赁仆⑮之资,无缊袍粝食⑯之给。驱马出门,不知所之,斯道未丧,天命不欺,岂遂殆哉,岂遂困哉⑰?

　　窃惟执事者之于愈也,无师友之交,无久故之事,无言语颜色之情;卒然振而发之者,必有以见知尔。故尽暴⑱其所志,不敢以默。又惧执事多在省⑲,非公事不敢以至⑳,是则拜见之不可期,获侍之无时也;是以进其说如此。幸执事察之。

　　此文作于贞元十九年(803)。此时韩愈刚刚失去国子监四门博士之职,急于求职。
　　考功,即考功郎,为朝廷考核百官功过得失之官。
　　文章在称赞崔虞部之后,以简洁而有力的文笔表达了自己志于古不合于今;不愿屈己逢迎的志向,表现了一个封建社会正直知识分子守节自持而不随俗俯仰的气节。
　　虽为求知求职之文,并无半点屈己求怜之意,这是韩愈品格当中真实的另一面。

【注释】
①行能:品德和才能。
②行人之所甚鄙,求人之所甚利:干人们所鄙视的事,追逐人们都想追逐的好处。
③援之幽穷之中:从幽穷的处境中把他提拔上来。
④言其有自:这些说法有出处。
⑤时之所与:与,音yù。时尚所接受的。
⑥始者谬为今相国所第:当初错被如今的相国所称引。第,府邸,用作动词有登第,纳入府邸之意。引申为"称引"之意。
⑦小书:这里指写信说小话儿。
⑧投刺:呈递名片。
⑨使其躬傀焉:使自己的尊严被亵渎。
⑩《诗》曰:"虽无老成人,尚有典刑":《诗》指《诗经·大雅·荡》。老成人,谓年高有德的人。典刑,谓先王的常事故法为榜样。

⑪乐只君子,德音不已:高兴得到这样的贤人,他的好名声永远为人称颂。语见《诗经·小雅·南山有台》。
⑫尚十四年:还早十四年。
⑬要之以至死:追求(事业功德)至死不渝。
⑭所病者在于穷约:制约因素是经济穷乏。
⑮僦屋赁仆:租房屋,雇仆人。
⑯缊袍粝食:用新旧混合的丝绵做成的袍子和粗粝的食物。这句话意思是衣食无着。
⑰岂遂殆哉,岂遂困哉:难道就这样懈怠下去吗?难道就这样安于贫困吗?殆,同"怠"。
⑱暴:音 pù。展示,披露。
⑲省:指崔虞部所供职的尚书省。
⑳不敢以至:不敢上门造访。

答刘秀才论史书

六月九日,韩愈白秀才。辱问见爱,教勉以所宜务①,敢不拜赐。愚以为凡史氏褒贬大法②,《春秋》已备之矣。后之作者,在据事迹实录,则善恶自见,然此尚非浅陋偷惰者所能就,况褒贬邪?

孔子圣人,作《春秋》,辱于鲁、卫、陈、宋、齐、楚,卒不遇而死③;齐太史氏兄弟几尽④;左丘明纪《春秋》时事以失明⑤;司马迁作《史记》,刑诛⑥;班固瘐死⑦;陈寿⑧起又废,卒亦无所至;王隐⑨谤退死家;习凿齿⑩无一足;崔浩、范晔赤诛⑪;魏收⑫夭绝;宋孝王诛死;足下所称吴兢⑬,亦不闻身贵而后有闻也;夫为史者,不有人祸,则有天刑⑭,岂可不畏惧而轻为之哉!

唐有天下二百年矣,圣君贤相相踵,其余文武之士,立功名跨越前后者,不可胜数;岂一人卒卒能纪而传之邪? 仆年志已就衰退,不可自敦率⑮。宰相知其无他才能,不足用,哀其老穷,龃龉无所合,不欲令四海内有戚戚者,猥言⑯之上,苟加一职荣之耳;非必督责迫蹙令就功役也;贱不敢逆盛指,行自谋引去⑰。且传闻不同,善恶随人所见,甚者附党⑱憎爱不同,巧造语言,凿空构立⑲善恶事迹,于今何所承受取信,而可草草作传记令传万世乎? 若无鬼神,岂可不自惭愧;若有鬼神,将不福人⑳。仆虽呆,亦粗知自爱;实不敢率尔为也。

夫圣唐巨迹,及贤士大夫事,皆磊磊轩㉑天地,决不沈没。今馆中非无人,将必有作者勤而纂之。后生可畏,安知不在足下? 亦宜勉之! 愈再拜。

元和八年三月,宰相认为韩愈有史才,任命他为比部郎中史馆修撰,掌管编写国史。但韩愈认为,宰相给他这个官,只是给了他一个荣誉,恐怕并非真的想叫他写出一部秉笔直书,褒贬美恶的史书来,弄不好,恐

答刘秀才论史书

怕就会有灾难临头。他在这封写给刘秀才的书信中表示了这种担忧,认为做史官的"不有人祸,则有天刑"。经过多次政治打击,韩愈已变得瞻前顾后,优柔寡断了。柳宗元听到韩愈这样说,非常气愤,曾写了一封著名的《与韩愈论史官书》予以驳斥。

【注释】

①教勉以所宜务:告诉我致力于所应当做的事。
②史氏褒贬大法:书写历史的人对历史人物给予褒扬和贬斥的基本法则。
③辱于鲁、卫、陈、宋、齐、楚,卒不遇而死:事迹详见《史记·孔子世家》。
④齐太史氏兄弟几尽:几,差不多。《史记·齐太公世家》记载:齐庄公无道,大夫崔杼杀庄公于崔宅之内;"齐太史书曰:'崔杼弑庄公',崔杼杀之。其弟复书,崔杼复杀之。少弟复书,崔杼乃舍之。"
⑤左丘明纪《春秋》时事以失明:韩愈在此认为,左丘明的失明与他写《左传》有关系。
⑥司马迁作《史记》,刑诛:韩愈认为,司马迁之所以遭到腐刑,与他写《史记》有关。史实是,司马迁在为李陵辩护时得罪了汉武帝,因而被刑。
⑦班固瘐死:班固,《汉书》的作者。汉和帝永元元年,大将军窦宪出征匈奴,班固为中护军。永元四年,和帝与宦官谋杀了窦宪,班固被洛阳令下狱,死于狱中。瘐死,在监狱中死去。
⑧陈寿:《三国志》作者。著蜀国《令史》,入晋任著作郎,御史治书。《晋书·陈寿传》称:"时人称其善叙事,有良史之才。"
⑨王隐:晋代人,字处叔,博学多闻。太兴初年召为著作郎,令撰晋史。时著作郎虞预私撰晋书,后嫉王隐之作胜于己,谤讪王隐,王隐被罢官,归乡以卒。
⑩习凿齿:晋代襄阳人,博学能文。荆州刺史桓温召为从事,累迁别驾。后因违忤桓温意旨,被贬为户曹参军。桓温谋称帝。习凿齿著《汉晋春秋》,推蜀为正统,而贬曹魏为篡逆,以微讽桓温。
⑪崔浩:北魏清河东武城人。初拜博士祭酒,累官至司徒,后作国书三十卷,为鲜卑诸大臣所忌,太平真君十一年,遂以矫诬罪诛死灭族。范晔:南朝宋顺阳人,仕宋为尚书吏部郎,左迁宣城太守,撰《后汉书》。后迁左卫将军,太子詹事。元嘉二十二年,因参与孔熙先谋立义康,事发被杀,四子一弟同弃于市。
⑫魏收:北齐钜鹿下曲阳人,性机敏,能属文,与温子升、邢邵号称"北朝三才子"。官至尚书右仆射,编修国史,著有《魏书》,时人因其褒贬不公,称其为"秽史"。
⑬吴兢:唐初汴州浚仪人。少厉志,贯知经史,诏直史馆,修国史。神龙年间为右补

阙,累迁卫卿少尉,兼修文馆学士。采摭太宗朝政事要,随事载录,以备劝戒,合四十篇,名曰《贞观政要》。开元中,为太子左庶子,尝撰《则天实录》。

⑭夫为史者,不有人祸,则有天刑:韩愈罗列历朝史官之命运结局,以证明这句话:修史的人,不受到人为的迫害,也会受到老天的惩罚。

⑮敦率:谨守,遵循。

⑯猥言:猥,辱也,谦词。宰相了解我没有别的才能,不堪大用,又哀怜我年老而贫困,并且与周围的人合不来,同时又不让全国有忧愁之人,所以不避辱名,姑且给我一个保持体面的职位罢了,并不是一定督促鞭策我完成一项修史的功业。

⑰贱不敢逆盛指,行自谋引去:此句意为,我不敢违背宰相的实际用意,主动请求解除这一职务。

⑱附党:互附为党之人。

⑲凿空构立:将实存的事情抽出,而又虚构些不存在的故事。

⑳不福人:不保祐人。

㉑轩:轩昂,矗立之意。

送陆歙州诗序

贞元十八年二月十八日,祠部员外郎①陆君出刺歙州②,朝廷夙夜之贤③,都邑游从之良,赍咨涕洟④,咸以为不当去。歙,大州也;刺史,尊官也。由郎官而往者,前后相望也。当今赋出于天下,江南居十九;宣使之所察⑤,歙为富州。宰臣之所荐闻,天子之所选用,其不轻而重也较然⑥矣。如是而赍咨涕洟以为不当去者:陆君之道行乎朝廷,则天下望其赐;刺一州,则专而不能咸⑦;先一州而后天下,岂吾君与吾相之心哉?于是昌黎韩愈道愿留者之心泄其思,作诗曰:

我衣之美兮,我佩之光,陆君之去兮,谁与翱翔。敛此大惠兮,施于一州;今其去矣,胡不为留?我作此诗,歌于逵道⑧,无疾其驱⑨,天子有诏。

韩愈在此文中写道:陆君出刺歙州,许多人哭着去送他,都认为他不应当去那里。难道歙州不好吗?不是的。歙州是一个大州,很富庶,派往那的官员,都深受朝廷器重。那为什么人们都不愿他去呢?这是因为陆君之道行乎朝廷,则天下都受惠,而作为一州刺史,就不能遍泽天下了。陆君,即陆傪。

此文很短,但一波三折,收纵自如,表现了很高的文字技巧。

【注释】

① 祠部员外郎:祠部,从属礼部,掌管祭祀、享祭、天文、漏刻、国忌、庙讳、卜筮、医药以及僧尼等事。员外郎,员外,指正员以外的官员。隋朝开皇年间尚书省二十四司各设员外郎一人,侍郎不在,可代行曹事。唐以后,各部均有员外郎,其位次于郎中。

② 出刺歙州:出任歙州刺史。歙,音 shè。歙州,在今安徽歙县。

③ 夙夜之贤:指早晚忙于公务,不事休息的贤臣。《诗经·大雅·烝民》赞扬周宣王的贤臣仲山甫说:"夙夜匪解,以事一人"(白天黑夜,工作不息,以事奉天子)。游从之

良:交结朋友的最好对象。
④赍咨涕洟:嗟叹流涕。
⑤宣使之所察:据宣抚使对歙州的察访。宣抚使,受朝廷之命巡视民情灾情的官员。
⑥较然:较,同"皎",清楚、明白。
⑦咸:都,多,普遍。
⑧逵道:四通八达的道路。
⑨无疾其驱:不要急着赶路。

送孟东野①序

　　大凡物不得其平则鸣:草木之无声,风挠之鸣②;水之无声,风荡之鸣——其跃也或激之,其趋也或梗之③,其沸也或炙之;金石之无声,或击之鸣。人之于言也亦然:有不得已者而后言,其歌也有思,其哭也有怀,凡出乎口而为声者,其皆有弗平者乎! 乐也者④,郁于中而泄于外者也,择其善鸣者而假之鸣:金、石、丝、竹、匏、土、革、木八者,物之善鸣者⑤也。维天之于时也亦然:择其善鸣者而假之鸣,是故以鸟鸣春,以雷鸣夏,以虫鸣秋,以风鸣冬,四时之相推夺⑥,其必有不得其平者乎!
　　其于人也亦然:人声之精者为言,文辞之于言,又其精也,尤择其善鸣者而假之鸣。其在唐、虞⑦,咎陶、禹⑧其善鸣者也,而假以鸣。夔⑨弗能以文辞鸣,又自假于《韶》⑩以鸣。夏之时,五子以其歌鸣⑪。伊尹鸣殷⑫,周公鸣周⑬。凡载于诗书六艺⑭,皆鸣之善者也。周之衰,孔子之徒鸣之⑮,其声大而远。传曰:天将以夫子为木铎⑯。其弗信矣乎! 其末也,庄周以其荒唐之辞鸣⑰。楚大国也,其亡也以屈原鸣⑱。臧孙辰⑲、孟轲⑳、荀卿㉑以道鸣者也。杨朱、墨翟㉒、管夷吾、晏婴㉓、老聃㉔、申不害㉕、韩非、慎到㉖、田骈㉗、邹衍、尸佼、孙武㉙、张仪、苏秦㉚之属,皆以其术鸣。秦之兴,李斯㉜鸣之。汉之时,司马迁㉝、相如㉞、扬雄㉟,就其善者,其声清以浮,其节数㊱以急,其辞淫以哀㊲,其志弛以肆㊳,其为言也,乱杂而无章㊴。将天丑㊵其德莫之顾耶? 何为乎不鸣其善鸣者也? 唐之有天下,陈子昂㊶、苏源明、元结㊷、李白、杜甫㊹、李观㊺,皆以其所能鸣。其存而在下者,孟郊东野,始以其诗鸣,其高出魏、晋,不懈而及于古㊻,其他浸淫㊼乎汉氏矣。从吾游㊽者,李翱、张籍其尤也。三子者之鸣信善㊾矣,抑不知天将和其声,而使鸣国家之盛耶? 抑将穷饿其身,思愁其心肠,而使自鸣其不幸耶? 三子者之命,则悬乎天矣。其在上也奚以喜,其在下也奚以悲! 东野之役于江南也㊿,有若不释然㉛者,故吾道其命于天者以解之。

韩愈的意思是要说明两点：一，"物不得其平则鸣"，"有不得已者而后言"，以"道""术"学说鸣的，以文学词章鸣的都是如此。二，鸣有善不善，而善不善之所分，和时世有密切关系。

此文应为贞元十八年作，韩愈年三十五岁。

【注释】

①孟东野：即孟郊，孟郊赴溧阳就职，朋友有临别赠言之义，韩愈作这篇序送他。
②风挠(náo)之鸣：挠，扰动。风动之而发声。
③其趋也或梗之：趋，疾行。梗，阻塞。说水正急流或遇阻塞便发出音响。
④乐也者：这里乐字指音乐。
⑤金、石、丝、竹、匏、土、革、木八者，物之善鸣：这八种物质，都能发音，古人称做八音。金属能发音的乐器如钟之类。石，如磬。丝，如琴、瑟。竹，如箫、管。匏（葫芦科植物），如笙。土，如埙。革，如鼓。木，如柷(zhù，状如漆筩，中有椎，可击撞。)
⑥推夺：和推移意义相同。
⑦唐、虞：唐是帝尧的国号，虞是帝舜的国号，相传尧让位给舜，舜让位给禹。
⑧咎陶、禹：咎亦作皋，陶亦作繇。咎陶，唐虞时法官。禹治洪水有功，舜让位给他，国号夏。
⑨夔：人名，唐虞时乐官。
⑩《韶》：乐名，相传为帝舜时所作。
⑪五子以其歌鸣：五子，指帝启的儿子昆弟五人。一说，五子即指武观（帝启的少子）。《尚书》所载五子之歌篇，是伪托的。
⑫伊尹鸣殷：伊尹是殷汤的宰相。他的著作，《尚书》所载，如《咸有一德》《伊训》《太甲》诸篇，仅有若干句，为周人所引用，其余都出于伪造凑补。《吕氏春秋》本味篇载伊尹以至味说汤。鲁迅先生说："盖本伊尹书，殆战国之士所为。"
⑬周公鸣周：周公姓姬，名旦，武王（发）之弟，成王（诵）的叔父，是巩固周王朝最有力的人物。他的著作，《尚书》载有《金縢》《大诰》《洛诰》《多士》《无逸》《君奭》《立政》诸篇。相传《周礼仪礼》也是他所手定。
⑭诗书六艺：六艺有二：一、礼、乐、射、御、书、数；二、易、诗、书、礼、乐、春秋。本文所指是后者。按诗书已包括在六艺之内，所以要特别提出，是用以说明并非射御书数的六艺，同时并含有六艺内此二书尤为重要的意思。
⑮孔子之徒鸣之：孔子删诗书、定礼乐、赞《易》作《春秋》。他的言论集而成为著作的

最著者为《论语》,是诸弟子纂集而成的,并有再传弟子参加工作。

⑯天将以夫子为木铎:这是《论语·八佾》篇仪封人(姓仪。封人,官名,管理边邑疆界等事)称赞孔子的话。木铎,和现在所用的铃一样,金属制成,中有舌,摇之能发声;舌系木制,所以叫木铎。古代统治阶级发布政策和教令,摇木铎以引听众的注意。这里是譬喻孔子著书立说,传于弟子,其力量如同帝王发布政令一样。

⑰庄周以其荒唐之辞鸣:庄周,字子休,宋蒙人。"荒唐之言",是庄周自己的话,见《庄子·天下》篇。荒唐,广大无边际的意思。

⑱楚大国也,其亡也以屈鸣:楚国,始封之君是熊绎,都丹阳(今湖北秭归县,后徙枝江亦称丹阳),周成王原封为子爵;春秋时熊通自称楚王。到了战国末期,楚王负刍为秦始皇所虏,国亡。它的疆域,不论在春秋和战国时,都比同时诸国为大,所以说是大国。屈原,名平,是楚国的贵族,在楚怀王(熊槐)顷襄王(横)时,与闻国家大事,曾经做过很高的官——左徒(仅次于宰相一等)。后来被放逐,流浪了十年左右,因不忍看到祖国的濒临灭亡,投汨罗江自杀。他是伟大的爱国诗人,著有《离骚》《天问》《九歌》《九章》等二十五篇。

⑲臧孙辰:即臧文仲(文是死后的谥,仲是字),春秋时鲁大夫。左氏襄二十四年传:穆叔说:"先大夫臧文仲既殁,其言立。"所以也把他列入争鸣类。

⑳孟轲:字子舆,一说字子车,战国时邹人。受业于子思(孔子之孙)的门人,儒家。《汉书·艺文志》著录《孟子》十一篇,今存七篇。

㉑荀卿:亦作孙卿(据颜师古说:是汉人避宣帝刘询名讳所改),名况,赵人。儒家。有《荀子》三十二篇。

㉒杨朱、墨翟:杨朱见《圬者王承福传》注。墨翟,宋大夫。一说和孔子同时,一说在其后。《汉书·艺文志》著录墨子七十一篇,今存五十三篇。

㉓管夷吾、晏婴:管夷吾,字仲,颍上(今安徽颍上)人,齐桓公(小白)的宰相。有《管子》八十六篇(今存七十六篇),《汉书·艺文志》列入道家。晏婴,字平仲,莱夷维(今山东高密县)人,齐景公的宰相。有《晏子》八篇,《汉书·艺文志》列入儒家。

㉔老聃:老子,楚苦县厉乡曲仁里(今河南鹿邑县东)人。姓李名耳,字伯阳。谥聃。周守藏室之史(藏书室的史官)。有《老子》上下篇。

㉕申不害:京(今河南荥阳县东南)人。韩昭侯的宰相。有《申子》六篇。

㉖韩非:韩国的公子,出使入秦为李斯所杀。有《韩非子》五十五篇,法家。

㉗慎到:赵人,《申子》《韩非子》中都曾称引他。有《慎子》四十二篇。

㉘田骈:齐人。有《田子》廿五篇。

㉙尸佼:鲁人,是商鞅的老师,鞅死,逃入蜀。有《尸子》二十篇。

㉚孙武:齐人,吴王阖闾时为将军。有《孙子》十三篇。

㉛张仪、苏秦：张仪，魏人；苏秦，周洛阳人。纵横家，南北为纵，东西为横。苏秦主张"合纵"，是要东方的六国——燕、赵、韩、魏、齐、楚，不论国土在南在北，都联合起来共同对付秦国。张仪主张"连横"（秦在西方为横），把联盟拆散，要六国单独和秦讲和。

㉜李斯：上蔡（今河南上蔡县）人。秦始皇和二世时的宰相，为二世所杀。

㉝司马迁：字子长，生于龙门（今陕西韩城县东北）。汉武帝（刘彻）时为太史令。著有《史记》一百三十卷，史学家兼文学家。

㉞相如：姓司马，字长卿，成都人，卒于汉武帝元狩五年。词赋家。

㉟扬雄：字子云，成都人，卒于王莽天凤五年，年七十一。儒家兼词赋家。

㊱其节数：数，频，烦。其节数，节奏短促的意思。

㊲淫以哀：淫，邪，不正。淫以哀，淫邪而哀伤。

㊳弛以肆：松懈而放肆。

㊴无章：没有法度。

㊵天丑：上天憎恶。

㊶陈子昂：字伯玉，射洪（今四川射洪县）人。卒于武后圣历初，年四十三。是救正唐初承袭六朝绮靡文风的大诗人。

㊷苏源明：字弱夫，武功（今陕西武功县）人，卒于代宗（李豫）朝，《全唐诗》载其诗二首。

㊸元结：字次山，河南（今洛阳）人。卒于代宗大历初，年五十。有《次山》集。

㊹李白、杜甫：唐代两大诗人。白字太白，凉武昭王李暠的九世孙，生于蜀之绵州（今四川彰明县），卒于肃宗（李亨）宝应元年，年六十二。杜甫字子美，杜审言的从孙，本襄阳人，后徙河南巩县（今县名同）。卒代宗太历三年，年五十九。曾为检校工部员外郎等官。

㊺李观：字元宾，李华的从子，赞皇（在今河北，县名同）人，卒于德宗（李适）贞元十三年，年二十九。有《李元宾集》。

㊻不懈而于古：不懈不怠，继续努力，可以追及古人。

㊼浸淫：借水作譬喻，渐渐浸入的意思。

㊽从吾游：指李翱、张籍从韩愈学诗古文。

㊾信善：信，诚，实在。信善，诚然是好的。

㊿东野之役于江南：指孟郊就任溧阳尉。唐时属江南道。

51 不释然：不开心。

送许郚州序

　　愈尝以书自通于于公①,累数百言。其大要言:先达之士,得人而托之,则道德彰而名闻流;后进之士,得人而托之,则事业显而爵位通。下有矜乎能,上有矜乎位②,虽恒相求而不相遇③。于公不以其言为不可,复书曰:"足下之言是也。"于公身居方伯④之尊,蓄不世之材,而能与卑鄙庸陋相应答如影响,是非忠乎君而乐乎善,以国家之务为己任者乎?愈虽不敢私其大恩⑤,抑不可不谓之知己,恒矜而诵之。情已至而事不从,小人之所不为也;故于使君之行,道刺史之事,以为于公赠。

　　凡天下之事成于自同⑥而败于自异。为刺史者恒私于其民⑦,不以实应乎府;为观察使者恒急于其赋⑧,不以情信乎州!繇是刺史不安其官,观察使不得其政,财已竭而敛不休,人已穷而赋愈急,其不去为盗也亦幸矣。诚使刺史不私于其民,观察使不急于其赋,刺史曰,吾州之民天下之民也,惠不可以独厚;观察使亦曰,某州之民天下之民也,敛不可以独急:如是而政不均、令不行者,未之有也。其前之言者,于公既已信而行之矣;今之言者,其有不信乎?县之于州,犹州之于府也。有以事乎上,有以临乎下⑨,同则成,异则败者皆然也。非使君之贤,其谁能信之?

　　愈于使君非燕游一朝之好也,故其赠行,不以颂而以规⑩。

　　于頔作为朝廷派出郚州一带的观察使,"横暴已甚""公然聚敛"。韩愈与于頔有过交往,但没机会规谏他,当许仲舆被派往郚州当刺史之际,他写了此文,借机规劝于頔停止横征暴敛。

　　文章主旨在于讽劝于頔,表面上却极委婉、蔼然;指责于頔巧取豪夺,却委婉地称他不通下情;本来警醒于頔不要横征暴敛,却明告刺史"惠不可以独厚"……含规谏于委曲回护之中,表现了很高的说辞艺术。

【注释】

①于公:即于頔。详见韩愈《上襄阳于公书》题解。
②下有矜乎能,上有矜乎位:官卑职小的人,以自己的才能而自矜自傲;官高位显的人,以自己的地位而自矜自傲。
③恒相求而不相遇:双方虽互有补益因而相互需求,但没有相遇相知的机会。
④方伯:地方行政首长。
⑤私其大恩:独自享有他的恩泽。
⑥自同:无论情势如何变化,要坚持自己的志向和行为准则。
⑦私于其民:心情或行为上偏向属下的百姓。
⑧急于其赋:以缴税纳赋为头等大事。
⑨有以事乎上,有以临乎下:一州之刺史,向上得事于府,朝下可临于县。
⑩不以颂而以规:不为了歌颂你的政绩,而是为了规劝我们该怎样做。

送齐皥下第序

　　古之所谓公无私者,其取舍进退无择于亲疏远迩①,惟其宜可焉。其下之视上也,亦惟视其举黜之当否②,不以亲疏远迩疑乎其上之人也。故上之人行志择谊,坦乎其无忧于下也;下之人克己慎行,确乎其无惑于上也。是故为君不劳,而为臣甚易:见一善焉,可得详而举也;见一不善焉,可得明而去也。及道之衰,上下交疑,于是乎举仇、举子之事③,载之传中而称美之,而谓之忠。见一善焉,若亲与迩不敢举也;见一不善焉,若疏与远不敢去也。众之所同好焉,矫而黜之乃公也;众之所同恶焉,激而举之乃忠也④。于是乎有违心之行,有佛志之言,有内愧之名;若是者,俗所谓良有司也。肤受之诉不行于君,巧言之诬不起于人矣⑤。呜呼!今之君天下者,不亦劳乎!为有司者,不亦难乎!为人向道⑥者,不亦勤乎!是故端居而念焉,非君人者之过也;则曰有司焉,则非有司之过也;则曰今举⑦天下人焉,则非今举天下人之过也。盖其渐⑧有因,其本有根,生于私其亲,成于私其身⑨。以己之不直,而谓人皆然。其植之也固久,其除之也实难,非百年必世不可得而化也,非知命不惑⑩不可得而改也。已矣乎,其终能复古乎!

　　若高阳齐生者,其起予⑪者乎?齐生之兄为时名相⑫,出藩于南⑬,朝之硕臣皆其旧交⑭。齐生举进士,有司用是连枉齐生⑮,齐生不以云⑯,乃曰:"我之未至⑰也,有司其枉我哉?我将利吾器⑱而俟其时耳。"抱负其业,东归于家。吾观于人,有不得志则非其上者众矣;亦莫计其身之短长也。若齐生者既至矣,而曰:"我未至也。"不以闵⑲于有司,其不亦鲜⑳乎哉!吾用是㉑知齐生后日诚良有司也,能复古者也,公无私者也,知命不惑者也。

齐峍是宰相齐映的弟弟，他没有考中进士是因为主考官避嫌而黜免了他。韩愈认为齐峍是一个有才学的人，主考官这样黜免他是不公平的，对齐峍的下第大鸣不平，严厉地指责了主考官的伪善。

　　韩愈为文，常以古今对比以表明自己志乎古道的心迹，并往往以古衬今，或借古喻今，借古明志，本文以很大篇幅纵论古今在用人问题上的公私之别，就是出于这样的意图。

【注释】

①迩：近。

②举黜之当否：对于举还是黜是否得当。

③举仇、举子之事：《春秋》书祁黄羊荐贤，外举不避仇，内举不避子。

④众之所同好焉……乃忠也：大家所共同称赞的，违背众愿将其黜落，仿佛这样才显示公正；大家所交口指责的，力排众议将他擢拔上来，仿佛这样显示他是忠贞的。

⑤肤受之……人矣：别人不会在君主面前指责他浅薄，在普通士大夫中间也不会受到巧言善辩的诬枉。肤受：肤浅、浅薄之意。张衡《东京赋》："所谓末学肤受。"

⑥向道：有志于道德的继承与广大。

⑦举：全，所有。

⑧渐：逐步发展。

⑨生于私其亲，成于私其身：生成于对自身和离自己最近的人私心袒护。

⑩知命不惑：四五十岁。《论语·为政》："三十而立，四十而不惑，五十而知天命，六十而耳顺，七十而从心所欲不逾矩。"

⑪起予：起，这里引申为启发，感奋之意。意为让我感奋、振起。

⑫齐生之兄为时名相：齐峍之兄齐映，贞元年间累官中书侍郎，与崔造、刘滋共同辅政。此时任江西观察使。

⑬出藩于南：到江西出任观察使。藩，即藩镇。唐朝在边境及重要的州设置节度使，掌管一个地区的军政大权，这些重要的军事设防区叫藩镇，后来节度使的权力逐渐扩大，兼管民政、财政，形成军人割据。

⑭朝之硕臣皆其旧交：朝中的大臣都是他的老朋友。

⑮齐生举进士，有司用是连枉齐生：礼部主考人因为这个缘故几次冤屈齐生。

⑯不以云：不这样说；不这样认为。

⑰未至：水平没达到。

⑱利吾器:精心研磨,提高我的学识水平。韩愈在《送董邵南序》中有:"怀抱利器,郁郁适兹土"之句,皆此意。
⑲闵:哀怜,怜悯,有"爱惜"之意。
⑳鲜,音 xiǎn,少。
㉑用是:因此。

送李愿归盘谷①序

太行之阳②有盘谷。盘谷之间,泉甘而土肥,草木丛茂③,居民鲜少。或曰:"谓其环两山之间,故曰盘。"或曰:"是谷也,宅幽而势阻④,隐者之所盘旋⑤。"友人李愿居之。

愿之言曰:"人之称大丈夫者,我知之矣:利泽施于人,名声昭于时,坐于庙朝⑥,进退百官,而佐天子出令。其在外,则树旗旄⑦,罗弓矢⑧,武夫前呵⑨,从者塞途,供给之人,各执其物,夹道而疾驰。喜有赏,怒有刑。才畯⑩满前,道古今而誉盛德,入耳而不烦。曲眉丰颊⑪,清声而便体⑫,秀外而惠中⑬,飘轻裾⑭,翳长袖,粉白黛绿⑮者,列屋而闲居,妒宠而负恃,争妍而取怜⑯。大丈夫之遇知于天子,用力于当世者之所为也。吾非恶此而逃之,是有命焉,不可幸而致也。穷居而野处,升高而望远,坐茂树以终日,濯清泉以自洁。采于山,美可茹⑰,钓于水,鲜可食。起居无时,惟适之安⑱。与其有誉于前,孰若无毁于其后;与其有乐于身,孰若无忧于其心。车服不维⑲,刀锯⑳不加,理乱不知,黜陟不闻。大丈夫不遇于时者之所为也,我则行之,伺候于公卿之门,奔走于形势之途,足将进而趑趄,口将言而嗫嚅,处秽污而不羞,触刑辟㉑而诛戮,徼幸㉒于万一,老死而后止者,其于为人贤不肖何如也!"

昌黎韩愈㉓闻其言而壮之,与之酒而为之歌曰:

盘之中,维子之宫。盘之土,可以稼。盘之泉,可濯可沿㉔。盘之阻,谁争子所!窈而深,廓其有容㉕,缭而曲,如往而复。嗟盘之乐兮,乐且无央,虎豹远迹兮,蛟龙遁藏,鬼神守护兮,呵禁不祥㉖。饮且食兮寿而康,无不足兮奚所望!膏吾车㉗兮秣吾马,从子于盘兮,终吾生以徜徉。

此文借李愿的话把当时的统治阶级的残酷、腐化的一些情形暴露出来,如随从护卫的声势喧赫,凭自己一时的喜怒来行赏罚,门客们趋炎附势、谀颂功德、姬妾众多、生活腐化,都是所谓"大丈夫用力于当世者"的丑恶。而用"足将进而趑趄,口将言而嗫嚅"两句话把向上爬的人们卑鄙和可怜的形象活画出来,这又是一副丑态。用这两种人和隐居盘谷的人"起居安适""无毁无忧"的情状两相对照,愈显得隐居者之可贵可乐。但李愿也不是忘情富贵的人,认为是"有命而不可幸致",不得已而隐居的。"吾非恶此而逃之"三句是讽刺李愿的话。

相传苏轼最爱此文,说:"唐无文章,惟韩退之《李愿归盘谷序》而已。"此文作于贞元十七年。时作者三十四岁。

【注释】

① 盘谷:今河南济源县。
② 太行之阳:太行,山名。山南叫阳。
③ 丛茂:即丰茂。
④ 宅幽而势阻:宅,居。阻,险,深奥。居于幽远,其形势深奥。
⑤ 盘旋:同盘桓,留止不肯去的意思。
⑥ 坐于庙朝:庙,宗庙。古时发号施令,有时在宗庙中举行,意思是奉行祖宗命令而设施的。朝,朝廷,皇帝朝见群臣的场所。坐于庙朝,指掌政权的大官而言。
⑦ 树旗旄:树,树立,动词。旄,以牦牛尾饰于旗杆的一种旗帜。
⑧ 罗弓矢:罗列弓箭。
⑨ 武夫前呵:呵同诃,呼喝。封建官僚出行时,为了吓唬人民,前有"喝道"人等,呼喝行路的人离开,不准逗留。
⑩ 才畯:畯,同俊。才畯,过人之才。
⑪ 丰颊:面颊丰满。
⑫ 便体:体态闲雅。
⑬ 惠中:秉性聪慧。
⑭ 飘轻裾,翳长袖:裾,衣服的前后襟。翳,遮蔽。这两句是说美人能歌善舞,舞姿美好。
⑮ 黛绿:黛,青黑色颜料,女子用以画眉。古籍一般说黛青,黛黑,青黑近绿,所以变文说黛绿。
⑯ 争妍而取怜:妍,美好。怜,爱。
⑰ 美可茹:指采于山间的植物。茹,食。
⑱ 惟适之安:觉得怎样舒适便怎样,一切以适合自己的需要为定。

⑲车服不维：维，维系，绊住。封建时代车服的制度随官品高下而有差别，皇帝有时特赐车服赏功。车服不维，是说没有官位的人，自由自在无所拘束，不为名利所羁绊。
⑳刀锯：古代有锯头、锯四肢的酷刑。刀锯不加，是说不犯罪而免于杀戮。
㉑触刑辟：触，犯。刑辟，刑法。
㉒徼幸：同侥幸，希望得到本分以外的名利。
㉓昌黎韩愈：昌黎是韩氏郡望，唐人重世族，所以冠以昌黎二字。
㉔可濯可沿：濯是洗涤。沿，顺着水边走去。
㉕廓其有容：空旷而有所涵容。
㉖不祥：指怪物，如魑魅魍魉之类。
㉗膏吾车：膏，油。此作动词用，加油于车轴使润滑，容易转动。

送董邵南序①

燕赵古称多感慨悲歌之士②,董生举进士,连不得志于有司,怀抱利器,郁郁适兹土③,吾知其必有合也。董生勉乎哉!夫以子之不遇时,苟慕义彊仁④者,皆爱惜焉,矧燕赵之士出乎其性者哉⑤!

然吾尝闻风俗与化移易⑥,吾恶知⑦其今不异于古所云邪!聊以吾子之行卜之也⑧。董生勉乎哉!

吾因子有所感矣,为我吊望诸君⑨之墓,而观于其市,复有昔时屠狗者⑩乎!为我谢曰⑪:"明天子在上,可以出而仕矣。"

感慨悲歌之士就是忠义之士。董邵南是孝义的人,当时河北三镇是独立王国,是叛臣而非忠臣,替叛臣做事的人,当然也不是义士;董生到这种地方去,是否能够相合,很成问题,文章不好明说,所以说:"吾恶知其今不异于古所云耶!聊以吾子之行卜之也。"连用两"董生勉乎哉"句,是微辞,要他警惕。题曰送行,但挽留之意通篇之中无处不在,这就是韩文善于表达复杂感情的高明之处。

【注释】

①送董邵南序:董邵南,寿州安丰(今安徽寿县西南)人。
②燕赵古称多感慨悲歌之士:这种风气,是燕太子丹和赵武灵王(赵雍)造成的,见《史记·货殖传》和《汉书·地理志》。
③连不得志于有司,怀抱利器,郁郁适兹土:接连几次考进士都没考中。有司,指主持进士考试的机关——礼部。利器:精良的器物,借喻董邵南是有用之才。兹土:指上文所说的燕赵,就是河北,当时为卢龙(领州九;今河北卢龙县)、成德(领州四;今河北正定县)、魏博(领州七;今河北大名县)三镇所在地。三镇自置官吏,不受唐朝节制,成为独立王国。
④慕义彊仁:彊同强,勉强。这句说仰慕仁义并勉力实行。

⑤矧燕赵之士出乎其性者哉:矧,况且。说燕赵之士,他们行仁义,是"出自本性",和上句慕义彊仁之士又不同。
⑥风俗与化移易:政策、教化因时而异,风俗也随着改变。
⑦恶知:焉知,哪能料定。
⑧聊以吾子之行卜之也:我的判断对不对,从你这一回到燕赵地方去的结果如何,就可以看得出来了。
⑨望诸君:指乐毅,战国时人。燕昭王任用他做上将军,破齐国七十余城,还有两个城没有攻下,昭王去世;他的儿子惠王即位,不信任乐毅,乐毅奔往赵国,赵王封他为望诸君。他的坟墓,在邯郸市西南。
⑩屠狗者:《史记·刺客列传》作"狗屠",是荆轲和高渐离(二人都是要刺杀秦始皇的人)的朋友,《史记》没有说出他的姓名。
⑪为我谢曰:谢,问候。

赠崔复州序①

有地数百里,趋走之吏,自长史、司马②已下数十人。其禄足以仁其三族③及其朋友故旧。乐乎心,则一境之人喜,不乐乎心,则一境之人惧④。丈夫官至刺史⑤亦荣矣。

虽然,幽远之小民,其足迹未尝至城邑;苟有不得其所⑥,能自直于乡里之吏者鲜矣⑦,况能自辨于县吏乎!能自辨于县吏者鲜矣,况能自辨于刺史之庭乎!由是刺史有所不闻,小民有所不宣⑧。赋有常而民产无恒⑨,水旱疠疫之不期⑩,民之丰约悬于州⑪,县令不以言,连帅⑫不以信⑬,民就穷而敛愈急,吾见刺史之难为也。

崔君为复州,其连帅则于公⑭。崔君之仁,足以苏复人⑮;于公之贤,足以庸崔君⑯。有刺史之荣,而无其难为者,将在于此乎!愈尝辱于公之知⑰,而旧游⑱于崔君,庆复人之将蒙其休泽⑲也,于是乎言。

此文以"赋有常而民产无恒"和"民就穷而敛愈急"二句为主。刺史的职务,催科是一重要部分,而节度使是督伤刺史的上级官长。《旧唐书》于頔本传说"横暴已甚",又说"公然聚敛"。此文虽是对崔君说话,却着重在讽刺于頔,是"有的放矢"。它揭发出官吏的权重禄厚和人民遭受重重压迫的痛苦。

此文作于贞元十九年,作者时年三十六。

【注释】

①赠崔复州序:复州,今湖北沔阳县,唐时属山南东道。崔君任复州刺史,所以简称作崔复州。崔君,名字无考。
②长史、司马:长史,官名,意义是诸史之长。司马,官名,管理军政之事。唐制,刺史兼管州内军事,所以属官有司马。

③仁其三族：仁，恩施，作动词用。三族，父族、母族、妻族。
④乐乎心二句：说明刺史能作威作福，权力很大，人民的命运在他掌握中。
⑤刺史：刺史原是临时派遣巡查某一区域的官吏，发现违法情事，可以条举弹劾。唐时以刺史为州的行政长官，兼理军事。
⑥不得其所：不得其处。是说在不适宜、受屈受害的处境中，不能安安稳稳过日子。
⑦能自直于乡里之吏者鲜矣：直，伸。自直，自己要求伸张正义，辨明是非。乡里之吏，乡长里胥之类。鲜，少。
⑧不宣：不能发泄、表达。
⑨赋有常而民产无恒：赋，赋税。赋有常，赋税有额定的数量。恒，常。恒产，能够养活一家大小的生活费用。民产无恒，则是百姓纳税所剩无几，平时已衣食不足，再遇灾荒意外，自然处于冻饿，无法生活。
⑩不期：不能预料的意思。
⑪民之丰约悬于州：丰，衣食丰足。约，衣食不足。悬，悬系，悬衡。这说人民生活的好坏完全取决于州官之手，即刺史有生杀予夺之权。
⑫连帅：古代十国为连，连有帅，这里借指节度使。节度使管辖若干州，是州的上司。
⑬县令不以言，连帅不以信：县令不将民间的真实情况向刺史陈报，节度使又不相信刺史对民情的处理，意指刺史处在县令和节度使之间，上下都有隔膜。
⑭于公：名頔（dí），字允元。时任山南东道节度使，领襄、郢、复、邓、随、唐、均、房八州。
⑮苏复人：苏，复活，一作休息解。苏复人，使复州人苏息的意思。
⑯庸：是用的意思。
⑰辱于公之知：辱知，对人客气话，意思是和某人交往，承他知许，是辱没了他的身份。因为于頔的地位高，韩愈的地位低，而韩愈曾为于頔所赏识，和他来往过，所以说是"辱于公之知"。
⑱旧游：一向来往的老朋友。
⑲蒙其休泽：蒙，受。休，美，善。泽，恩泽。

送浮屠文畅师序

人固有儒名而墨行①者,问其名则是,校其行②则非,可以与之游③乎?如有墨名而儒行者,问其名则非,校其行则是,可以与之游乎?扬子云④称:"在门墙则挥之,在夷狄则进之⑤。"吾取以为法焉。

浮屠⑥师文畅喜文章,其周游天下,凡有行,必请于缙绅先生以求咏歌其所志。贞元十九年春,将行东南,柳君宗元为之请⑦。解其装,得所得叙诗⑧累百余篇;非至笃好,其何能致⑨多如是邪?惜其无以圣人之道告之者,而徒举浮屠之说赠焉⑩。夫文畅,浮屠也。如欲闻浮屠之说,当自就其师而问之,何故谒吾徒⑪而来请也?彼见吾君臣父子之懿⑫,文物礼乐之盛,其心必有慕焉;拘其法⑬而未能入,故乐闻其说而请之。如吾徒者,宜当告之以二帝三王之道⑭,日月星辰之所以行⑮,天地之所以著⑯,鬼神之所以幽,人物之所以蕃,河江之所以流而语之,不当又为浮屠之说而告也。

民之初生,固若禽兽夷狄然;圣人者立,然后知宫居而谷食⑰,亲亲而尊尊⑱,生者养而死者藏。是故道莫过于仁义,教莫大乎礼乐刑政。施之于天下,万物得其宜;措之于其躬⑲,体安而气平。尧以是传之舜,舜以是传之禹,禹以是传之汤,汤以是传之文、武,文、武以是传之周公、孔子;书之于册,中国之人世守之⑳。今浮屠者,孰为之而孰传之邪㉑?夫鸟俯而啄,仰而四顾;夫兽深居而简出;惧物之为己害也,犹且不免焉。弱之肉,强之食;今吾与文畅安居而暇食,优游以生死,与禽兽异者,宁可不知其所自邪㉒?

夫不知者,非其人之罪也;知而不为者,惑也;悦乎故不能即乎新㉓者,溺㉔也;知而不以告人者,不仁也;告而不以实者,不信也。余既重柳请,又嘉㉕浮屠能喜文辞,于是乎言。

此文作于贞元十九年(803),时韩愈为监察御史,柳宗元为监察御史里行(官秩不足而充其位称为"里行")。

韩愈以继承儒家道统自任,对于儒学以外的墨、道、法、释一律排斥,所以当柳宗元要韩愈为他的佛徒好友写赠序时,也顺理成章地表达了他的辟佛思想。

文章行文平易,娓娓而道,称得上"气盛言宜"之作。

【注释】

① 儒名而墨行:打着儒者的称号,行为举措却奉行墨家的一套。
② 校其行:考察他的行为。校,音 jiào,校对,有考察之意。
③ 与之游:和他交往。
④ 扬子云:扬雄,字子云。
⑤ 语本《扬子法言·修身》,原文是"在夷貉则引之,倚门墙则挥之"。离得太近了便挥而退之,离太远了则招而近之。即"不即不离"之意。
⑥ 浮屠:佛徒、佛教、佛舍之总称。
⑦ 为之请:替他向我请求。
⑧ 得所得叙诗:发现文畅师周游天下所求得的别人为他"歌其所志"的叙诗。
⑨ 致:罗致、得到。
⑩ 可惜这么多的叙诗当中没有一篇以儒家的道统告诉他的,而只是列举佛教的学说相赠。
⑪ 谒吾徒:拜访我们这些尊奉儒家道统的人。
⑫ 君臣父子之懿:君臣之间、父子之间关系的美好。
⑬ 拘其法:受佛教戒律的限制。
⑭ 二帝三王:尧、舜、禹、汤、文王。
⑮ 所以行:运行的原因。
⑯ 著:明、显。
⑰ 宫居而谷食:以宫室为居所,以谷粟为食物。
⑱ 亲亲而尊尊:亲近亲人,尊奉尊长。前"亲""尊"为名词动用。
⑲ 措之于其躬:把儒家伦理道德施行于自身。
⑳ 世守之:世世代代尊奉它。
㉑ 孰为之而孰传之:谁创立它,谁传布它呢?

㉒宁可不知其所自邪:怎么可以不知道它的来处、渊源呢?
㉓悦乎故不能即乎新:悦,喜欢;故,传统的,陈旧的;即,接近。
㉔溺:沉迷不悟。
㉕嘉:赞赏。

送廖道士序

　　五岳于中州①,衡山最远;南方之山巍然高而大者以百数,独衡山为宗②;最远而独为宗,其神必灵。衡之南八九百里,地益高,山益峻,水清而益驶③;其最高而横绝南北者岭④。郴之为州,在岭之上,测其高下得三之二焉,中州之清淑之气,于是焉穷。气之所穷,盛而不过,必蜿蟺扶舆⑤磅礴而郁积。衡山之神既灵,而郴之为州,又当中州清淑之气蜿蟺扶舆磅薄而郁积,其水土之所生,神气之所感,白金水银丹砂石英钟乳橘柚之包,竹箭之美,千寻之名材,不能独当也⑥;意必有魁奇忠信材德之民生其间,而吾又未见也:其无乃迷惑溺没于老佛之学而不出邪⑦?

　　廖师郴民,而学于衡山,气专而容寂⑧,多艺而善游⑨,岂吾所谓魁奇而迷溺者邪?廖师善知人,若不在其身,必在其所与游⑩;访之而不吾告⑪,何也⑫?于其别,申以问之。

　　此文一方面肯定了廖道士得衡山之灵气而魁奇;一方面嘲讽他入于老佛之学而迷溺。韩愈对佛老之学深恶痛绝,只要是僧人或道士,即便是朋友,他也毫不客气地嘲笑攻击。

【注释】

①五岳于中州:从中原来看五岳。五岳:东岳泰山,南岳衡山,西岳华山,北岳恒山,中岳嵩山。
②宗:祖宗。有尊、圣之意。
③益驶:流速更快。
④岭:指秦岭,古代以来人们把秦岭作为中原与南部荒蛮的分界线,也是一条气候分割线。
⑤蜿蟺扶舆:蜿蟺,屈曲盘旋;扶舆,扶摇。盘旋而上的样子。蟺,音 shàn。
⑥橘柚之包:橘柚的果实。独当:独自享有。

⑦无乃:莫非,莫不是。此句言,既然秀杰之气不仅产生白金水银丹砂石英等,且必将蕴育魁奇忠信材德之民,而又见不到这样的人,莫非这些人受佛、老之学的浸渍,而不得显于世?

⑧气专而容寂:面容气色安定而平静。

⑨善游:长于交往。

⑩若不在其身,必在其所与游:秀杰特出的人物,如果不是廖道士本人,也一定在他所交往的人中间。

⑪访之而不吾告:打问这样的人而他不告诉我。

⑫何也:什么原因呢?

送王秀才含序

吾少时读《醉乡记》①,私怪隐居者无所累于世而犹有是言,岂诚旨于味邪②?及读阮籍、陶潜诗,乃知彼虽偃蹇不欲与世接③,然犹未能平其心,或为事物是非相感发,于是有托而逃焉④者也。若颜氏子操瓢与箪,曾参歌声若出金石⑤:彼得圣人而师之,汲汲每若不可及⑥,其于外也固不暇⑦,尚何曲糵之托⑧而昏冥之逃⑨邪?吾又以为悲醉乡之徒不遇⑩也!

建中⑪初,天子嗣位,有意贞观、开元⑫之丕⑬绩,在廷之臣争言事。当此时,醉乡之后世又以直废。吾既悲醉乡之文辞,而又嘉良臣之烈,思识其子孙⑭。今子之来见我也,无所挟⑮,吾犹将张之⑯;况文与行不失其世守,浑然端且厚。惜乎吾力不能振之,而其言不见信于世⑰也!于其行,姑与之饮酒。

此文作于贞元二十年(804),此时韩愈被贬为阳山县令。

王秀才即王含,隋朝王绩的后代。作者从少时读《醉乡记》的感触入手,再引以颜回、曾参虽穷居孤独犹不改其乐的事迹,阮籍、陶潜不得已逃乎醉乡的痛苦相比较来说明,但能行道则不可逃乎"醉乡",而应像颜、曾一样"得圣人而师之"。与此同时,作者又委婉而曲折地表达了对让贤人逃乎"醉乡"的时政的不满,为王含的不遇鸣不平。而"姑与之饮酒"一句,则不言而言,隐微之至地表达了作者沉郁悲凉的感慨;醉乡之后以直见黜,而自己也因上书论李实之罪而被贬至偏远的阳山县来。与"醉乡之后"又有何异!痛苦、不平、无奈、矛盾,诸多情感全在"饮酒"二字。

【注释】

①《醉乡记》:唐初王绩所作。其中说:"阮嗣宗、陶渊明等十数人,并游于醉乡。"醉乡,指醉酒后神志不清的境界。

② 暗自为隐居者不受世俗的牵挂而仍然有《记》中那样的话而感到奇怪,难道他真的品尝到了隐居生活的甜美吗?
③ 偃蹇不欲与世接:颠簸潦倒不愿与世俗之人交往。
④ 有托而逃焉:有志向与思想而不得不逃避当世。
⑤ 颜氏子:指颜回。颜回、曾参都是孔子弟子。颜回"一箪食一瓢饮",但"不改其乐"(《论语·雍也》);曾参在卫国,"三日不举火,十年不更衣,正冠而缨绝,捉衿而肘见",但仍然歌声"若出金石"。(《庄子·让王》)
⑥ 汲汲:凄凄惶惶、心情迫切的样子。
⑦ 于外也固不暇:没时间考虑学圣人之道以外的其他事情。
⑧ 曲蘖之托:蘖,树木被砍伐后重生的枝条。曲蘖之托,喻阮籍、陶渊明等醉乡之人的思想志向得不到正常的施展,就像树蘖一样,受到压抑而不得不旁逸斜出。
⑨ 昏冥之逃:以醉酒昏冥而逃世。
⑩ 不遇:不被当世所承认。
⑪ 建中:唐德宗年号,公元780年建号"建中"。
⑫ 贞观、开元:唐太宗李世民和唐玄宗李隆基的年号,分别建号于公元627年和公元713年。有"贞观之治"和"开元盛世"的说法。
⑬ 丕:大。
⑭ 思识其子孙:希望结识他们的子孙。
⑮ 挟:用胳膊夹住。
⑯ 张之:张而大之,即为王生延誉扬名。
⑰ 信:意同"伸"。信于世:为天下所晓谕。

送王秀才埙序

　　吾常以为孔子之道大而能博,门弟子不能遍观而尽识也,故学焉而皆得其性之所近①;其后离散分处诸侯之国,又各以所能授弟子,原远而末益分②。

　　盖子夏③之学,其后有田子方;子方之后,流而为庄周:故庄周之书,喜称子方之为人。荀卿之书,语圣人必曰孔子、子弓,子弓之事业不传,惟太史公书《弟子传》有姓名耳,曰馯臂子弓④,子弓受《易》于商瞿⑤。孟轲师⑥子思,子思之学盖出曾子,自孔子没,群弟子莫不有书⑦,独孟轲氏之传得其宗,故吾少而乐观焉。

　　太原王埙⑧示予所为文⑨,好举孟子之所道者;与之言,信悦孟子而屡赞其文辞。夫沿河而下,苟不止,虽有疾迟,必至于海;如不得其道也,虽疾不止,终莫得而至焉。故学者必慎其所道⑩,道于杨、墨、老、庄、佛之学,而欲之圣人之道,犹航断港绝潢以望至于海也⑪;故求观圣人之道,必自孟子始。今埙之所由,既几于知道;如又得其船与楫,知沿而不止,呜呼,其可量也哉⑫。

　　王秀才,姓王名埙。他将自己所为文章让韩愈指点,临行之际,韩愈为此序以赠。

　　韩愈主张学圣人必本其原,否则将惑于末学,溺于杂说,如此则将难窥六经之旨,"犹航断港绝潢以望至于海也",所以,作者在文中为他理清了圣人之道的源流,为他疏通了"至于海"的航道。

【注释】

①学焉而皆得其性之所近:学孔子之大道,都只能学到与自己个性特长相接近的那一部分。

②原远而末益分:自圣人之后,时间越久,原来完整的"道"就越发支分派远而难见全貌了。
③子夏:孔子的弟子。
④太史公书《弟子传》:指《史记·仲尼弟子列传》。駻:音 hàn。马身上的青黑色。
⑤商瞿:字子木,孔子弟子,从孔子学《易》。
⑥师:师从。
⑦书:著述立说。
⑧埙:音 xūn。
⑨示予所为文:把他所作的文章给我看。
⑩慎其所道:慎重选择方向方法。道,同"导"。
⑪如果所遵循的是杨朱、墨翟、老子、庄子、佛家的学说,而想达到圣人的理想,就好像是船航行在封闭的港口和没有出口的水池里,而想让船驶入大海中一样。
⑫王埙所选择的起点和方向,接近于明确的方向,像又是得到合适的船和桨,把握明确的方向而不停前行,这样下去,他的前程可以估量吗?

荆潭唱和诗序

　　从事①有示愈以《荆潭酬唱诗》者,愈既受以卒业②,因仰③而言曰:
　　夫和平之音淡薄,而愁思之声要妙④;欢愉之辞难工,而穷苦之言易好也。是故文章之作,恒发于羁旅草野;至若王公贵人气满志得,非性⑤能而好之,则不暇以为,今仆射裴公⑥开镇蛮荆,统郡惟九;常侍杨公⑦领湖南之壤地二千里;德刑之政并勤,爵禄之报两崇⑧。乃能存志乎诗书,寓辞乎咏歌,往复循环,有唱斯和,搜奇抉怪,雕镂文字,与韦布里闾憔悴专一之士⑨较其毫厘分寸,铿锵发金石,幽眇感鬼神,信所谓材全而能巨者也。两府⑩之从事与部属之吏属⑪而和之,苟在编者咸可观也,宜乎施之乐章,纪诸册书。
　　从事曰:"子之言是也。"告于公,书以为《荆潭唱和诗序》。

　　此篇作于元和四年至五年(809—810)之间,时韩愈任东都(洛阳)都官员外郎,转河南(洛阳)县令。
　　文章借为《荆潭唱和诗》作序的机会,生动而感触颇深地谈出了自己的创作体会和创作的一般规律:"和平之音淡薄,而愁思之声要妙;欢愉之辞难工,而穷苦之言易好。"在此前提下,通过裴、杨二人地位与其"搜奇抉怪、雕镂文字"创作态度的比较,以其"爵禄""两崇"的显达与他们"与韦布里闾憔悴专一之士较其毫厘分寸"的行为比较,作者虽貌似夸赞,而读者不难察觉作者的真正用意:他们的诗歌,无非是富贵显达的饱嗝,而绝不是"要妙""易好"的作品。

【注释】
①从事:州刺史的佐吏如别驾、治中、主簿、功曹等都称为从事史。
②受以卒业:将诗集接过来读完。

③仰:表示恭敬之意。
④要妙:精要微妙之意。《老子》:"不贵其师,不爱其资,虽智,大迷。是谓要妙。"
⑤性:指天性。
⑥裴公:即裴均,贞元十九年(803)任荆南节度使,元和三年(808)入朝为右仆射,加同平章事。元和五年(810)晋升为左仆射。永贞元年(805),韩愈曾佐裴均任江陵法曹。
⑦杨公:即杨凭。弘农人,字虚受,善诗文,贞元十八年(802)出任湖南观察使,后入拜京兆尹,官终太子詹事。
⑧爵禄之报两崇:官爵和俸禄都很高。
⑨韦布里间憔悴专一之士:指平民百姓当中不得志而精心于写诗的读书人。
⑩两府:指裴均和杨凭二人所在的官府。
⑪属:音 zhǔ,连接,承应。

送幽州李端公①序

元年②,今相国李公③,为吏部员外郎,愈尝与偕朝,道语幽州司徒公④之贤,曰:"某前年被诏告礼幽州⑤,入其地,迓劳⑥之使里至⑦,每进益恭。及郊,司徒公红帓首⑧,韎袴握刀⑨,左右杂佩⑩,弓韔服⑪,矢插房⑫,俯立迎道左。某礼辞⑬曰:'公,天子之宰⑭,礼不可如是。'及府,又以其服即事。某又曰:'公,三公⑮,不可以将服承命。'卒不得辞。上堂,即客阶⑯,坐必东乡⑰。"愈曰:"国家失太平,于今六十年矣⑱。夫十日十二子相配,数穷六十,其将复平⑲,平必自幽州始,乱之所出也。今天子大圣,司徒公勤于礼⑳,庶几帅先河南北之将㉑,来觐奉职,如开元㉒时乎!"李公曰:"然。"今李公既朝夕左右㉓,必数数焉为上言,元年之言殆合矣。

端公岁时来寿其亲东都㉔,东都之大夫士,莫不拜于门。其为人佐甚忠,意欲司徒公功名流千万岁。请以愈言为使归之献。

此文的主旨在"其为人佐忠,意欲使司徒公名流千万岁"二句,要李益劝刘济率先归顺朝廷,这是韩愈反对割据混乱局面,希望统一的心愿。文章通过李藩之口生动形象地描写了刘济的形象和接待朝廷使臣的情形,从而为"司徒公勤于礼"作铺垫。而后推论:既勤于礼,自应率先归顺朝廷。

【注释】

①幽州李端公:李端公,名益,字君虞,当时在幽州节度使刘济幕中。唐时称御史为端公,李益当是在州幕中兼任御史职,所以称做端公。
②元年:指唐宪宗元和元年。
③今相国李公:指李藩,字叔翰。元和四年二月至六年二月为宰相。
④幽州司徒公:指刘济,永贞元年三月以幽州节度使本职加检校司徒衔。

⑤被诏告礼幽州：被诏，受皇帝的诏命。告礼幽州，指德宗逝世，李藩奉命到幽州去告哀。
⑥迓劳：迓，迎接。劳，慰劳。
⑦里至：一本作累至，较通。
⑧红帓首：赤色的头巾，是武将卫官朝参时的公服。
⑨鞾裤握刀：唐时武官着乌皮鞾（靴），大口裤。握刀，手持着刀。
⑩左右杂佩：杂佩，射抉（戴在手指上用以钩弓的骨具）之类。
⑪弓韔服：韔和服都是弓袋，这里韔字当动词用，作藏字解，音 chàng。弓藏在弓袋里。
⑫矢插房：房是插箭的器具。矢插房，箭插在箭袋里。
⑬礼辞：依礼应当辞让。
⑭公，天子之宰：指刘济做宰相。贞元十二年，刘济同平章事。
⑮公，三公：指刘济为检校司徒，司徒是三公之一。
⑯即客阶：即，就。客阶在西。因为迎接皇帝派来的大臣，他是代表最高统治者的人，因此刘济不敢居主位，只能就客位。
⑰坐必东乡：就是上文所说的客位。乡，同向。
⑱国家失太平，于今六十年矣：从唐玄宗天宝十四载安禄山起兵反唐算起，到韩愈作此文时为元和五年，不过五十六年，是约略举成数而言。
⑲十日十二子相配，数穷六十，其将复平：十日，甲、乙、丙、丁、戊、己、庚、辛、壬、癸。十二子，子、丑、寅、卯、辰、巳、午、未、申、酉、戌、亥。甲和子相配，从甲子、乙丑……等配至癸亥，为数六十，周而复始，古人用以纪年月日。数穷六十，其将复平，就是"物极必反"的意思。
⑳勤于礼：指上文隆重接待皇帝使臣李藩的情事。
㉑庶几帅先河南北之将：帅同率。帅先，带头。河南将，彰义吴少诚，淄青李师古；河北将，成德王士真，魏博田季安：都是当时割据自雄的节度使。
㉒开元：唐玄宗（李隆基）的年号。
㉓今李公既朝夕左右：指李藩做宰相，天天和皇帝在一起议事。
㉔端公岁时来寿其亲东都：李益的父亲名虬，官职未详。寿，省视祝福的意思。

送区册①序

阳山②,天下之穷处也③。陆有丘陵之险,虎豹之虞④。江流悍急⑤,横波之石,廉利侔剑戟⑥,舟上下失势⑦,破碎沦溺者,往往有之。县郭无居民,官无丞尉⑧,夹江荒茅篁竹⑨之间,小吏十余家,皆鸟言夷面⑩;始至,言语不通,画地为字⑪,然后可告以出租赋,奉期约⑫。是以宾客游从之士,无所为而至。愈待罪于斯⑬,且半岁矣。

有区生者,誓言相好⑭,自南海挐舟而来⑮,升自宾阶⑯,仪观甚伟⑰,坐与之语,文义卓然。庄周云:"逃空虚者,闻人足音跫然而喜矣⑱!"况如斯人者,岂易得哉!入吾室,闻诗书仁义之说,欣然喜,若有志于其间也⑲。与之翳嘉林⑳,坐石矶㉑,投竿而渔,陶然以乐,若能遗外声利㉒,而不厌乎贫贱也。岁之初吉㉓,归拜其亲,酒壶既倾,序以识别㉔。

此文写阳山的僻陋,仅仅用八十五字,把水陆交通的困难,城郊的荒凉、公务的稀简、文化的落后等,都生动地勾勒出来。在这种落寞的环境中,居然有人从远道来访,仪表不错,同韩愈谈话也能领会一些,看起来人也很朴实,所以便把他引为同调,临别要作文送他。这是韩愈喜欢奖励后进的一种表现。此序作于贞元二十一年正月,韩愈年三十八岁。

【注释】

①区册:人名,姓区名册。当是南海(在广东,今县名同)人。
②阳山:在广东。
③天下之穷处:"天下"是夸大的话,意思指中国境内。穷处,穷僻地方。
④虎豹之虞:虞,忧,患。意为有猛兽为害。
⑤悍急:凶猛。
⑥廉利侔剑戟:廉,棱角。利,锋利,锐利。侔,相等。剑戟,古兵器名:剑有两刃,戟有

送区册序

三锋。这说江里的石头像剑戟一样锋利。
⑦舟上下失势：上，逆流而上。下，顺流而下。失势，指船只在险流中不能驾驭控制。
⑧官无丞尉：丞，犹如副县令。尉，掌管督捕盗贼和查察不法。唐制，中等县和下等县，丞、尉各一人。阳山无丞、尉，可见尤为荒僻，所以说是天下之穷处。
⑨篁竹：篁是竹的通称。
⑩鸟言夷面：鸟言，是说言语怪、难懂。夷面，是说相貌和中土人不同。是鄙视少数民族的说法。
⑪画地为字：当是纸笔文具等缺乏的缘故，同时也说明阳山地方文化的落后。
⑫奉期约：期，期限。约，规约。例如征收夏税秋税都有一定期限。
⑬愈待罪于斯：待罪，古代官吏任职的谦称。韩愈是贞元二十年春间贬到阳山为官的。
⑭誓言相好：愿意和我做朋友。
⑮自南海挐舟而来：南海唐时属广州。挐，为桡的假借字，摇船的工具，此作动词用。挐舟，撑船，划船。区册是从广州北江、上湟水、抵阳山之阳溪，逆流而上的。
⑯宾阶：宾阶，西阶。古时接客之礼，宾从西阶上，主人从东阶上。
⑰仪观甚伟：仪，容仪。观，观瞻，外表。仪观，仪表。
⑱逃空虚者：闻人足音跫然而喜矣：语见《庄子·徐无鬼》篇，司马彪说："逃，巡。故坏冢处为空虚。"跫，行人脚步声。说巡行于故墓间的人，满目荒凉，听到别人的脚步声，认为有了同伴，便觉欢喜。
⑲若有志于其间也：若有志，似乎有意思，有志愿。其间，指上句"诗书仁义之说"。
⑳翳嘉林：翳，隐蔽。嘉林，美好的林木。这说在林下乘凉。
㉑石矶：水中或水旁的岩石。
㉒遗外声利：遗，忘。外，疏远的意思。声利，名利。
㉓岁之初吉：指农历正月朔日。
㉔序以识别：识，记。作序以记离别之情。

送高闲上人①序

苟可以寓其巧智②,使机应于心③,不挫于气④,则神完而守固⑤,虽外物至,不胶于心⑥。

尧、舜、禹、汤治天下,养叔治射⑦,庖丁治牛⑧,师旷治音声⑨,扁鹊治病⑩,僚之于丸⑪,秋之于弈⑫,伯伦之于酒⑬,乐之终身不厌,奚暇外慕⑭!夫外慕徙业者,皆不造其堂,不哜其胾⑮者也。

往时张旭善草书⑯,不治他伎,喜怒、窘穷、忧悲、愉佚⑰、怨恨、思慕、酣醉、无聊不平,有动于心,必于草书焉发之。观于物,见山水、崖谷、鸟兽、虫鱼、草木之花实、日月、列星、风雨、水火、雷霆、霹雳⑱、歌舞、战斗,天地事物之变,可喜可愕,一寓于书⑲。故旭之书,变动犹鬼神,不可端倪⑳,以此终其身,而名后世。

今闲之于草书,有旭之心哉!不得其心,而逐其迹㉑,未见其能旭也。为旭有道,利害必明,无遗锱铢㉒,情炎于中㉓,利欲斗进㉔,有得有丧,勃然㉕不释,然后一决于书,而后旭可几也㉖。今闲师浮屠氏,一死生,解外胶㉗,是其为心必泊然㉘无所起,其于世必淡然无所嗜,泊与淡相遭,颓堕、委靡、溃败、不可收拾㉙。则其于书,得无象之然乎㉚!

然吾闻浮屠人善幻㉛,多技能,闲如通其术,则吾不能知矣㉜。

此文说一个人的巧智,得所寄托,要有成就,必须注意掌握事物的原理或者规律,用它来衡量事物,应付处置,必须有不屈不挠的精神坚持到底。而佛徒恰恰相反,他们弃绝人事逃避现实,不是寓其巧智,而是黜其巧智;不是鼓起不屈不挠的信心,而是颓堕,没有志气。既然否定现实,什么都成了"身外物",草书艺术也是"身外物",还要学它做什么!即使勉强学它,徒然学得他人的形迹,没有内涵,归根结底,是学不好的。这是韩愈一意排斥佛氏的理论,借高闲学书来发泄。

送高闲上人序

【注释】

① 高闲上人：高闲，乌程（今浙江吴兴）人，工书法。唐宣宗（李忱）曾经召见他，赐紫衣。居湖州开元寺。

② 寓其巧智：寓，寄托。寓其巧智，是说某人把他的巧智寄托在某一种事物上。

③ 机应于心：心能随机应变，彻底了解外来事物的真相，自己掌握真理，不致为它们所迷惑。

④ 不挫于气：即便遇到任何困难，能够打破它，克服它，自己的志气不因此而消沉，而挫折。

⑤ 神完而守固：精神完足，操守坚定。

⑥ 外物至，不胶于心：胶，黏着。这是上句"机应于心"的成果。

⑦ 养叔治射：养由基，字叔，春秋时楚人，善射，一发能贯七札（七层革制的军服）；距离百步而射柳叶，百发百中。

⑧ 庖丁治牛：庖，厨师，庖丁，战国时人。为文惠君（梁惠王䓨）解牛。自己说：解牛的时候，目不见全牛（掌握了牛身体结构的规律），我的屠刀用了十九年，解过数千头牛，它的锋利还像刚刚新磨过的一样。

⑨ 师旷治音声：师，乐师。名旷，字子野，春秋时晋人。《淮南子·览冥训》说："师旷奏白雪之音，而神物为之下降。"

⑩ 扁鹊治病：扁鹊，姓秦，名越人，春秋时郑人。虢太子死，扁鹊用针石治之，而太子复活。

⑪ 僚之于丸：《庄子·徐无鬼》篇："市南宜僚弄丸，而两家之难解。"丸，弹丸。解两家之难的故事详见郭庆藩《庄子集释》。

⑫ 秋之于弈：《孟子·告子》上篇："弈秋，通国之善弈者也。"弈秋，弈人，名秋；一国的人都称他是下棋的国手。

⑬ 伯伦之于酒：刘伶字伯伦，西晋时沛国（今安徽宿县西北）人。喜喝酒，著有《酒德颂》。

⑭ 奚暇外慕：奚，何。暇，空闲的时间。这句说哪里还有空闲去爱慕其他事物。

⑮ 不造其堂，不哜其胾：造，至，到。哜，音 jì，尝味。胾，音 zì，大块切肉。这两句是说造诣不深，没有吃到甜头。

⑯ 张旭善草书：张旭，苏州吴郡（今江苏苏州市）人。草书写得最好，当时称他作"草圣"。

⑰ 愉佚：愉，愉快。佚，乐。和愉字义同。

⑱ 雷霆、霹雳：霆，雷余声。一说：和霹雳同；霹雳，疾雷。

⑲一寓于书:统统寄托在书法中。张旭自己说:见公主担夫争道,又闻鼓吹,而得笔意。观倡公孙舞剑器而得其神。唐代大书法家颜真卿,就是他的弟子。
⑳不可端倪:端倪作"微始"(最初状态)解。端,同耑,是草木的微始(如萌芽);倪,同儿,是人类的微始。
㉑逐其迹:只知模仿表面的形迹。
㉒锱铢:一百颗黍米为一铢。六铢为锱。锱铢,极言数量之微少。
㉓情炎于中:中,指内心。情炎于中,内心有热烈的情感。
㉔利欲斗进:利和欲义同。公义和私欲之心,互相斗争抢先。
㉕勃然:形容"旺盛"的样子。
㉖然后一决于书,而后旭可几也:决字作"发"字解释。几,平声,相近,差不多。
㉗一死生,解外胶:一死生,把生和死看成一样。解外胶,把自外来的要黏着我心的事物,不论好和坏,统统摒除出去,不理睬它。
㉘泊然:形容心不为外物所动。
㉙颓堕、委靡、溃败,不可收拾:这两句形容精神颓唐,志气消沉。
㉚得无象之然乎:象,同"像"。是不是能够学得和张旭草书一样呢?
㉛善幻:能够做种种幻术迷惑人的耳目。
㉜闲如通其术,则吾不能知矣:这两句是讽刺话。

送殷员外①序

唐受天命为天子②,凡四方万国,不问海内外,无小大,咸臣顺于朝③。时节贡水土百物④,大者特来,小者附集⑤。

元和睿圣文武皇帝⑥既嗣位,悉治方内⑦就法度。十二年,诏曰:"四方万国,惟回鹘于唐最亲,奉职尤谨⑧。丞相其选宗室四品一人⑨,持节⑩,往赐君长,告之朕意⑪。又选学有经术⑫、通知时事者一人,与之为贰⑬。"由是殷侯侑自太常博士⑭迁尚书虞部员外郎⑮,兼侍御史⑯,朱衣象笏⑰,承命以行。

朝之大夫,莫不出钱。酒半,右庶子⑱韩愈执盏言曰:"殷大夫:今人适数百里,出门惘惘⑲,有离别可怜之色;持被入直三省⑳,丁宁顾婢子,语刺刺不能休㉑。今子使万里外国,独无几微出于言面㉒,岂不真知轻重㉓大丈夫哉!丞相以子应诏,真诚知人。士不通经,果不足用㉔。"于是相属㉕为诗,以道其行云。

在这篇送行的应酬文字中,作者提出"轻""重"两字,重的一方面是有爱国主义思想以国家为前提的人,轻的一方面是只管自己的人。据《新唐书·殷侑传》载:回鹘可汗加以迫胁,定要他行臣下朝见君主的礼节,他始终不肯,可汗也无可奈何。可以说是一个不辱使命、能够维护唐朝的体面、真知轻重的爱国者。属于后一类型的士大夫,用"出门惘惘"数语,就把他们的庸俗猥琐的状貌刻画出来。这种人是韩愈看不惯的,因此加以揭露,以与前一种类型的人作为对照。

文中点明元和十二年,为韩愈五十岁时所作。

【注释】

①殷员外：名侑，陈州（今河南淮阳县）人。贞元末，五经及第。员外，指殷侑是员外郎的官职。

②受天命为天子：说皇帝政权统治中国是"天意"。

③咸臣顺于朝：唐太宗李世民击破突厥以后，西北各部族，大部分都服属唐朝。

④时节贡水土百物：时节，指元旦或冬至。贡水土百物，以土产物品进贡。

⑤大者特来，小者附集：大国特地派使臣来，小国附托大国使臣代贡，或者随着大国使臣同来。

⑥元和睿圣文武皇帝：指唐宪宗李纯。元和是年号。"睿圣文武"四字是当时内外大臣对李纯所上的"尊号"。

⑦方内：方，东南西北四方。方内，唐朝本部。

⑧唯回鹘于唐最亲，奉职尤谨：回鹘原作回纥，贞元五年改作回鹘，是取象于鸷鸟雄健，一举冲天的意思。回鹘疆域在最强盛时期几乎占有现在内蒙古自治区和蒙古共和国全部地区。曾帮助唐朝讨平安禄山和史思明的叛变。其王葛勒可汗娶肃宗女儿宁国公主，骨咄禄毗伽可汗娶德宗女儿咸安公主。

⑨宗室四品一人：是指派遣副宗正少卿李孝诚做出使大臣。宗正，掌管皇族和后族谱系等事。少卿的官阶是"从四品上"。

⑩持节：节，符节，原为竹制，后来改用金属，可分为两半，有关双方各执一半，是一种信物凭证。一说：节，指旄节、旌旗之类，使臣出使，赐以旄节。

⑪告之朕意：朕，相当于"我"的一种自称代词。从秦始皇起，规定"朕"为皇帝自称的专用词。告之朕意，把"我"的意思告诉他。

⑫学有经术：学问能够通达六经的人，就是经学专家。

⑬为贰：做副职。

⑭太常博士：掌管办理各种礼仪事项。

⑮尚书虞部员外郎：虞部员外郎，掌管京都街巷和苑囿山泽草木等事，隶属尚书省工部。

⑯侍御史：掌管纠弹百官和受理冤讼事项。

⑰朱衣象笏：唐制：御史穿朱衣。笏，手板，用以记事，五品以上官执象笏，六品以下执木笏。

⑱右庶子：太子的属官，掌管侍从并收受传递文书等事。

⑲惘惘：失意，不愉快，和"怅怅"义同。

⑳持被入直三省：拿着铺盖到三省去值班。三省：尚书省、中书省、门下省。

㉑刺刺不能休：形容有话说不完的意思。

㉒无几微出于言面:丝毫没有在言语上和脸色上表现出来。
㉓知轻重:明白个人为轻、国家为重的道理。
㉔士不通经,果不足用:一个人如不通经学,不能辨别国家和个人的关系,必定轻重倒置,这种人是用不得的。
㉕相属:互相接续。

送杨少尹序

昔疏广、受二子以年老一朝辞位而去,于时公卿设供张,祖道都门外,车数百辆,道路观者多叹息泣下,共言其贤。汉史既传其事,而后世工画者又图其迹,至今照人耳目,赫赫若前日事①。国子司业杨君巨源②方以能诗训后进,一旦以年满七十,亦白丞相去归其乡。世常说古今人不相及,今杨与二疏其意岂异也?

予忝③在公卿后,遇病不能出,不知杨侯去时,城门外送者几人?车几辆?马几匹?道边观者亦有叹息知其为贤以否?而太史氏又能张大其事为传④继二疏踪迹否?不落莫否?见今世无工画者,而画与不画固不论也。然吾闻杨侯之去,丞相有爱而惜之者,白以为其都少尹,不绝其禄,又为歌诗以劝之,京师之长于诗者亦属而和之⑤;又不知当时二疏之去有是事否?古今人同不同,未可知也。

中世士大夫以官为家,罢则无所于归。杨侯始冠举于其乡,歌《鹿鸣》⑥而来也;今之归,指其树曰:"某树吾先人之所种也,某水某丘吾童子时所钓游也。"乡人莫不加敬,诫子孙以杨侯不去其乡为法。古之所谓"乡先生没而可祭于社"者,其在斯人欤,其在斯人欤!

这是韩愈为杨少尹(杨巨源)告老还乡而写的一篇序文,构思相当巧妙。韩愈当时生病没有赶上送别的场面,但他将杨少尹与汉代的疏广、疏受两位德高望重老臣相提并论,描述了汉代公卿送别这两位老臣的场面,由此推想眼下公卿们送别杨少尹的场面。一个简单的送别,能被写得这样摇曳多姿,实在不能不令人感叹韩愈高超的写作技巧。

【注释】
①疏广,汉东海兰陵人。少好学,明《春秋》,宣帝时为太傅,其兄之子疏受同时为少

送杨少尹序

傅。在位五年,二人皆称病告归。归行之日,"公卿大夫故人邑子设祖道,供张东都门外,送者车数百辆,辞决而去。及道路观者皆曰:'贤哉二大夫!'或叹息为之下泣。广既归乡里……广曰:'……贤而多财,则损其老;愚而多财,则益其过。……'于是族人悦服"(《汉书·疏广传》)。祖道:古人出行前祭祀路神的活动。

② 杨巨源:字景山,河中人,唐贞元间进士,自秘书郎累迁至国子司业。年七十致仕归乡之际,宰相特叮嘱河中府官员,让杨巨源食禄终身。

③ 忝:谦词,有惭愧之意。

④ 传:音 zhuàn,传记。

⑤ 属而和之:跟在后面和诗。属,音 zhǔ,连接,引申为"跟随"。和,音 hè,步韵为诗。

⑥《鹿鸣》,《诗经·小雅》之首篇。《毛诗序》:"鹿鸣,宴群臣嘉宾也。"周代国君宴会群臣和宾客,须奏乐以娱,特撰《鹿鸣》诗,以备歌唱。其诗曰:"呦呦鹿鸣,食野之萍。我有嘉宾,鼓瑟吹笙。"等等。科举时代,乡举考试后,州县长官宴请主考、执事人员和新举人,宴会上歌《诗经·小雅·鹿鸣》之诗,称"鹿鸣宴"。歌《鹿鸣》,指此。

送石处士①序

河阳军节度御史大夫乌公为节度之三月②,求士于从事之贤者。有荐石先生者,公曰:"先生何如?"曰:"先生居嵩、邙、瀍、谷之间③,冬一裘,夏一葛④,食:朝夕饭一盂⑤,蔬一盘。人与之钱则辞,请与出游,未尝以事辞,劝之仕不应。坐一室,左右图书,与之语道理,辩古今事当否,论人高下⑥,事后当成败,若河决下流而东注,若驷马驾轻车、就熟路,而王良造父⑦为之先后也,若烛照数计而龟卜也⑧。"大夫曰:"先生有以自老⑨,无求于人,其肯为某来耶?"从事曰:"大夫文武忠孝,求士为国,不私于家⑩。方今寇聚于恒⑪,师环其疆,农不耕收,财粟殚亡⑫。吾所处地,归输之涂⑬,治法征谋⑭,宜有所出。先生仁且勇,若以义请而强委重⑮焉,其何说之辞?"于是撰书词⑯,具马币⑰,卜日以授使者,求先生之庐而请焉。

先生不告于妻子,不谋于朋友,冠带出见客,拜受书礼于门内。宵则沐浴,戒行事⑱,载书册,问道所由,告行于常所来往。晨则毕至,张上东门外⑲,酒三行⑳,且起,有执爵而言者曰:"大夫真能以义取人,先生真能以道自任,决去就。为先生别。"又酌而祝曰:"凡去就出处何常,惟义之归。遂以为先生寿。"又酌而祝曰:"使大夫恒无变其初,无务富其家而饥其师㉑,无甘受佞人而外敬正士,无昧于谄言㉒,惟先生是听,以能有成功,保天子之宠命㉓。"又祝曰:"使先生无图利于大夫,而私便其身图。"先生起拜祝辞曰:"敢不敬蚤夜以求从祝规㉔。"于是东都之人士咸知大夫与先生果能相与以有成也。遂各为歌诗六韵,退,愈为之序云。

石洪原是无求于人的人,一旦应乌重胤之聘,就不告于妻子,不谋于朋友,立即出来应聘。而其时正值唐朝发兵去对付王承宗的叛变,乌重胤又承担补给军需的重任。因此韩愈要求石洪以道自任。和乌重胤共同商量"治法征谋"来完成此项任务,同时对乌重胤也提出"无务富其家而饥其师""无甘受佞人而外敬正士"等规劝,双管齐下,义正词严。过去人说:"韩文无一篇苟作",就是指这类文字。

【注释】

① 石处士:指石洪,字濬川,洛阳人。处士,隐士。
② 河阳军节度、御史大夫乌公为节度之三月:河阳,今河南孟县。乌公,指乌重胤,张掖人,元和五年四月为河阳节度使,御史大夫是兼职。韩愈此文当是五年六七月所作。
③ 嵩、邙、瀍、谷之间:嵩,山名,在今河南登封县。邙,山名,在洛阳。瀍、谷,二水名,都在洛阳境内。
④ 冬一裘,夏一葛:裘,皮衣。葛,蔓草类植物,纤维可以织布作夏衣。冬一裘夏一葛,极言其生活俭朴。
⑤ 饭一盂:盂是古时盛饮食用的器皿。饭一盂蔬一盘,也是说其生活之俭朴。
⑥ 高下:和优劣意义差不多。
⑦ 王良造父:王良,春秋时晋国人。造父,周穆王时人。二人都是驭马的能手。
⑧ 若烛照数计而龟卜也:烛照,比喻见事之明。数计,比喻论析精确。龟卜,比喻善于推断因而富有预见。
⑨ 自老:以隐居为乐,愿老死山中不出。
⑩ 求士为国,不私于家:古时大夫称"家"、诸侯称"国",天子称"天下"。天子亦可称国。这里求士为国,国指唐朝。不私于家,家指乌重胤。
⑪ 寇聚于恒:恒,恒州,今河北正定。寇,指当时成德节度王承宗起兵反唐。
⑫ 殚亡:殚,尽。亡,无。
⑬ 吾所处地,归输之涂:吾所处地,指河阳。依朱熹说:归读作馈。馈,送给。输,运输。涂同途。说河阳是馈送运输军需品的通途。
⑭ 征谋:征伐叛军的计谋。
⑮ 强委重:强,坚决敦请。委重,委以国家重要任务。
⑯ 僎书词:僎同撰。指撰写聘请的书信。
⑰ 具马币:具,备办。马和币帛都是备办的事物。
⑱ 戒行事:戒,预备。行事,出门应备办的事物。
⑲ 张上东门外:张,供张,张设,指设具酒食为石洪送行。上东门,洛阳城北门。
⑳ 酒三行:行酒、斟酒三次。古人宴会,一般以三次斟酒为度,以免饮酒过度宾主失仪。

㉑使大夫……无务富其家而饥其师：要求乌重胤不要自饱私囊，及时补给军粮，免致士兵饥饿。
㉒无味于谄言：不要听到谄媚的话而认为很合自己的胃口。
㉓宠命：光荣的使命。
㉔敢不敬蚤夜以求从祝规：蚤，同早。祝规，祝词中规劝的话语。全句说，决当时刻自励，努力照你们所规嘱的去做。

送温处士赴河阳军序

伯乐一过冀北之野,而马群遂空。夫冀北马多天下,伯乐虽善知马,安能遂空其群邪?解之者曰:吾所谓空,非无马也;无良马也。伯乐知马,遇其良,辄取之,群无留良焉。苟无良,虽谓无马,不为虚语矣。

东都固士大夫之冀北①也,怀才能、深藏而不贾②者,洛之北涯③曰石生,其南涯曰温生。大夫乌公以鈇钺④镇河阳之三月,以石生为才,以礼为罗,又罗而致之幕下。东都虽信⑤多才士,朝取一人焉,拔其尤⑥;暮取一人焉,拔其尤:自居守、河南尹以及百司之执事,与吾辈二县之大夫,政有所不通,事有所可疑,奚所咨而取焉⑦?士大夫之去位而巷处者,谁与嬉游⑧?小子后生于何考德而问业焉⑨?缙绅之东西行过是都者,无所礼于其庐⑩。若是而称曰:大夫乌公一镇河阳,而东都处士之庐无人焉,岂不可也。

夫南面而听天下⑪,其所托重而恃力者惟相与将耳。相为天子得人于朝廷,将为天子得文武士于幕下;求内外无治,不可得也。

愈縻于兹不能引去,资二生以待老⑫;今皆为有力者⑬夺之,其何能无介然于怀邪⑭:生既拜公于军门,其为吾以前所称为天下贺,以后所称为吾致私怨于尽取也⑮。

留守相公首为四韵诗歌其事,愈因推其意⑯而序之。

本篇与《送石处士序》可称为姊妹篇。

温处士,名造,字简舆,河内人,少时隐居王屋山,曾受聘于受州刺史张建封,不得志,复归隐洛阳。温造在石洪受聘于河阳军几个月之后,也被乌重胤"罗而致之幕下"。为了避免与《送石处士序》有所雷同,作者变换角度,将焦点对准乌公,抓住他不数月连拔二生的特点,着重讥刺他与朝廷争夺人才的行为与野心。

作品寓庄于谐,令人回味。

此文作于韩愈任河南(治所在洛阳)令期间。

【注释】

①东都固士大夫之冀北也:洛阳是人才聚集的地方,就像冀北多良马一样。东都,即洛阳。
②不贾:不售。这里指富于才能而不出仕为官。
③洛之北涯:洛水的北岸。涯,水边。
④鈇钺:两种兵器。这里指武力。
⑤信:确实。
⑥尤:突出的。
⑦这里的长官从郡守到令尹以及各部门的负责人,与我们这些两县的大夫,一旦政事有不明白的时候,事情有难以决断的时候,我们向谁请教呢?
⑧士大夫当中已经离开官位而回到家里来的人,他们将再找谁谈天游乐呢?
⑨一心向学的后生晚辈们将到哪里去找品德高尚的人去求教学业呢?
⑩缙绅们东来西往路过这里的时候也不会有人让他们过庐而施礼了。
⑪南面而听天下:指天子,君主。
⑫我之所以流连在这儿而没有离开,是打算凭借着石生和温生在此以共处相老于这里。
⑬有力者:指以武力做后盾的乌公。
⑭我怎么能不从心里感到一种隔阂呢?
⑮私怨,指前文的"介然于怀";尽取,指乌公"朝取一人焉""暮取一人焉",以至取之为尽。
⑯推其意:揣度他的寓意。

石鼎联句诗①序

元和七年十二月四日,衡山道士②轩辕弥明自衡下来,旧与刘师服进士衡湘③中相识,将过太白④,知师服在京,夜抵其居,宿。有校书郎⑤侯喜,新有能诗声⑥,夜与刘说诗。弥明在其侧,貌极丑,白须、黑面,长颈而高结,喉中又作楚语⑦,喜视之若无人。弥明忽轩衣张眉⑧,指炉中石鼎,谓喜曰:"子云能诗,能与我赋此乎?"刘往见衡湘间人说,云:年九十余矣,解捕逐鬼物⑨,拘囚蛟螭⑩虎豹。不知其实能否也。见其老,颇貌敬之,少右其有文也。闻此说大喜,即援笔题其首两句,次传于喜。喜踊跃,即缀其下云云。道士哑然⑪笑曰:"子诗如是而已乎!"即袖手竦肩,倚北墙坐,谓刘曰:"吾不解世俗书⑫,子为我书。"因高吟曰:"龙头缩菌蠢,豕腹涨彭亨。"⑬初不似经意⑭,诗旨有似讥喜。二子相顾惭骇,欲以多穷之,即又为而传之喜。喜思益苦,务欲压道士,每营度欲出口吻⑮,声鸣益悲⑯,操笔欲书,将下复止,竟亦不能奇也。毕,即传道士。道士高踞大唱⑰曰:"刘把笔,吾诗云云。"其不用意而功益奇,不可附说,语皆侵刘侯。喜益忌之。刘与侯皆已赋十余韵,弥明应之如响,皆颖脱含讥讽⑱。夜尽三更⑲,二子思竭不能续,因起谢曰:"尊师非世人也,某伏矣⑳,愿为弟子,不敢更论诗。"道士奋曰:"不然。章不可以不成也。"又谓刘曰:"把笔来,吾与汝就之。"即又唱出四十字,为八句。书讫,使读。读毕,谓二子曰:"章不已就乎?"二子齐应曰:"就矣。"道士曰:"子皆不足与语,此宁为文耶!吾就子所能而作耳㉑,非吾之所学于师而能者也。吾所能者,子皆不足以闻也,独文乎哉!吾语亦不当闻也,吾闭口矣。"二子大惧,皆起,立床下,拜曰:"不敢他有问也,愿闻一言而已。先生称吾不解人间书,敢问解何书。请闻此而已。"道士寂然若无闻也,累问不应。二子不自得,即退就座。道士倚墙睡,鼻息如雷鸣。二子怛然失色,不敢喘㉒。斯须㉓,曙㉔鼓冬冬,二子亦困,遂坐睡;及觉,日已上。惊顾觅道士,不见,即问童奴。奴曰:"天且明,道士起出门,若将便旋然⑯。奴怪久不返,即出到门觅,无有也。"二子惊惋⑰自责,若有失者。间遂诣余言,余不能识其何道士也。尝闻有隐君子弥明,岂其人耶?韩愈序。

　　古时以"鼎鼐"来比三公,因此作者便借石鼎来讥刺当时宰相大臣。诗中"龙头缩菌蠢,豕腹涨彭亨"二句,上句是讥其唯唯诺诺,缩着头不敢说话,下句是讥其便便大腹,只能吃饭而已。
　　此篇刻画弥明的形貌、言语、动作,和刘、侯二人的各种神态,穷形极相,无微不至,和其他各篇简练的风格截然不同。这是韩愈摹拟当时传奇文文体的戏笔,也就是当时被人讥诮为"以文为戏"和"驳杂无实"的作品。

【注释】

① 石鼎联句诗:鼎是饮食用的器皿,有三足,一般用铜制成。大的可以烹煮牛羊等牲口,当锅用。石鼎,用石料琢成的鼎。联句诗,是两人以上联接作成的诗。
② 衡山道士:衡山,山名,在湖南衡阳县北,衡山县东北。道士,早时泛指有道之士,这里专指道教徒。
③ 衡湘:湘,水名,源出广西兴安县,东北流入湖南省,经零陵、衡阳至长沙,入洞庭湖。衡湘,衡山湘水一带地方,指今湖南省中部。
④ 太白:山名,在陕西武功县。
⑤ 校书郎:官名,属秘书省。
⑥ 新有能诗声:新近有了会做诗的名声。
⑦ 长颈而高结,喉中又作楚语:结,喉结,因为长颈,所以看到他喉结之高。楚语指上文所说衡、湘一带口音。
⑧ 轩衣张眉:轩衣,衣服飘举。张眉,犹言扬眉。形容弥明道士豪迈飘逸的神态。
⑨ 鬼物:鬼怪。
⑩ 蛟螭:蛟,相传是一种和龙同类的动物,无角。螭,相传似龙而色黄。
⑪ 哑然:笑声。
⑫ 不解世俗书:世俗书,照字面似应指当时通行的文字,但下文还有"不解人间书"一语,可见是包括篆书、隶书、楷书、草书、行书等等都在内的意思。不解世俗书,未必是不了解,而是含有不屑于写这种人世间的俗书体的语气。这是故作神奇之笔的写法。
⑬ 菌蠢、彭亨:菌蠢,菌类植物短小丛生的样子。形容退缩不舒展。彭亨,胀大的

样子。

⑭ 初不似经意：朱熹说：不似当作似不。按不似经意，亦可通。
⑮ 营度欲出口吻：心中先做一番经营忖度的工夫，从口中将要念出。
⑯ 声鸣益悲：自己吟哦（推敲）诗句的声调很凄苦，亦即见出用心甚苦。
⑰ 高踞大唱：高踞，足底着地，高耸其膝。大唱和上文声鸣益悲正相对。高踞大唱，形容弥明自视甚高，有旁若无人的气概。
⑱ 皆颖脱含讥讽：颖，锋颖。脱，出。指语言有锋芒显露，意含讥刺。
⑲ 夜尽三更：古人把一夜分作五刻，递称作一更、二更等，更是更历、更改的意思。从一更到五更，也称作甲夜、乙夜、丙夜、丁夜、戊夜。
⑳ 某伏矣：某是代词，实际是各人口称自己的名字。伏同服。
㉑ 吾就子所能而作耳：我是随着你们的能力水平仿着做罢了。
㉒ 怛然失色，不敢喘：怛然失色，惊惧的样子。喘，呼吸。
㉓ 斯须：同须臾，一霎时。
㉔ 曙鼓：天明时的更鼓声。
㉕ 若将便旋然：便旋，小便。若将便旋然，像要去解小便的样子。一说，便旋，同盘旋，指散步而言。
㉖ 惋：叹息。

祭田横墓文①

贞元十一年九月,愈如东京②,道出田横墓下,感横义高能得士③,因取酒以祭,为文而吊之。其辞曰:

事有旷④百世而相感者,余不自知其何心;非今世之所稀⑤,孰为使余歔欷而不可禁⑥!余既博观乎天下,曷有庶几乎夫子之所为⑦;死者不复生,嗟余去此⑧其从谁!当秦氏之败乱⑨,得一士而可王;何五百人之扰扰⑩,而不能脱夫子于剑铓;抑所宝之非贤⑪,亦天命之有常?昔阙里之多士⑫,孔圣亦云其遑遑⑬;苟余行之不迷,虽颠沛其何伤。自古死者非一,夫子至今有耿光⑭;跽陈辞⑮而荐酒,魂仿佛而来享⑯。

此文借田横能得士来讽刺当时的掌权者,和二鸟赋的寓意差不多。文中表明的尽人事、不信天命的主张为作者一生所守。

文中明记年月,是韩愈二十八岁时的作品。

【注释】

①祭田横墓文:田横是齐王田儋的从弟,曾一度自立为齐王。汉高帝(刘邦)统一全国,田横与其徒五百人逃入海岛中,高帝恐怕他还要继续反抗,派人召之来,田横与其客二人,行至尸乡厩置(尸乡在洛阳东三十里。置,驿站。厩,马房,养马供邮递之用),乃自杀,二客和在海岛的五百人也都自杀。田横墓,在尸乡。

②如东京:如,往。东京,洛阳。

③义高能得士:义高,与"高义"义同,着重在"义"字。得士,得到贤智之士做帮手。

④旷:空旷,隔离。

⑤非今世之所稀:沈钦韩说:"稀当作希,言非今世所尚。"

⑥孰为使余歔欷而不可禁:孰,谁。歔欷,悲痛过度,咽喉气塞,在鼻中抽息。禁,止。不可禁,止不住。

⑦曷有庶几乎夫子之所为:曷,何,此作"何人"解。庶几,相近,差不多;一说作"我心

中所希望"解。夫子,对人的尊称。
⑧去此:去,离开。去此,离开这里。此,代词,指田横墓。
⑨当秦氏之败乱:指赵高立二世胡亥,杀二世之兄扶苏,及二世元年七月陈胜吴广起义之际。
⑩扰扰:本为纷乱的样子,这里引申为众多的意思。
⑪抑所宝之非贤:抑,疑问句,作"还是"解。宝,爱重。
⑫昔阙里之多士:孔子生于鲁国陬邑昌平乡阙里;这里即以阙里为孔门的代词。据说孔子有弟子三千人,身通六艺者七十余人。
⑬遑遑:心绪不安定。
⑭耿光:耿,"炯"的假借字。炯,光。耿光二字同义,犹言光明。
⑮跽陈辞:跽,跪。陈辞,指读祭文。
⑯仿佛而来享:仿佛,形容看不大清楚,似有似无,似真似假。享,同飨,饮食。

欧阳生哀辞①

欧阳詹世居闽越②,自詹已上③,皆为闽越官④,至州佐⑤、县令者,累累有焉。闽越地肥衍⑥,有山泉禽鱼之乐,虽有长材秀民⑦,通文书吏事⑧与上国齿者⑨,未尝肯出仕。

今上⑩初,故宰相常衮⑪为福建诸州观察使,治其地。衮以文辞进⑫,有名于时;又做大官,临莅其民⑬;乡县小民有能诵书作文辞者,衮亲与之为客主之礼⑭,观游宴飨⑮,必召与之。时未几,皆化翕然⑯。詹于时独秀出,衮加敬爱⑰,诸生皆推服。闽越之人举进士,繇⑱詹始。

建中、贞元间,余就食江南⑲,未接人事⑳,往往闻詹名闾巷间,詹之称于江南也久;贞元三年,余始至京师㉑举进士,闻詹名尤甚。八年春,遂与詹文辞同考试登第㉒,始相识。自后詹归闽中,余或在京师他处,不见詹久者,惟詹归闽中时为然。其他时与詹离,率不历岁移时则必合,合必两忘其所趋㉓,久然后去。故余与詹相知为深。

詹事父母尽孝道,仁于妻子,于朋友义以诚。气醇以方㉔,容貌嶷嶷然㉕。其燕私善谑以和㉖,其文章切深喜往复,善自道,读其书,知其于慈孝最隆也。十五年冬,余以徐州从事朝正于京师㉗,詹为国子监四门助教㉘,将率其徒伏阙下㉙举余为博士,会监有狱㉚,不果上。观其心,有益于余,将忘其身之贱㉛而为之也。

呜呼!詹今其死矣!詹闽越人也,父母老矣,舍朝夕之养,以来京师,其心将以有得于是㉜,而归为父母荣也。虽其父母之心亦皆然:詹在侧,虽无离忧㉝,其志不乐也;詹在京师,虽有离忧,其志乐也。若詹者所谓以志养志㉞者欤!詹虽未得位㉟,其名声流于人人㊱,其德行信于朋友,虽詹与其父母皆可无憾也。詹之事业文章,李翱既为之传㊲,故作哀辞以舒余哀,以传于后,以遗其父母,而解其悲哀,以卒詹志云。

求仕与友兮,远违其乡,父母之命兮,子奉以行。友则既获兮,禄实不丰⑧，以志为养兮，何有牛羊③。事实既修兮，名誉又光，父母忻忻兮，常若在旁，命虽云短兮，其存者长，终要⑩必死兮，愿不永伤。

友朋亲视兮，药物甚良，饮食孔时⑪兮，所欲无妨⑫，寿命不齐兮，人道之常。在侧与远兮，非有不同，山川阻深兮，魂魄流行，祀祭则及兮，勿谓不通。哭泣无益兮，抑哀自彊⑬，推生知死兮，以慰孝诚⑭。呜呼哀哉兮！是亦难忘。

题哀辞后

愈性不喜书。自为此文，惟自书两通⑮：其一通遗清河崔群，群与余皆欧阳生友也。哀生之不得位而死，哭之过时而悲；其一通今书以遗彭城刘君伉。君喜古文，以吾所为合于古，诣吾庐而来请者八九至，而其色不怨，志益坚。

凡愈之为此文，盖哀欧阳生之不显荣于前⑯，又惧其泯灭于后也⑰。今刘君之请，未必知欧阳生，其志在古文耳。虽然，愈之为古文，岂独取其句读不类于今⑱者耶！思古人而不得见，学古道，则欲兼通其辞⑲。通其辞者，本志乎古道者也。古之道不苟誉毁于人㊿，刘君好其辞，则其知欧阳生也无惑焉。

　　作哀辞的本意是"哀欧阳生之不显荣于前，又惧其泯灭于后"。因为生不显荣，所以没有其他事功可叙，而着重在事亲交友两点，词旨恳恻，缠绵。

　　此文约作于贞元十八年，作者时年三十五岁，任国子博士。

【注释】
① 哀辞：是哀吊文之一体，最初施于未成年的人，后来也渐渐用于成年人。
② 欧阳詹世居闽越：欧阳詹，字行周，泉州晋江（今县名同，在福建省）人。
③ 已上：同以上。
④ 皆为闽越官：唐制：闽中郡县官不由吏部选用，派京官五品以上一人做专使，就地选补，并派御史一人监督，每四年一选，称作南选。因此詹的上世得在本地做官。
⑤ 州佐：州刺史的属官，如长史、司马之类。

⑥肥衍:指土地肥沃平衍。
⑦长材秀民:长材,有才能的人。秀民,人民中的杰出者。
⑧文书吏事:文书,指一般官方文书和典章制度等等。吏事,指一般做官吏和统治人民的种种法令和设施。
⑨与上国齿:上国,包括京师和中原地带文化较高的地区。齿,等列。
⑩今上:当时的皇帝,指唐德宗李适。
⑪故宰相常衮:常衮,京兆(今陕西西安市)人。他任宰相,是在代宗(李豫)大历十二年至十四年。任福建观察使,在德宗建中元年。
⑫衮以文辞进:《旧唐书·常衮传》:"衮文章后拔,当时推重,与杨炎同为舍人,时称'常、杨。'"
⑬临莅其民:统治人民。
⑭衮亲与之为客主之礼:是说衮不摆官长架子,以客礼待士民,很有礼貌。
⑮观游宴飨:观和游同义。宴和飨稍有区别,飨是用很隆重的礼节请宾客饮食,宴则比较随便一些。
⑯翕然:形容和洽的意思。
⑰衮加敬爱:据李贻孙所作的《欧阳行周文集序》说:衮见詹"比为芝英"。
⑱繇,同"由"。
⑲建中、贞元间,余就食江南:建中元年至贞元元年凡六年,时韩愈年十三至十八。江南,指宣城,韩氏有别业。
⑳未接人事:说正在求学期间,没有出外去"求友"和"求仕"。
㉑贞元三年,余始至京师:韩愈年十九到京师。三年应作二年。
㉒八年春,遂与詹文辞同考试登第:当时考试官是陆贽,同登进士的,有李观、冯宿、王涯、李绛、崔群、庾承宣等,共二十三人,多是一时知名之士,号称"龙虎榜"。
㉓两忘其所趋:趋,同趣。意趣。两忘所趋,是说两人都脱略形迹,忘其所以的意思。
㉔气醇以方:醇,同淳,厚。方,有义方。这句说詹质性很醇厚,但人不能以非义的事情来干犯他。
㉕嶷嶷然:嶷嶷原是形容小儿有知识,这里作端庄厚重解释。
㉖其燕私善谑以和:燕私,休暇自便的期间。善谑以和,喜说笑话而又不讽刺伤人。
㉗余以徐州从事朝正于京师:韩愈当时任徐州节度推官。朝正,向皇帝朝贺元旦。一说:朝正,朝见最高统治者,报告本州的政务,同时承受上司批示。
㉘国子监四门助教:四门馆的助教,属国子监管辖。
㉙伏阙下:跪伏宫阙之下,向最高统治者上书呼吁。
㉚会监有狱:会,适逢,恰值。监,国子监。有狱,有讼事,其事不详。

㉛身之贱：四门助教，仅"从八品上"，官位很低，所以说"身之贱"。
㉜有得于是：是，指京师。有得，就是下文所说的"求仕与友"。
㉝离忧：分离思念之苦。
㉞以志养志：是说以父母的意志为意志来孝养父母。
㉟未得位：没得到高的官位。
㊱声名流于人人：就是上文江南人、京师人都知道他的名字的意思。
㊲李翱既为之传：现行《李文公集》无詹传，已散佚。
㊳禄实不丰：四门助教，月领俸钱十六贯文，岁得禄米六十二斛。
㊴何有牛羊：何有，何有于，有没有不关紧要。牛羊，指以肉食孝养父母。这说欧阳詹虽俸薄，能以志养亲，老人心中很快乐，虽然物质营养差一些也无妨。
㊵终要：归结总计。
㊶饮食孔时：孔，甚。饮食孔时，所饮所食，都是最好的时新物品。
㊷所欲无妨：所需要的都办到，没有任何妨碍。
㊸抑哀自彊：抑哀，抑制悲痛。彊，同强。自彊，自己彊食（努力加餐），爱惜身体。
㊹以慰孝诚：以慰欧阳詹的孝诚本心。
㊺自书两通：文章首尾完具的称为"通"，和"篇"的意义差不多。这里"自书两通"就是自写二本，指同一文词录的副本。
㊻不显荣于前：显荣二字同义。不显荣，就是上篇所说的"不得位"。前，生前。
㊼泯灭于后：泯灭二字同义。后，死后。
㊽句读不类于今：读，同逗。句读，这里指文词句法。类，像。
㊾学古道，则欲兼通其辞：通古人的文辞是为了学古人的道，提出文和道合一之主张。
㊿不苟誉毁于人：朱熹说："誉者，扬人之善而过其实。毁者，称人之恶而损其真。"不苟誉毁，就是"不虚美，不隐恶"，是是非非，一秉至公毫不苟且的意思。

吊武侍御所画佛文①

御史武君,当年丧其配②,敛其遗服、栉、珥、鬈,帨于箧③,月旦、十五日,则一出而陈之④,抱婴儿以泣。

有为浮屠之法者,造武氏而谕之⑤曰:"是岂有益邪⑥?吾师云:人死则为鬼,鬼且复为人,随所积善恶受报,环复不穷⑦也。极西之方有佛⑧焉,其土大乐⑨。亲戚姑能相为⑩图是佛而礼之⑪,愿其往生⑫,莫不如意。"武君怃然辞曰:"吾儒者其可以为是!"

既又逢月旦、十五日,复出其箧实⑬而陈之,抱婴儿以泣,且殆⑭,而悔曰:"是真何益也?吾不能了释氏之信不⑮,又安知其不果然乎?"于是悉出其遗服、栉、佩⑯合若干种,就浮屠师⑰请图前所谓佛者。浮屠师受而图之。

韩愈闻而吊之曰:晰晰兮目存⑱,丁宁兮耳言⑲,忽不见兮不闻,莽谁穷兮本源⑳。图西佛兮道予勤㉑,以妄塞悲兮慰新魂㉒。呜呼奈何兮,吊以兹文。

武侍御原是儒者,因丧其配偶,伉俪情深,悲哀过度,不能自止,乃转而信佛。韩愈把这事的经过,曲曲折折地叙来,而断之曰"以妄塞悲",又用"呜呼奈何"句作总结。因为武之信佛,原为自己止哀之用,止哀是应该的,而信佛是绝对错误的,是深惜其不能以理自遣,而走入迷途,所以用此四字作讽刺。余如"有为浮屠氏之法者""图有所谓佛者""莽谁穷兮本源"等句,也都含有讽刺意味。

【注释】

①吊武侍御所画佛文:武侍御,或说是武少仪,或说是武儒衡,姓氏、官职相同,未知孰是。高澍然说:少仪任御史中丞,非侍御,中丞不单称御史;儒衡,史称其嫉恶太分

吊武侍御所画佛文

明,决不信佛。此武君当别为一人。侍御史掌管纠弹百僚事项。吊文是吊死者同时慰问生者的作品。但它的范围较广,也可以凭吊古人来发泄自己的愤慨。

②当年丧其配:当年,和"丁年"相同,就是"壮年"的意思。

③敛其遗服、栉、珥、鞶、帨于箧:敛,收藏。遗服,遗留下来的衣服。栉,梳。珥,耳饰。鞶,小囊。帨,佩巾。箧,箱箧。

④月旦、十五日则一出而陈之:月旦,月的初一日,月朔。一出而陈之,指把遗物拿出来陈列,是纪念死者的意思。依古礼,卿大夫阶级,有丧亡而未葬之前,月朔和月望(十五日)应作祭奠。

⑤造武氏而谕之:造,至,到。谕,告语,以道理来晓谕。

⑥是岂有益邪:是,指陈列遗物而哭泣等情。这句说:这样做,对死者有什么益处呢?

⑦随所积善恶受报,环复不穷:说做善得善报,做恶得恶报,往复报应,没有止尽,就是佛教迷信所谓的报应轮回的谬说。

⑧极西之方有佛焉:指阿弥陀佛,就是无量寿佛,又名无量光佛或甘露佛。

⑨其土大乐:就是所谓"极乐世界",又名"净土"。

⑩亲戚姑能相为:亲戚,指父子、夫妇、兄弟等等,即自己一家人,这里不是指外亲。姑,且。相为,帮助,指给亡者谋"好处"。

⑪图是佛而礼之:图,动词,绘画。是佛,指阿弥陀佛。礼,向佛作礼,如供养、朝拜等等。

⑫愿其往生:希望死者往生于"极乐世界",而免除"轮回"之"苦"。

⑬箧实:箧中所藏的什物。

⑭且殆:殆,危殆。说武君自己痛伤过甚,将要到危殆的程度。

⑮了释氏之信不:了,了解。释氏,佛氏。不,同否。信不,实在还是不实在。

⑯佩:指佩玉和佩巾(帨)。

⑰浮屠师:僧人。

⑱晰晰兮目存:晰晰,义同明明。一本作晳,则是面色白的意思。这句是说死者的形貌明明白白宛在目前。

⑲丁宁兮耳言:是说死者的声音,仿佛耳边还能听到。

⑳莽谁穷兮本源:莽,义同茫。死后的事,茫茫渺渺,谁能穷究它,意思说生死是自然之理,不必去作迷信追求。

㉑道予勤:表达我的殷勤之意。

㉒以妄塞悲兮慰新魂:妄,虚妄,妄诞,指佛氏往生"极乐世界"免除"轮回"的妄说。塞悲,止住悲哀,这就武侍御而言。新魂,指死者,武侍御的配偶。

祭十二郎文

年、月、日,季父愈①闻汝丧之七日,乃能衔哀致诚②,使建中远具时羞之奠③,告汝十二郎之灵④:

呜呼!吾少孤,及长,不省所怙,惟兄嫂是依⑤。中年兄殁南方⑥,吾与汝俱幼,从嫂归葬河阳⑦,既又与汝就食江南⑧;零丁孤苦,未尝一日相离也。吾上有三兄,皆不幸早世⑨。承先人⑩后者,在孙惟汝⑪,在子惟吾,两世一身⑫,形单影只。嫂尝抚汝指吾而言曰:"韩氏两世⑬,惟此而已!"汝时尤小,当不复记忆;吾时虽能记忆,亦未知其言之悲也。

吾年十九,始来京城⑭。其后四年,而归视汝。又四年,吾往河阳省坟墓,遇汝从嫂丧来葬⑮。又二年,吾佐董丞相幕于汴州⑯,汝来省⑰吾;止一岁,请归取其孥⑱。明年丞相薨,吾去汴州⑲,汝不果⑳来。是年,吾佐戎徐州㉑,使取汝者始行,吾又罢去㉒,汝又不果来,吾念汝从于东,东亦客也,不可以久;图久远者,莫如西归,将成家而致汝㉓。呜呼!孰谓汝遽去吾而殁乎㉔!吾与汝俱少年,以为虽暂相别,终当久相与处,故舍汝而旅食京师,以求斗斛之禄㉕;诚知其如此,虽万乘之公相㉖,吾不以一日辍㉗汝而就也!

去年孟东野往㉘,吾书与汝曰:"吾年未四十㉙,而视茫茫㉚,而发苍苍,而齿牙动摇。念诸父㉛与诸兄,皆康强而早世,如吾之衰者,其㉜能久存乎?吾不可去,汝不肯来;恐旦暮死,而汝抱无涯之戚㉝也。"孰谓少者殁而长者存,强者夭而病者全乎?呜呼!其信然邪㉞?其梦邪?其传之非其真耶?信也,吾兄之盛德㉟,而夭其嗣㊱乎?汝之纯明㊲,而不克蒙其泽㊳乎?少者强者而夭殁,长者衰者而存全乎?未可以为信也。梦也,传之非其真也?东野之书,耿兰之报㊴,何为而在吾侧也?呜呼!其信然矣!吾兄之盛德,而夭其嗣矣!汝之纯明宜业其家㊵者,不克蒙其泽矣!所谓天者诚难测,而神者诚难明矣!所谓理者不可推,而寿者不可知矣!

祭十二郎文

虽然,吾自今年来,苍苍者或化而为白矣,动摇者或脱而落矣㊶。毛血日益衰,志气日益微,几何不从汝而死也!死而有知,其几何离㊷?其无知,悲不几时,而不悲者无穷期矣。汝之子始一岁,吾之子始五岁㊸,少而强者不可保,如此孩提㊹者又可冀其成立耶?呜呼哀哉!呜呼哀哉!

汝去年书云:"比㊺得软脚病,往往而剧。"吾曰:"是疾也,江南之人,常常有之。"未始以为忧也。呜呼!其竟以此而殒其生乎?抑㊻别有疾而至斯极乎?汝之书,六月十七日也。东野云:汝殁以㊼六月二日。耿兰之报无月日。盖东野之使者不知问家人以月日,如耿兰之报,不知当言月日。东野与吾书,乃问使者,使者妄称以应之耳㊽。其然乎?其不然乎?

今吾使建中祭汝、吊㊾汝之孤与汝之乳母。彼有食可守以待终丧㊿,则待终丧而取以来;如不能守以终丧,则遂取以来。其余奴婢,并令守汝丧。吾力能改葬,终葬汝于先人之兆㉛,然后惟其所愿。

呜呼!汝病吾不知时,汝殁吾不知日㉜;生不能相养以共居,殁不能抚汝以尽哀,敛不得凭㉝其棺,窆㉞不得临其穴。吾行负神明,而使汝夭,不孝不慈,而不得与汝相养以生,相守以死;一在天之涯,一在地之角,生而影不与吾形相依,死而魂不与吾梦相接,吾实为之,其又何尤㉟!彼苍者天,曷其有极㊱!自今已往㊲,吾其无意于人世矣!当求数顷之田于伊、颍㊳之上,以待余年,教吾子与汝子幸其成,长吾女与汝女待其嫁,如此而已!呜呼!言有穷而情不可终,汝其知也耶?其不知也耶?呜呼哀哉!尚飨㊴。

祭文是悼念死者的文章。由于所祭的对象不同,有的重在称颂死者,多是一种应酬文字;有的重在追溯平昔,叙写悲哀,是抒情文的一种。本文属于后者。汉魏以来祭文多用四言韵语或词句整齐对偶的骈文。韩愈此文破骈为散,不拘常格,别有天地:叙写叔侄幼年事情和生离死别的悲哀,"于萦回中见深挚,于呜咽处见沉郁",语出肺腑,感人至深。因此,被前人誉为"祭文中千年绝调"的名篇。

【注释】
①季父愈:韩愈的父亲生子三人,长韩会,次韩介,季韩愈。

②衔哀致诚:怀着悲痛的心情向死者表达诚意。
③建中:人名。他和下文的耿兰可能都是韩愈家中的仆人。时羞:时鲜的食品。奠:以酒食祭死者。
④灵:灵柩。
⑤"吾少孤"四句:韩父死于大历五年(770),时韩愈年三岁,故曰"少孤"。怙,依靠的意思。《诗经·小雅·蓼莪》:"无父何怙?"
⑥中年兄殁南方:大历十二年(777)五月,韩会由起居舍人贬韶州刺史,时韩愈十一岁。中年,指兄韩会死于韶州贬所,年四十二岁。韶州,唐属岭南道,又称始兴郡,郡治在今广东曲江县,故曰南方。
⑦河阳:在怀州修武县之南阳,韩氏祖宗坟墓所在地。陈继儒《偃曝余谈》:"修武县东北三十里曰南阳,韩文公之故里也。"
⑧既又与汝就食江南:韩氏有别业在宣州(今安徽宣城县),建中二年,韩愈因中原兵乱不息,随嫂移家至此。
⑨"吾上有三兄"二句:是说自己的两个哥哥韩会、韩介和老成的一个哥哥韩百川(韩介的长子),都不幸早年去世。古代人称代词,也可用于复数,这里的"吾",指我们,是就自己和老成,即下文的"韩氏两世"而说的。一说:吾,韩愈自指;三兄,韩会、韩介,还有一位死时尚幼,未及命名。
⑩先人:指自己已死的父亲韩仲卿。
⑪在孙惟汝:在孙辈之中只有你。下句句法同。
⑫两世一身:子辈和孙辈都只剩下了一个男子。
⑬韩氏两世:这里专指韩仲卿一支的子孙。
⑭"吾年十九"二句:韩愈十九岁,为贞元二年(786),由宣州游长安,应进士举。按:《答崔立之书》,至长安是二十岁,应为贞元三年(787)。又《欧阳生哀辞》,贞元三年,"余始至京师举进士"。均与本篇所记,相差一年。
⑮遇汝从嫂丧来葬:意即老成护送其母郑氏的灵柩来河阳安葬,与韩愈相遇。郑氏死于贞元九年(793),作者有《祭郑夫人文》。
⑯吾佐董丞相幕于汴州:贞元十二年(796)七月,董晋任宣武军节度使,汴、宋、亳、颍等州观察使,征召韩愈为节度推官。汴州,治所在今河南开封市。
⑰省(xǐng):探望、问候(多指对尊长)。
⑱请归取其孥:请求回宣州接妻子来汴州同住。
⑲"明年丞相薨"二句:贞元十五年(799)二月,董晋死于汴州,韩愈随丧西行。去,离开。
⑳果:克、能。

㉑是年,吾佐戎徐州:这年的秋天,宁武军节度使张建封征召韩愈为节度推官。节度使府在徐州(今江苏徐州市)。

㉒"使取汝者始行"二句:派去接你的人刚动身,我又罢职而离开徐州。贞元十六年(800)五月,张建封死,韩愈赴洛阳。

㉓"吾念汝从于东"六句:是说自己常这样想:多年来做客东方,即使老成能相随,也不是长远之计,因而打算在故乡把家安好,然后把老成接来同住。东,指在修武之东的汴州和徐州。西归,即西归修武。

㉔孰谓汝遽去吾而殁乎:谁料到你竟突然离我而死了呢!

㉕"故舍汝而旅食京师"二句:韩愈离开徐州后,于贞元十七年(801)来长安选官,调四门博士,十九年,升监察御史。斗斛之禄,指微薄的俸禄。古代十斗为斛。

㉖万乘(shèng)之公相:指高官厚禄。万乘,周制,天子地方千里,出兵车万辆,后世因称帝王为"万乘"。这里是形容封邑之大。

㉗辍(chuò):停止。这里是离开的意思。

㉘去年孟东野往:指孟东野于贞元十八年(802),由长安选官,出任溧阳(今江苏溧阳县)尉,溧阳离宣州不远,所以韩愈托他带信。孟东野,即孟郊。

㉙吾年未四十:贞元十八年,韩愈年三十五岁。

㉚茫茫:模糊的样子。一作"荒荒",义同。

㉛诸父:指伯叔辈。

㉜其:副词,犹岂。

㉝无涯之戚:无穷尽的悲哀。

㉞其信然邪:难道真的是如此吗?

㉟盛德:大德。

㊱嗣:后嗣、后代。

㊲纯明:品质纯正而天资聪明。

㊳不克:不能。泽:恩惠。

㊴"东野之书"二句:老成死后,孟东野在溧阳有信告韩愈,时耿兰也有报丧信来。

㊵宜业其家:意即应当继承先人事业。

㊶动摇者或脱而落矣:这年韩愈有《落齿》诗云:"去年落一牙,今年落一齿;俄然落六七,落势殊未已。"

㊷"死而有知"二句:是说死者如有知觉,那怎么是分离呢?

㊸"汝之子始一岁"二句:韩老成有两个儿子,长韩湘,次韩滂。这里是指韩滂。滂生于贞元十八年,父死时仅一周岁。韩愈三个儿子,长韩昶,贞元十五年(799)生于徐州之符离,这年五岁。

㊹孩提:指需人提抱的幼儿。

㊺比:近来。

㊻抑:连词,表示选择,相当于“或是”“还是”。

㊼以:于。

㊽使者妄称以应之耳:使者随意说出以应付东野罢了。

㊾吊:慰问。

㊿终丧:古礼:人死三年,守孝期满,脱去丧衣,称为终丧。

(51)先人之兆:指韩氏祖坟。兆,墓地。

(52)汝殁吾不知日:这句承前说,我不知道你确实的死期。

(53)凭:倚靠。

(54)窆(biǎn 贬):埋葬。

(55)其又何尤:又能怪谁呢?这是自责语。尤,怨恨,归咎。

(56)“彼苍者天”二句:是一种无可奈何的沉痛心情的表现。语本《诗经·唐风·鸨羽》:“悠悠苍天,曷其有极!”曷,同“何”。极,尽。

(57)自今已往:从今以后。已,同“以”。

(58)伊、颍:二水名,均在今河南省境。

(59)尚飨:希望鬼神歆享的意思。这是古人祭祀时带有迷信色彩的祝词。

试大理评事王君墓志铭

君讳适,姓王氏。好读书,怀奇负气,不肯随人后举选①。见功业有道路可指取②,有名节可以庆契致③,困于无资地④,不能自出,乃以干诸公贵人,借助声势。诸公贵人既志得,皆乐熟软媚耳目者⑤,不喜闻生语⑥,一见,辄戒门以绝⑦。

上初即位,以四科⑧募天下士,君笑曰:"此非吾时邪!"即提所作书,缘道歌吟⑨,趋直言试⑩。既至,对语惊人⑪,不中第,益困。

久之,闻金吾李将军⑫年少喜事可撼⑬,乃蹐门⑭告曰:"天下奇男子王适,愿见将军白事。"一见语合意,往来门下。卢从史既节度昭义军,张甚⑮,奴视法度士,欲闻无顾忌大语⑯,有以君生平告者,即遣客钩致⑰。君曰:"狂子不足以共事。"立谢客。李将军由是待益厚,奏为其卫胄曹参军⑱,充引驾仗判官⑲,尽用其言。将军迁帅凤翔,君随往,改试大理评事,摄监察御史,观察判官,栉垢爬痒⑳,民获苏醒。

居岁余,如有所不乐㉑,一旦妻子入阌乡南山不顾。中书舍人王涯、独孤郁㉒、吏部郎中张惟素㉓、比部郎中㉔韩愈日发书问讯,顾不可强起,不即荐。明年九月疾病,舆医京师,某月某日卒,年四十四。十一月某日,即葬京城西南长安县界中。曾祖爽,洪州武宁令。祖微,右卫骑曹参军㉕。父嵩,苏州昆山丞。妻上谷侯氏处士高女。高固奇士,自方阿衡、太师㉖,世莫能用吾言,再试吏,再怒去,发狂投江水。

初,处士将嫁其女,惩曰:"吾以齟齬㉗穷,一女,怜之,必嫁官人,不以与凡子。"君曰:"吾求妇氏久矣,惟此翁可人意,且闻其女贤,不可以失。"即谩谓㉘媒妪:"吾明经及第,且选,即官人㉙。侯翁女幸嫁,若能令翁许我,请进百金为妪谢。"诺许白翁㉚。翁曰:"诚官人耶?取文书来。"君计穷吐实。妪曰:"无苦,翁大人㉛,不疑人欺我,得一卷书粗若告身㉜者,我袖以往,翁见,未必取眎㉝,幸而听我。"行其谋。翁望见文书衔袖㉞,果信

不疑,曰:"足矣。"以女与王氏。生三子,一男二女,男三岁夭死,长女嫁亳州永城尉姚挺,其季始十岁。铭曰:

　　鼎也不可以柱车㉟,马也不可使守闾㊱。佩玉长裾,不利走趋㊲。只系其逢,不系巧愚㊳。不谐其须,有衔不祛㊴。钻石埋辞,以列幽墟。

　　王适自以为是奇男子,要想立些功业名节,喜欢作惊人语,也喜欢作生语,而当时的诸公贵人,是志满意得暮气沉沉的一流人物,恰恰不喜欢他。其中只有李惟简年少喜书,一时间勉强合得来,后也不欢而散。不应卢从史之招,是写王适能立名节。娶妇一段颇有小说意味,以此写王适之"奇",之落拓不羁,极尽生动、活泼,与一般传统而板正的墓铭大异其趣。短短一篇文字,对于当时统治阶级内部新兴地主阶级和世族地主两派的矛盾的一些情况有所揭露。

　　此文是元和九年韩愈四十七岁时所作。

【注释】

①不肯随人后举选:不肯随着一般人去应考试。
②见功业有道路可指取:看到要立功业,有广阔的道路可走可取得,就是不必定要应考试的意思。
③有名节可以戾契致:有,应从一本作"而"。祝充说,戾契是多节目的意思。这是说要立名节,也有许多节可以做到。沈钦韩以为戾契是刻画的意思。
④资地:资格、地位。
⑤皆乐熟软媚耳目者:都欢喜花言巧语能谄媚会逢迎的人。
⑥生语:生硬不入耳的言语,和上句熟软相对。
⑦一见,辄戒门以绝:只要见过他一次,下回就告诫看门的人,拒绝替他通报,就是不再接见他。
⑧四科:一、贤良方正直言直谏科;二、才识兼茂明于体用科;三、达于吏理可使从政科;四、军谋弘远堪任将帅科。是在进士、明经等之外特开的科目。
⑨缘道歌吟:边走路,边歌咏。
⑩趋直言试:指应"贤良方正直言直谏科"考试,事在元和二年四月。
⑪对语惊人:当是有触犯忌讳的话,别人不敢说,所以使得"诸公贵人"大为震惊,不敢录取。

⑫金吾李将军：指李惟简。金，金属制的兵器。吾同御，抵御。金吾，执兵器去抵御敌人。这指金吾卫，是当时保护皇帝的卫队之一。

⑬可撼：撼，动。可撼，可打动、说动的意思。

⑭踽门：踽，踽踽，小步。

⑮张甚：张，大。是说卢从史骄傲自大。

⑯欲闻无顾忌大语：要想听到无顾忌的话，就是指卢从史想背叛唐朝。王适喜作惊人语和生语，却是对当时庸懦无能的"诸公贵人"不满，要想帮助皇帝整顿各地节度使跋扈割据的局面，两人的旨趣和目的不相同，所以下文王适说卢从史是狂子。

⑰钩致：以用钩钓鱼做譬喻。一说：钩，取；钩和致同义。

⑱胄曹参军：官名，大朝会时候，随驾出来，供给青龙旗等等。

⑲引驾仗判官：官名，掌管皇帝出行时仪仗等等。

⑳枥垢爬痒：枥垢，用梳梳去头上的汗垢。爬痒：搔痒。譬喻除去一些有害老百姓的弊政。

㉑如有所不乐：好像心中有些不快活，指王适和李惟简意不合。

㉒中书舍人王涯、独孤郁：中书舍人，官名，职务是草拟诏书。王涯，字广津，太原人，文宗（李昂）时，官至司空。李训、郑注等谋诛宦官，事败，王涯也牵连被杀。独孤郁，字古风，洛阳人，古文家独孤及的儿子，官至秘书少监。

㉓吏部郎中张惟素：吏部郎中，官名，职务是办理选举事项。张惟素，元和间曾任吏部侍郎，余未详。

㉔比部郎中：官名，掌管诸州及军府会计事项。

㉕右卫骑曹参军：官名，掌管外府杂畜簿账牧养等事。

㉖自方阿衡、太师：方，比。阿，依。衡，平。阿衡，依赖以治天下的意思，这里是官名，相当于后世的宰相，殷汤和太甲时，伊尹曾任此官。太师，官名，三公之一，周武王时，吕望（姜太公）曾为太师。这是说侯高自比伊尹、吕望。

㉗龃龉：齿不正，譬喻和人家意见不相合。

㉘谩谓：谎语。谓某人，说与某人。

㉙吾明经及第，且选，即官人：唐时科举制度，分秀才、进士和明经明法……等科。考取了明经，就有机会选任官职，所以说"且选，即官人"。

㉚请进百金为妪谢。诺许白翁：王元启说：谢字应在妪字上。按依王说文字较顺："请进百金为谢，妪诺许白翁。"白翁，向翁去说。

㉛翁大人：指侯高是"君子人"的意思，说他不疑心，不懂得欺骗之事。

㉜告身：候选人授官，吏部给他文书，盖好印信，印文是："尚书吏部告身之印"，因此授官文书叫做告身（武官则由兵部发给）。

㉝取际:际同视。取际,拿到手认真验看。
㉞衔袖:衔同含。衔袖,塞在袖中。
㉟鼎也不可以柱车:柱同拄,支撑。鼎是饮食器或礼器,不能用来支车。
㊱马也不可使守闾:闾,里门。守门是狗的事,不是马的事。
㊲佩玉长裾,不利走趋:裾,袖。佩玉长裾,古代士大夫讲究行步要和佩玉声相应,这是所谓从容不迫的行动。走趋,快走。释名:"疾行曰趋,疾趋曰走。"挂着玉佩,拖着长袖,当然是不便于跑步。
㊳只系其逢,不系巧愚:只是遇合遭际的问题,不关人的聪明和愚笨。
㊴不谐其须,有衔不袪:谐,和合。须,需要。衔,含,蓄积。袪同胠,开。这是说不合人家的需要,胸中有许多抱负没有施展出来。

贞曜先生墓志铭①

　　唐元和九年，岁在甲午，八月己亥，贞曜先生孟氏卒，无子，其配郑氏以告，愈走位哭，且召张籍会哭②。明日，使以钱如东都③，供葬事。诸尝与往来者，咸来哭吊韩氏④，遂以书告兴元尹故相余庆⑤。闰月，樊宗师使来吊，告葬期，征铭⑥。愈哭曰："呜呼！吾尚忍铭吾友也夫！"兴元人以币如孟氏赙⑦，且来商家事。樊子使来速铭，曰："不则无以掩诸幽⑧。"乃序而铭之。

　　先生讳郊，字东野。父庭玢，娶裴氏女，而选为昆山尉，生先生及二季酆、郢而卒。先生生六七年，端序则见⑨，长而愈骞⑩，涵而揉之⑪，内外⑫完好，色夷气清，可畏而亲⑬。及其为诗，刿目鉥心⑭，刃迎缕解⑮，钩章棘句，搯擢胃肾⑯，神施鬼设，间见层出⑰。唯其大玩于词⑱，而与世抹摋⑲，人皆劫劫，我独有余⑳。有以后时开先生者㉑，曰："吾既挤而与之矣，其犹足存邪㉒！"

　　年几五十，始以尊夫人之命，来集京师㉓，从进士试，既得，即去。间四年，又命来，选为溧阳尉㉔，迎侍溧上㉕。去尉二年，而故相郑公尹河南，奏为水陆运从事㉖，试协律郎㉗，亲拜其母于门内。母卒五年，而郑公以节㉘领兴元军，奏为其军参谋，试大理评事㉙，挈其妻行之兴元，次于阌乡㉚，暴疾卒，年六十四。买棺以敛，以二人舆归，酆、郢皆在江南。十月庚申，樊子合凡赠赙而葬之洛阳东其先人墓左，以余财附其家而供祀。

　　将葬，张籍曰："先生揭德振华㉛，于古有光，贤者故事有易名，况士哉㉜！如曰贞曜先生，则姓名字行有载，不待讲说而明。"皆曰："然。"遂用之。

　　初，先生所与俱学同姓简，于世次为叔父，由给事中观察浙东㉝，曰："生吾不能举，死吾知恤其家。"铭曰：于戏㉞贞曜，维执不猗㉟，维出不訾㊱，维卒不施㊲，以昌㊳其诗。

孟郊的诗，现在遗存的都是古诗和乐府，大部分是艰涩不易读的作品。他自己构思很苦，所以用"钩章棘句，掐擢胃肾"二句来形容他。也有意味深长、刻画极工的诗，所以用"神施鬼设、间见层出"二句来称美他。他是韩愈诗友中最亲密最相知的人，也是韩愈最心服的人。但他是独往独来而"与世抹煞"的，因而也成了脱离现实的人，他的诗是以抒发自己情感为主，做诗只为自娱，所以他的诗和白居易的"为时而著、为事而作"的风格和价值不同。他一生除做诗外，没有什么事迹可称道，所以文中着重叙他的诗，末尾也用"以昌其诗"作结。唐人对孟郊的诗有相当高的评价，和韩文并称为"孟诗韩笔"，这是专从艺术观点出发而品评的。韩愈其他文章像这样艰涩的也不多，也许可以说是有意模拟孟郊的风格，是文家因人而施的手法。

【注释】

① 贞曜先生墓志铭：贞，正，坚固。曜，同耀，光耀。"贞曜"是孟郊的私谥，见本篇末段。墓志铭是叙述死者的姓名、籍贯和平生事迹，以简明为主。末有韵文铭词，作总括性的铭赞。刻石埋于墓中，本意是后人如果看到这块碑石，要求他仍旧把骸骨掩埋起来，免致暴露。

② 愈走位哭，且召张籍会哭：走，一本作赴，义同。韩愈在自己家中设立孟郊的灵位，前去哭灵。同时也请张籍来会吊。因为韩愈和张籍相识，原是由孟郊介绍的。

③ 如东都：如，往。往洛阳。

④ 咸来哭吊韩氏：咸，都。哭吊韩氏，哭吊于韩家。孟郊的丧事，原在东都举办，在京师和孟郊相知的朋友，不能远到东都去，所以都到韩愈家中举哀。

⑤ 兴元尹故相余庆：郑余庆曾任宰相，所以称为故相，出为兴元（今陕西南郑县）尹。

⑥ 征铭：征，求。求作孟郊墓志铭。

⑦ 如孟氏赙：以钱财助孟家办丧事。

⑧ 掩诸幽：掩，埋。诸，于。幽，隐蔽之处，指墓中。

⑨ 生六七年，端序则见：端，原作峑，是草木的萌芽，引申为开端之意。序，同叙，次叙。则，即。见，同现。说六七岁时就露出头角来。

⑩ 长而愈骞：骞，飞举之貌。这句是说成长后更觉超然出群。

⑪ 涵而揉之：涵，含。包涵一切。揉，曲屈，搓磨。这句是说既广博，又专精。

⑫内外:内,指自身修养工夫。外,指人事应接。
⑬色夷气清,可畏而亲:夷,和平。色夷所以可亲,气清又觉可畏。
⑭刿目鉥心:刿,用锋刃伤物。鉥,长针,作动词用。这句说他的诗篇能刺人心目,就是下语惊人的意思。
⑮刃迎缕解:迎,接。刃迎,用《晋书·杜预传》"譬如破竹,数节之后,迎刃而解"的成语。缕解,像丝缕的解开。这句说条理极清晰。
⑯钩章棘句,掐擢胃肾:钩,曲。棘,刺。钩章棘句,说造句奇特,佶屈聱牙,不易读。掐,挖出来。擢,引出来。掐擢胃肾,犹如俗语所说"挖出心肝"。
⑰神施鬼设,间见层出:神施鬼设,极言造诣的高深,没有斧凿痕迹。间见,迭见。间见层出,言其多而不穷。
⑱大玩于词:玩,习熟。指专门用心于文学创作。
⑲与世抹煞:这句说对世人追求的名利,一笔勾消,漠不关心。
⑳人皆劫劫,我独有余:劫劫,张口舒气的意思。这两句说世人都是营求名利,患得患失,心意不舒,我(孟郊)独从容自得。
㉑有以后时开先生者:后时,指孟郊专心为诗,不关心世务。开,开导,指劝孟郊去"进取",求功名。
㉒吾既挤而与之矣,其犹足存耶:挤,推给。两句说,我已把一切名利推给别人了,难道它还值得我眷眷于怀吗?意指胸中坦然,略无顾恋。
㉓年几五十,始以尊夫人之命,来集京师:孟郊贞元十二年才中进士第,年已四十六岁。尊夫人,指孟郊的母亲。说孟郊原是淡于功名,他应进士试,是奉母亲之命才来的。
㉔溧阳尉:溧阳,在江苏,今县名同。相传溧水上有投金濑,风景绝佳,孟郊做尉时常常去赏玩,做了许多诗篇,把公务荒废不办,上司只好派人代理,分一半薪水给代理人。
㉕迎侍溧上:指迎接母亲到溧阳去,亲自奉养。
㉖水陆运从事:从事,属官的通称,此指判官。
㉗试协律郎:协律郎是管调和乐律的官。试是没有正式任命之前,先行署理。
㉘节:符节,一种信物,是最高统治者赐给地方官授权他在所管区内权宜处理一切事务的。
㉙大理评事:掌管狱讼的官。
㉚次于阌乡:停留两夜以上称次。一般只作停留解。阌乡,县名,属河南省。
㉛揭德振华:揭德,立德。华,文采。振华,指孟郊在文坛独树一帜,振起文风。
㉜况士哉:孟郊以进士历县尉、幕府从事,是"上士"了。但这里士字还包括"道德""文

章"两方面的内容：文中叙述孟郊事母尽孝、与世抹煞（淡于名利）等等，就是张籍所谓"揭德"；叙述孟郊平生致力于诗，工夫很深，在当时有很高的评价，就是张籍所谓"振华"。

㉝由给事中观察浙东：给事中，谏官名，皇帝诏敕有不便的，可以封驳。观察使，官名，唐每道设观察使一员，纠察官吏。观察，在此为动词。这句说由给事中外调为浙东观察使。

㉞于戏：同呜呼。

㉟维执不猗：执，执持，操守。猗同倚，倚傍。这句就是张籍所说的"贞"字的意思。

㊱维出不訾：訾，量。不訾，不可量。所表现的不可量，就是张籍所说的"曜"字的意思。

㊲不施：施，施用。不施，不见施用，没有机会表现他的才能事业。

㊳昌：动词，使其盛大的意思。

柳子厚墓志铭①

　　子厚讳宗元。七世祖庆，为拓跋魏侍中，封济阴公。曾伯祖奭②，为唐宰相，与褚遂良韩瑗俱得罪武后，死高宗朝。皇考③讳镇，以事母弃太常博士，求为县令江南④；其后以不能媚权贵⑤，失御史，权贵人死，乃复拜侍御史。号为刚直，所与游皆当世名人⑥。

　　子厚少精敏，无不通达，逮其父时，虽少年，已自成人，能取进士第⑦，崭然见头角⑧，众谓柳氏有子矣。其后以博学宏辞，授集贤殿正字⑨。隽杰廉悍⑩，议论证据古今⑪，出入经史百子，踔厉风发⑬，率常屈其座人⑭，名声大振，一时皆慕与之交，诸公要人，争欲令出我门下，交口荐誉之。贞元十九年，由蓝田尉拜监察御史。顺宗即位，拜礼部员外郎⑮。遇用事者得罪⑯，例出为刺史，未至，又例贬永州司马⑰。居闲⑱，益自刻苦，务记览为词章，泛滥停蓄，为深博无涯涘⑲，而自肆于山水间。元和中，尝例召至京师，又偕出为刺史，而子厚得柳州。既至，叹曰："是岂不足为政邪⑳！"因其土俗，为设教禁，州人顺赖。其俗以男女质钱㉑，约不时赎，子本相侔，则没为奴婢㉒。子厚与设方计㉓，悉令赎归。其尤贫力不能者，令书其佣，足相当，则使归其质㉔。观察使下其法于他州，比一岁㉕，免而归者且千人。衡湘以南为进士者，皆以子厚为师，其经承子厚口讲指画为文辞者，悉有法度可观。

　　其诏至京师而复为刺史也，中山刘梦得禹锡亦在遣中㉖，当诣播州。子厚泣曰："播州非人所居㉗，而梦得亲在堂，吾不忍梦得之穷㉘，无辞以白其大人㉙，且万无母子俱往理。"请于朝，将拜疏㉚，愿以柳易播，虽重得罪㉛，死不恨。遇有以梦得事白上者㉜，梦得于是改刺连州。呜呼！士穷乃见节义。今夫平居里巷相慕悦，酒食游戏相征逐㉝，诩诩强笑语㉞以相取下㉟，握手出肺肝相示㊱，指天日涕泣，誓生死不相背负㊲，真若可信；一旦临小利害，仅如毛发比㊳，反眼㊴若不相识，落陷阱㊵，不一引手救，反挤之,又下石焉者㊶,皆是也。此宜禽兽夷狄所不忍为,而其人自视以为得计,闻子厚之风,亦可以少愧㊷矣。

子厚前时少年,勇于为人㊸,不自贵重顾藉㊹,谓功业可立就,故坐废退。既退,又无相知有气力得位者推挽㊺,故卒死于穷裔㊻,材不为世用,道不行于时也。使子厚在台、省㊼时,自持其身㊽,已能如司马、刺史时,亦自不斥㊾;斥时,有人力能举之,且必复用不穷。然子厚斥不久㊿,穷不极,虽有出于人,其文学辞章,必不能自力,以致必传于后,如今无疑也。虽使子厚得所愿,为将相于一时[51],以彼易此,孰得孰失,必有能辨之者。

子厚以元和十四年十一月八日卒,年四十七,以十五年七月十日归葬万年[52]先人墓侧。子厚有子男二人:长曰周六,始四岁;季曰周七,子厚卒乃生。女子二人,皆幼。其得归葬也,费皆出观察使河东裴君行立,行立有节概[53],立然诺,与子厚结交,子厚亦为之尽,竟赖其力。葬子厚于万年之墓者,舅弟[54]卢遵。遵涿人,性谨慎,学问不厌。自子厚之斥,遵从而家焉,逮其死不去。既往葬子厚,又将经纪[55]其家,庶几有始终者。铭曰:

是惟子厚之室,既固既安,以利其嗣人。

这篇文章竭力为柳宗元鸣不平,借柳的为人和他在外十四年贬死穷荒的遭遇来揭露社会的罪恶。又竭力推崇他在文学词章上的成就,称其必传于后无疑,而其所以能够有所成就,却是久斥在外,能刻苦自力所致。

韩愈对柳宗元曾附和王叔文一事,表示了一定程度的不满。文中点明元和十五年,是韩愈五十三岁时的作品。

【注释】

① 柳子厚墓志铭:子厚,柳宗元的字。作墓志铭例当称死者官衔,因韩愈和柳宗元是有交情的朋友,朋友相呼以字,所以不称官而称字。
② 曾伯祖奭:柳奭是唐高宗(李治)王皇后的外祖。后来高宗要废王皇后立武则天为皇后,韩瑗和褚遂良力争,武则天一党的人诬说柳奭要和韩、褚等谋反,被杀。
③ 皇考:对死去的父亲的尊称。
④ 为县令江南:柳镇曾做宣城(在安徽,今县名同)令。
⑤ 媚权贵:媚,谄媚。权贵,当权的要人,此指窦参。
⑥ 所与游皆当世名人:柳宗元有先友记,记载他父亲的朋友计六十二人。

⑦能取进士第:德宗贞元九年,柳宗元进士及第,年二十一。
⑧崭然见头角:崭然,高峻的样子。见,同现。崭然见头角,形容少年才能杰出。
⑨以博学宏辞授集贤殿正字:贞元十四年,柳宗元中博学宏辞科,年二十六。正字,官名,掌管编校书籍。
⑩隽杰廉悍:隽,同俊。才高。廉悍,有棱角有气节。
⑪议论证据今古:议论中引现在的事和古事作证,说明他的议论和实际相结合,不是空谈。
⑫出入经史百子:百子,诸子百家,指古代各家各派学说。出,是说他的议论自经史百子而来,有根据。入,是说对经史百子有深切研究。
⑬踔厉风发:踔,远。厉,高。风发,形容议论气势奋发。
⑭率常屈其座人:率,大致。屈其座人,座中人都向他表示屈服。
⑮礼部员外郎:官名,掌管辨别和拟定礼制等事。柳宗元得做此官是王叔文、韦执谊等所荐引。
⑯遇用事者得罪:用事者,当权的人,指王叔文。王叔文,越州人。顺宗(李诵)做太子时,他和王伾都做太子的属官,两人都是被当时旧官僚认为是"出身卑微"的人,得到李诵的信任。李诵登位后,两人和当时知名人士柳宗元、刘禹锡等商议想改革政治:取消民间所欠的各色租赋,正贡以外免除一切进奉钱;大赦罪人,召回被德宗贬黜的贤臣,像郑余庆、陆贽、阳城等;打击藩镇,不许韦皋要兼领剑南三川节度使;派范希朝、韩泰总统京西诸城行营兵马,去接收宦官的兵权。这种举动,惹怒了旧派世族地主官僚和藩镇宦官,便被他们指为朋党,迫使李诵退位,拥立李诵的儿子李纯(宪宗)做皇帝,把王叔文贬黜杀死,王伾死于贬所,柳宗元等八人贬远州司马,是所谓"八司马"事件。
⑰例贬永州司马:例贬,依照"条例"贬官。和柳宗元同时贬做州司马的共八人,都是王叔文的同党,号"八司马"(柳宗元、刘禹锡、韩泰、韩晔、陈谏、凌准、程异、韦执宜)。永州,今湖南零陵县。
⑱居闲:指做司马时公事清闲。
⑲泛滥停蓄,为深博无涯涘:借水譬喻文章。涯涘,同义,都作水边解。无涯涘就是上句的泛滥。深博就是上句的停蓄。
⑳是岂不足为政邪:是,指柳州。这句是说:柳州虽然僻远,也可以施展抱负,做些事情,是不歧视边区人民和少数民族的意思。
㉑以男女质钱:把儿女押给富人和地主,借些钱用。
㉒约不时赎,子本相侔,则没为奴婢:约定如果不依规定时间取赎的话,等到应付的利钱积累起来和本钱相等时,便把做抵押品的男女没收做奴隶。

㉓方计:方法和计划。
㉔令书其佣,足相当,则使归其质:佣,当雇工,这指当雇工所做的工作量。做抵押品的男女,天天为主人做工,把每天的工作量记下来,计算工资,如果工资总计起来已和借款的数目相等时,便将做抵押品的人放还本家。这种解放奴隶的措施,韩愈在袁州也施行过。这虽不是彻底的办法,但在当时已经是非常难能了。
㉕比一岁:比,及。比一岁,到一年。
㉖在遣中:在遣发之列;这里遣兼有放逐的意义。
㉗非人所居:极言其荒僻未开化、水土不适宜等等。
㉘梦得之穷:穷,穷尽,这里指刘禹锡无话可说、无路可走。
㉙无辞以白其大人:白,告诉。大人,指刘禹锡的母亲。这说家有老亲,被贬官要丢开她远行,这种不幸的处境难以向老母讲。
㉚拜疏:和上疏同,拜字表示恭敬。
㉛重得罪:原有罪,再加一重罪。重,音 chóng。
㉜遇有以梦得事白上者:指裴度、崔群曾向宪宗说明刘禹锡的困难。
㉝相征逐:征,约之来。逐,随着去。这说来往的密切。
㉞诩诩强笑语:诩诩,很敏捷能说话。强笑语,笑和说话,都是有意做作。
㉟以相取下:取,语词,无意义。相下,表示互相尊重。
㊱出肺肝相示:挖肺肝给人看,譬喻做出非常诚恳和坦白的样子。
㊲指天日涕泣:比喻发誓时激动的样子。
㊳仅如毛发比:仅仅像毛发一样大小,极言事情的细微。
㊴反眼:翻着眼睛,不但不认人,反而敌视。
㊵落陷阱:陷阱,掘地作坑,中置兵器,用以陷捕兽类。这里指人陷入罪网。
㊶反挤之,又下石焉:挤,推下去。下石,投下石块,要把阱中人压死。承上文说这类坏人遇旧友遭难,不但不救,反而挤他下去,再投块石头,恶毒到极点。
㊷少愧:少,略为。
㊸勇于为人:热心帮助人。
㊹不自贵重顾藉:顾藉,同顾惜。这句说:不尊重、不爱惜自己,太轻率,太冒进。是对柳宗元曾附和王叔文表示不满。
㊺又无相知有气力得位者推挽:相知,知心朋友。有气力,有气势和力量。得位者,任重要职位的人。推挽,前挽后推,借驾车做譬喻,略如说"提拔"。
㊻穷裔:穷僻的边区。
㊼在台、省:台,御史台,指曾做监察御史。省,尚书省,指曾做礼部员外郎。
㊽自持其身:自己知道应怎样处置自己。就是上文所说的"益自刻苦"。

㊾不斥：不被排斥、贬黜。

(50)子厚斥不久，穷不极：这是说如果柳宗元贬斥期不久、困穷不到极点的话。

(51)为将相于一时：八司马中，只有程异得到李巽推荐，做到宰相，但不久便死，也没有什么表现。这是韩愈暗中借程异来作比方。

(52)万年：县名，在今陕西西安市。

(53)有节概：有节操。

(54)舅弟：舅父的儿子。

(55)经纪：经画料理。

唐故监察御史卫府君①墓志铭

君讳某,字某②,中书舍人、御史中丞讳某之子③,赠太子洗马讳某之孙④。家世习儒学词章,昆弟三人⑤,俱传父祖业,从进士举。君独不与俗为事,乐弛置⑥自便。

父中丞薨,既三年,与其弟中行别,曰:"若既克自敬勤,及先人存,趾美进士⑦,续闻成宗⑧,唯服任遂功为孝子在不怠⑨。我恨已不及,假令今得,不足自贯⑩。我闻南方多水银丹砂,杂他奇药,爨为黄金⑪,可饵以不死,今于若丐我⑫,我即去。"

遂逾岭厄⑬,南出,药贵,不可得。以干容帅⑭,帅且曰:"若能从事于我⑮可一日具。"许之,得药,试如方,不效,曰:"方良是⑯,我治之未至耳。"留三年,药终不能为黄金,而佐帅政成。以功再迁监察御史。帅迁于桂⑰,从之。帅坐事免⑱,君摄其治⑲,历三时⑳,夷人㉑称便。新帅将奏功,君舍去。南海马大夫㉒使谓君曰:"幸尚可成,两济其利㉓。"君虽益厌㉔,然不能无万一冀。至南海,未几,竟死,年五十三。子曰某。元和十年十二月某日,归葬河南某县某乡某村附先茔。于时中行为尚书兵部郎,号名人,而与余善,请铭。铭曰:

嗟惟君,笃所信㉕。要无有,弊精神。以弃馀,贾于人㉖。脱外累,自贵珍。讯来世㉗,述墓文。

此文写卫中立迷信服食金丹可以"长生不死"的愚昧行为,用以警告后人。文中显露的贬抑之词少,而惋惜之意多,这是韩愈排斥佛老的杰作之一。

文中点明元和十年十二月,是韩愈四十八岁的作品。

唐故监察御史卫府君墓志铭

【注释】

① 监察御史卫府君：监察御史是御史台的属官，对京城内外的不法事件都可以提出弹劾。府君本是汉人尊称太守的称号，后来职位和太守相同的甚至没有职位的也称作府君。
② 讳某字某：墓主讳中立，字退之。白居易诗："退之服硫黄，一病讫不痊。"就是指卫中立。
③ 中书舍人、御史中丞讳某之子：御史中丞是御史台的副长官。
④ 赠太子洗马讳某之孙：太子洗马，官名，随太子出入侍从并掌管图书等事。
⑤ 昆弟三人：长名之玄，字造微。次即中立。又次名中行，字大受。
⑥ 弛置：弛，怠缓。置，放废。
⑦ 趾美进士：趾美，先人做官有"美德"，追随跟上的意思，指卫中行也中了贞元九年进士。
⑧ 续闻成宗：闻，名誉。续闻，继承先人的"好名声"。成宗，子孙有"功德"，可以自成一宗派。
⑨ 惟服任遂功为孝子在不急：服，服务。任，职任。遂功，成功。这句是勉励他弟弟不断努力，做"孝子"，为国家立功业。
⑩ 假令今得，不足自贳：贳，赦宥。这说本该趁先人还在世就中进士（那就是所谓"孝子"了），现已太晚，即使再中了也不足以"赎罪"。
⑪ 燻为黄金：燻，烧炼。妄想将水银丹砂等炼为黄金。并说可以服食，长生不死，是一种迷信的方术。所以下文说"可饵（吃）以不死"。
⑫ 今于若丏我：若，你。全句是说，现在请你允许我。
⑬ 岭厄：厄，险要，关塞。岭厄，指大庾岭等五岭要塞。
⑭ 以干容帅：干，求。容帅，指当时的容管经略使房启。
⑮ 若能从事于我：你如能做我的幕客。
⑯ 方良是：良，甚。说药方实在没有错误。一说：良，语助词。
⑰ 帅迁于桂：指元和九年房启改任桂管观察使。
⑱ 帅坐事免：指房启用贿赂先得诏书，事发，降职。坐，入了罪，犯了法的意思。
⑲ 摄其治：代理代的职务。
⑳ 历三时：时，春夏秋冬四时的时。历三时，经三季。
㉑ 夷人：古称东方种族为夷，这里夷人指当时广西一带的少数民族。是封建时代含有轻视侮辱性的字眼。
㉒ 南海马大夫：指岭南节度使马总。
㉓ 两济其利：指再做幕僚佐助马总和炼丹一举两得。

㉔益厌：指因炼丹不成，厌倦情绪越来越甚。
㉕笃所信：指对炼丹的事深信不疑。
㉖以弃馀，贾于人：以自己所丢弃的多余的出卖给人，是说卫君原是唾弃功名的，而做幕僚却有成绩。
㉗讯来世：以告后人。

柳州罗池①庙碑

罗池庙者,故刺史柳侯②庙也。柳侯为州③,不鄙夷其民④,动以礼法。三年,民各自矜奋⑤:"兹土虽远京师,吾等亦天氓⑥,今天幸惠仁侯⑦,若不化服,我则非人⑧。"

于是老少相教语,莫违侯令。凡有所为于其乡闾⑨及于其家,皆曰:"吾侯闻之,得无不可于意否⑩?"莫不忖⑪度而后从事。凡令之期⑫,民劝趋之⑬,无有后先,必以其时。于是民业有经⑭,公无负租⑮,流逋四归⑯,乐生兴事⑰。宅有新屋,步有新船⑱,池园洁修,猪牛鸭鸡,肥大蕃息⑲。子严父诏⑳,妇顺夫指㉑,嫁娶葬送,各有条法,出则弟长㉒,入相慈孝㉓。先时民贫,以男女相质,久不得赎,尽没为隶;我侯之至,按国之故㉔,以佣除本,悉夺归之。大修孔子庙㉕。城郭道巷㉖,皆治使端正,树以名木㉗。柳民既皆悦喜。

常与其部将㉘魏忠、谢宁、欧阳翼饮酒驿亭㉙,谓曰:"吾弃于时,而寄于此,与若等好㉚也。明年,吾将死,死而为神。后三年,为庙祀我。"及期而死。三年孟秋辛卯㉛,侯降于州之后堂㉜,欧阳翼等见而拜之。其夕,梦翼而告曰:"馆我于罗池。"其月景辰㉝,庙成,大祭,过客李仪醉酒,慢侮堂上,得疾,扶出庙门即死。明年春,魏忠、欧阳翼使谢宁来京师,请书其事于石。余谓柳侯生能泽其民㉞,死能惊动福祸之㉟,以食其土,可谓灵也已。作迎享送神诗遗柳民,俾歌以祀焉,而并刻之。

柳侯,河东人㊱,讳宗元,字子厚。贤而有文章。尝位于朝,光显矣,已而摈不用㊲。其辞曰:

荔子丹兮蕉黄㊳,杂肴蔬兮进侯堂。侯之船兮两旗㊴,度中流兮风泊之㊵。待侯不来兮,不知我悲。侯乘驹㊶兮入庙,慰我民兮不嚬以笑㊷。鹅之山兮柳之水㊸,桂树团团兮,白石齿齿㊹。侯朝出游兮暮来归,春与猿吟兮,秋鹤与飞㊺。北方之人兮,为侯是非㊻。千秋万岁兮,侯无我违。福我兮寿我,驱厉鬼⑰兮山之左。下无苦湿兮高无干⑱,秔稌充羡⑲兮,蛇蛟结蟠㊿。我民报事㊶兮,无怠其始。自今兮钦于世世。

  柳宗元在柳州肯为人民做事,所以柳民立庙纪念他。文中"柳民既皆悦喜"以上,叙述柳宗元的政绩,以下便叙死而为神的传说,这是本之柳民口述。"余谓柳侯生能泽其民,死能惊动福祸之,以食其土,可谓灵也已。"数句,是通篇的总结。并作迎享送神诗,为祭祀时歌唱侑神之用。
  这篇作品的风格和柳宗元的文体很相近,迎享送神诗,和屈原的风格相近,因此韩愈的作品,不但内容丰富,而且备具多样的风格。
  此文作于长庆三年,韩愈年五十六岁。

【注释】

① 柳州罗池:柳州,今广西柳州市。罗池,在柳州城东。
② 故刺史柳侯:故,已亡故。刺史职位约略可和古代诸侯相比拟,因此尊称刺史作"侯"。
③ 柳侯为州:柳宗元是宪宗(李纯)元和十年三月来做柳州刺史。为,治理。
④ 不鄙夷其民:鄙,轻视。夷,倨傲。鄙夷二字意义差不多。
⑤ 矜奋:矜,矜持,自尊。奋,奋发。
⑥ 天氓:氓,同民。古人认为是"禀受天地中和之气"所生的,因此称作"天民"。
⑦ 天幸惠仁侯:"天赐"我们这样有仁心行仁政的柳刺史。是万幸的意思。
⑧ 若不化服,我则非人:化,感化。服,服从。此二句承上"动以礼法"而来,说刺史待我们以礼,我们如果不感化信服,就是不合人情了。
⑨ 乡闾:闾,里门。古时二十五家为里,每里必设一门,因上称里作闾。
⑩ 得无不可于意否:得无,同"得毋",疑问词。不可于意,和"不同意"差不多。
⑪ 忖度:忖,思考。度,量度。
⑫ 凡令之期:每逢州官命令有所期约。
⑬ 劝趋之:劝,劝勉。趋,趋走。互相劝勉进行。
⑭ 有经:有常。
⑮ 负租:收不进来的欠租。
⑯ 流逋四归:流,流亡。逋,逃走。这句说:向来流亡逃走的人民,现在从四面八方回来。
⑰ 乐生兴事:乐生,安居乐业的意思。兴事,兴造和建立从前没有的工程事业。

⑱步有新船：柳宗元《永州铁炉步志》说："江之浒(hǔ，水边地。)舟可縻(联系)而上下者曰步。"
⑲蕃息：蕃，多。息，生长。
⑳子严父诏：儿子不敢怠慢父亲的告诫。
㉑妇顺夫指：指，意旨。妻子不违拗丈夫的意旨。
㉒弟长：弟同悌，悌是友爱同辈。长是敬顺长辈。
㉓慈孝：慈是爱儿女。孝是敬父母。
㉔按国之故：按，依照。国之故，国家的惯例和规章等等。
㉕大修孔子庙：事在柳宗元到柳州的那一年。
㉖城郭道巷：郭，外城。道，四通八达的大路。巷，狭而长的小路。
㉗树以名木：树，动词，栽植。名木，好树木。
㉘部将：刺史兼理军事，其部下有司马、司兵、参军等属官，所以称作部将。
㉙驿亭：就是东亭，西和驿站相连，在柳州城南，柳宗元有《柳州东亭记》。
㉚与若等好：若等，你们。好，交好。
㉛三年孟秋辛卯：指柳宗元死后三年，时为穆宗(李恒)长庆二年七月。
㉜侯降于州之后堂：说柳宗元之"神"显现于柳州刺史官署的后堂，这事出自谢宁的口述。
㉝景辰：即丙辰，唐人为避世祖李昞(高祖李渊的父亲)讳而改用"景"字。
㉞泽其民：泽，雨露。雨露能滋润草木。
㉟死能惊动福祸之：指李仪慢神而死的迷信传说。惊，惊骇。一说：惊当作警，警动，耸动，震动。
㊱河东：今山西解县。
㊲摈不用：摈，摈弃。摈不用，就是上文"弃于时"的意思。
㊳荔子丹兮蕉黄：荔子，荔枝。蕉，香蕉。二者都是南方土产。
㊴侯之船兮两旗：相传：柳州风俗，迎神的船上插有两旗，船中放置木马木偶人，音乐前导，迎而至庙。
㊵风泊之：泊，停止不行。这说船受风阻不能前进。
㊶乘驹：驹，小马正在成长时的专名，这是指船中的木马。
㊷不嚬以笑：嚬，同颦，皱着眉头。以，而。不嚬以笑，不愁而喜。
㊸鹅之山兮柳之水：鹅山即峨山，在柳州城西四十里，见柳宗元所作《柳州近治水可游者记》。柳江，在柳州城南门外。
㊹桂树团团兮，白石齿齿：团团，形容桂树枝叶攒聚而成为团圆形。齿齿，形容石在水中排列整齐。

㊺春与猨吟兮,秋鹤与飞:说柳侯之神和猨鹤同游,往来倏忽不定。
㊻北方之人兮,为侯是非:为,同谓,为侯是非,谈论柳侯的是非,和上文"弃于时""摈不用"意义相同。
㊼驱厉鬼:厉鬼,恶鬼。驱厉鬼,是保护人民不生疫病的意思。
㊽下无苦湿兮高无干:低田不涝,高田不旱,使雨水调匀的意思。
㊾秔稌充羡:秔,没有黏性的稻。稌,有黏性的稻。充,充满。羡,多,有余。
㊿蛇蛟结蟠:南方多蛇,毒蛇常常伤害人民。蛟,相传潜伏在深山泥土中,当时人误以为,山洪暴发就是它出来"作怪"。蛇蛟结蟠,是说柳侯之神,能够制服蛇蛟,使它们结蟠(同盘)潜伏,不出来害人。
㉛报事:报,祭祀。事,功。报事,举行祀神典礼,答谢柳侯庇荫柳民的功德。

殿中少监①马君墓志

君讳继祖,司徒、赠太师北平庄武王②之孙,少府监、赠太子少傅讳畅③之子。生四岁,以门功拜太子舍人④,积三十四年,五转而至殿中少监,年三十七以卒。有男八人,女二人。

始余初冠⑤,应进士,贡在京师⑥,穷不自存,以故人稚弟⑦,拜北平王于马前,王问而怜之,因得见于安邑里第⑧。王轸其寒饥⑨,赐食与衣,召二子使为之主⑩,其季遇我特厚,少府监、赠太子少傅者也。姆抱幼子立侧,眉眼如画⑪,发漆黑,肌肉玉雪可念⑫,殿中君也。当是时,见王于北亭⑬,犹高山深林钜谷⑭,龙虎变化不测⑮,杰魁⑯人也。退见少傅,翠竹碧梧⑰,鸾鹄停峙⑱,能守其业者也。幼子娟好⑲静秀,瑶环瑜珥⑳,兰茁其牙㉑,称其家儿㉒也。

后四五年,吾成进士㉓,去而东游,哭北平王于客舍㉔。后十五六年,吾为尚书都官郎,分司东都,而分府㉕,少傅卒,哭之。又十余年㉖,至今哭少监焉。呜呼!吾未耄老㉗,自始至今,未四十年㉘,而哭其祖子孙三世,于人世何如也!人欲久不死,而观居此世者,何也㉙?

马继祖年仅三十七岁,靠着世代官僚的门荫做到侍从官,没有立过什么事功,无事可写。恰好韩愈和他家三世都有交情,所以把马氏一家不同类型的人物的状貌、性格都略加勾勒,便显得活灵活现,至于思想内容则没什么可取之处。

此文作于长庆元、二年间,韩愈年五十四五。

【注释】
①殿中少监:官名,掌管皇帝服用及临朝时率领官属执扇侍立等事。
②司徒、赠太师北平庄武王:指马燧,因他官位高,所以避不称名。司徒,三公之一,帮

助皇帝讨论国事。太师,三师之一,意思是皇帝所师法的人,是一种名义"尊崇"的爵位。赠,死后追赠官爵。

③少府监、赠太子少傅讳畅:指马燧的第二个儿子。少府监,官名,掌管百工技艺,供给皇帝使用事项。太子少傅,意思是太子的师傅,也是一种"隆重"的官衔。

④以门功拜太子舍人:门功,先世的功绩。太子舍人,官名,掌管收受文书事项。四岁便拜官,这是封建制度的怪现象。

⑤始余初冠:德宗贞元三年,韩愈年二十。古时男子一般二十岁行冠礼,此后便称为成人。后来就以将及二十岁为"初冠"。

⑥贡在京师:指州府将考试及格的士子送往京师去应试。

⑦故人稚弟:贞元三年,吐蕃大将尚结赞请求和唐朝和好,马燧极表赞同,德宗派浑瑊做会盟使,在平凉和吐蕃结盟。韩愈的从兄韩弇以侍御史兼判官同往。尚结赞背盟,伏兵忽发,仅浑瑊一人得脱,其余官属士兵,或被虏,或被杀,韩弇为殉难人之一,他和马燧是朋友,所以韩愈自称是故人稚(幼小)弟。

⑧安邑里第:长安城内有安邑坊。第,官僚的住宅。

⑨轸其寒饥:怜念他贫寒,衣食不够好。

⑩召二子使为之主:二子,长子名汇;次子就是上文所说的畅。为之主,是说做主人以宾礼接待韩愈。

⑪眉眼如画:说幼儿眉清目秀,像图画画出来的样儿,极为可爱。

⑫肌肉玉雪可念:玉雪,形容丰润和洁白。可念,一作可怜,都是可爱的意思。

⑬北亭:宅中的亭馆。

⑭高山深林钜谷:钜,同巨,大。这句是夸张形容马燧的雄伟气象。

⑮龙虎变化不测:古人说:"至于龙,吾不能知其乘风云而上天。"又说:"大人虎变。"这句是夸说马燧临大事能够应变。

⑯魁杰:魁,大。杰,出群的意思。

⑰翠竹碧梧:夸饰形容美秀而文。

⑱鸾鹄停峙:鸾,相传是和凤同类的鸟,五彩而多青色。鹄,羽毛洁白之鸟。停峙二字同义,停止、站立。

⑲娟好:美好。

⑳瑶环瑜珥:瑶环,美玉制成的环。瑜,也是美玉。珥,耳饰。这句是说像美玉制成的贵重物品,极可宝爱。

㉑兰苕其牙:兰,香草。苕,草初生。牙,同芽。这是以兰草初生譬喻幼儿的可爱。

㉒称其家儿:称,相称。

㉓吾成进士:贞元八年,韩愈年二十五,进士及第。

殿中少监马君墓志

㉔哭北平王于客舍：马燧死于贞元十一年八月，这年韩愈东归河阳，又往东都，所以说是在客舍哭吊。

㉕分司东都，而分府：元和五年，韩愈任教东都国子分校，分府就是分校。

㉖又十余年：所指时间当在穆宗（李恒）长庆元、二年间。

㉗吾未耄老：八十、九十为耄。六十或六十以上为老。

㉘自始至今，未四十年：自贞元三年至长庆元二年，为三十五六年。

㉙人欲久不死，而观居此世者，何也：观居此世者，指上文未四十年哭其祖子孙三世的事。何，作何如解。这三句说：一个人要想永久活在世间，看看马氏的三代一个个都死去了，怎么样！这样，我还能久活么！

南阳樊绍述①墓志铭

樊绍述既卒,且葬,愈将铭之,从其家求书。得书:号《魁纪公》②者三十卷,曰《樊子》者又三十卷,《春秋集传》十五卷,表笺③、状策④、书序、传记、纪志、说论、今文赞铭凡二百九十一篇,道路所遇及器物门里杂铭二百二十,赋十,诗七百一十九。曰:多矣哉,古未尝有也。然而必出于己⑤,不袭蹈前人一言一句,又何其难也。必出入仁义⑥,其富若生蓄,万物必具⑦,海含地负⑧,放恣横从,无所统纪。然而不烦于绳削而自合也⑨。呜呼!绍述于斯术⑩,其可谓至于斯极者矣。

生而其家贵富,长而不有其藏一钱⑪。妻子告不足,顾且笑曰:"我道盖是也⑫。"皆应曰:"然。"无不意满。尝以金部郎中⑬告哀南方⑭,还言某帅不治,罢之,以此出为绵州刺史⑮。一年,征拜左司郎中⑯。又出刺绛州。绵、绛之人,至今皆曰:"于我有德。"以为谏议大夫,命且下,遂病以卒,年若干。

绍述讳宗师。父讳泽,尝帅襄阳、江陵⑰,官至右仆射,赠某官⑱。祖某官,讳泳。自祖及绍述三世,皆以军谋堪将帅策上第以进⑲。

绍述无所不学,于辞于声,天得也⑳。在众若无能者。尝与观乐,问曰:"何如?"曰:"后当然㉑。"已而果然。铭曰:

惟古于辞必己出,降而不能乃剽贼㉒,后皆指前公相袭㉓,从汉迄今用一律㉔。寥寥久哉莫觉属㉕,神徂圣伏道绝塞㉖。既极乃通发绍述㉗,文从字顺各识职㉘。有欲求之此其躅㉙。

这是韩愈最后一篇论文章的重要作品,虽然题目是论樊宗师的文章,可实际上是谈他自己对写文章的认识。他提出的主张包括两方面。文的形式方面"辞必己出",不袭蹈前人一言一句,"文从字顺各识职";文的内容必"出入于仁义""其富若生蓄,万物必具",他所说的必出入于仁义,就

南阳樊绍述墓志铭

是所谓载道。文章内容要丰富,能反映各色各样的事物。要用文从字顺一般人都能通晓而又力避袭用陈词滥调的文体,写出极其生动活泼和极其有力量的文章。思想内容则要本之"仁义"。这是他所定的文章纲领和标准。

【注释】

① 南阳樊绍述:樊宗师,字绍述,河中(今山西永济县)人。南阳(今河南省获嘉县北)是樊氏的"族望"。
② 魁纪公:魁,北斗第一星至第四星的总名。自称魁纪公,有衡量一切事物的意思。
③ 笺:笺和书牍文体相同,用于比自己职位较高的人。
④ 状策:策同册。古代最高统治者以自己的名义出题试士,士依问作答,叫做对策。
⑤ 必出于己:不用古人的陈词滥调,就是下句所说的不袭蹈前人一言一句。
⑥ 必出入于仁义:就是不离仁义的意思。
⑦ 其富若生蓄,万物必具:富,富足,富有。生,生殖。蓄,蓄积,蓄养。一说:生蓄二字义同,都作"养"字解。必,古通"毕"字,作"皆"字解。一说:必具连下句"海含地负"读。
⑧ 海含地负:含,含容。海含,借海作譬喻,形容其包涵之深广。地负,借地作譬喻,形容其厚重能负载万物,古人称地能够"载华狱而不重,振河海而不泄",就是此意。
⑨ 放恣横从三句:从同纵。绳削,借木匠造宫室、做器物来譬喻,绳是纠正不直的工具;削,斫削。这三句说明樊绍述的文章像没有拘束,没有系统,其实都合乎规矩,不劳删改。
⑩ 斯术:术,道。斯术,此道,指作文。
⑪ 长而不有其藏一钱:藏,库藏。这说他长大后不要家资,把财物统统推给他的弟弟。
⑫ 我道盖是也:是,如此,这样。这句是"忧道不忧贫"的意思。
⑬ 金部郎中:户部的属官,掌管全国库藏出纳事项。
⑭ 告哀南方:告哀,皇帝死了,通知各方。元和十五年正月,宪宗李纯逝世,樊绍述被派为特使去通知南方。
⑮ 以此出为绵州刺史:此,指上文"言某帅不治"事。以此黜官,真正原因不详,名义上或者是越职言事,实则当是因此得罪了权贵。绵州,今四川绵阳县。
⑯ 左司郎中:尚书省的属官,帮助左丞处理吏、户、礼三部的事。
⑰ 尝帅襄阳江陵:帅,统帅,这里指任节度使。襄阳(今地名同,属湖北),是山南东道节度使所驻地。江陵,(今地名同,属湖北),是荆南节度使所驻地。

⑱赠某官：樊泽曾赠官司空。司空是三公之一，职位最高。
⑲自祖及绍述三世，皆以军谋堪将帅策上第以进：唐有"军谋宏远堪任将帅科"。策上第：对策及第，名次很高。
⑳天得也：得之于天。说樊宗师对于文词和音乐有杰出的天才。
㉑后当然：犹言后来应当如何。这当是说樊绍述听音乐便能知道民情风俗的奢俭盛衰等等，和春秋时吴季札到鲁国观乐的情形差不多。
㉒降而不能乃剽贼：降，下，后来。剽和贼意义相同，都是强取劫夺的意思。这说：后来的人写文章不能自己创作就只好出于抄袭一途了。
㉓公相袭：公开的袭用。
㉔从汉迄今用一律：从，当依五百家本作"后"。
㉕寥寥久哉莫觉属：属，接续。这说很长久的时间，没有人觉察出因袭的错误，而未去接续承继古人"词必己出"的作风。
㉖神徂圣伏道绝塞：神圣意义略同。徂，往，已过去。伏，隐伏不出。绝，断绝。塞，阻塞。这是说"圣人"不出，"道统"中断的意思。
㉗既极乃通发绍述：极，穷尽。既极乃通，是"穷则变，变则通"的意思。发绍述，犹如说"降生了绍述"。
㉘各识职：就是上文"不烦于绳削而自合"的意思。
㉙此其躅：躅，轨迹。此其躅，犹言这是可循的轨道。

故幽州节度判官赠给事中清河张君①墓志铭

张君名彻，字某。以进士累官至范阳府监察御史②。长庆元年，今牛宰相为御史中丞③，奏君名迹中御史选④，诏即以为御史。其府惜不敢留⑤，遣之，而密奏："幽州将父子继续不廷选且久⑥，今新收⑦，臣又始至，孤怯，须强佐乃济。"⑧发半道⑨，有诏以君还之⑩，仍迁殿中侍御史，加赐朱衣银鱼⑪。

至数日，军乱，怨其府从事，尽杀之⑫，而囚其帅⑬。且相约："张御史长者，毋侮辱轹蹵⑭我事，毋庸⑮杀。"置之帅所⑯。居月余，闻有中贵人⑰自京师至，君谓其帅："公无负⑱此士人，上使至，可因请见自辩，幸得脱免归⑲。"即推门求出。守者以告其魁⑳，魁与其徒皆骇，曰："必张御史，张御史忠义，必为其帅告此㉑，余人㉒不如迁之别馆。"即与众出君。君出门，骂众曰："汝何敢反！前日吴元济斩东市㉓，昨日李师道斩于军中㉔，同恶者父母妻子皆屠死，肉喂狗鼠鸱鸦㉕。汝何敢反！汝何敢反！"行且骂，众畏恶其言，不忍闻，且虞生变㉖，即击君以死。君抵死口不绝骂，众皆曰："义士义士！"或收瘗㉗之以俟。

事闻，天子壮之，赠给事中。其友侯云长佐郓使㉘，请于其帅马仆射㉙，为之选于军中，得故与君相知张恭、李元实者，使以币请之㉚范阳，范阳人义而归之。以闻，诏所在给船舆㉛传归㉜其家，赐钱物以葬。长庆四年四月某日，其妻子以君之丧葬于某州某所。

君弟复，亦进士㉝。佐汴宋㉞，得疾，变易丧心㉟，惊惑不常。君得间，即自视衣褥薄厚，节时其饮食，而匕箸进养之，禁其家无敢高语出声㊱。医饵之药，其物多空青、雄黄㊲诸奇怪物，剂钱㊳至十数万。营治勤剧㊴，皆自君手，不假之人。家贫，妻子常有饥色。

祖某，某官。父某，某官。妻韩氏，礼部郎中某㊵之孙，汴州开封尉某⑫之女，于余为叔父孙女。君常从余学，选于诸生而嫁与之。孝顺祇修⑬，群女效其所为。男若干人，曰某。女子曰某。铭曰：

　　呜呼彻也，世慕顾以行⑭，子揭揭⑮也。嚣嚣以为生⑯，子独割也⑰。为彼不清，作玉雪⑱也。仁义以为兵，用不缺折也⑲。知死不失名，得猛厉也⑳。自申于暗明，莫之夺也㉑。我铭以贞之，不肖者之咀也。㉒

　　韩愈素来主张全国统一，深恶藩镇的割据自雄，在他的诗文中，不止一次表现这种思想。这篇文章极力表扬张彻，而对于激起军士叛变且没有气节的张弘靖的不满等，也是这样的用意。

　　这是韩愈五十六岁时的作品。

【注释】

① 故幽州节度判官赠给事中清河张君：幽州，今河北大兴县。给事中，属门下省，是所谓侍从近臣，对皇帝的命令有不同意的，得涂改奏还，称作"涂归"。清河（县名，今属河北省）是张氏的族望。
② 以进士累官至范阳府监察御史：唐宪宗元和四年，张彻中进士第。累官，循着资历积累升官。监察御史原是中朝官，这是以本官兼范阳（即幽州）府判官。
③ 今牛宰相为御史中丞：指牛僧孺，字思黯。长庆三年三月任宰相。其过去所任的御史中丞，是御史台的副长官。
④ 奏君名迹中御史选：名，名誉。迹，事迹。中，合格。中御史选，适合做御史。
⑤ 其府惜不敢留：府，指范阳节度府，当时节度使为张弘靖。惜，爱惜，舍不得放他去。不敢留，上级有命令又不敢擅自留而不放。
⑥ 幽州将父子继续不廷选且久：幽将刘怦传于其子刘济，济传于其子刘总，凡三世。不廷选，不是出自朝廷选用，而是自立称"留后"。
⑦ 今新收：长庆元年，刘总以幽州归顺朝廷，命张弘靖为幽州节度使以代刘总。
⑧ 臣又始至，孤怯，须强佐乃济：臣，张弘靖自称。始至孤怯，初到任，人心未附，自己觉得孤单怯弱。强佐，干练的佐助人员，指张彻。乃济，才行，才办得了。
⑨ 发半道：走在半路，指还没有到京师。
⑩ 有诏以君还之：君，指张彻。有诏书命张彻仍回范阳。
⑪ 朱衣银鱼：是唐代五品官的服装。鱼，鱼符，刻作鱼形的符节，以金、银、铜为之，盛在袋里，系于腰带，叫做鱼袋。
⑫ 怨其府从事，尽杀之：张弘靖的佐理人员韦雍、张宗厚等，待部下极苛刻，军士不服，

故幽州节度判官赠给事中清河张君墓志铭

杀韦雍等五人。
⑬而囚其帅：指囚张弘靖于蓟门馆。
⑭轹蹵：轹，陵轹。蹵，迫蹵、蹴踏。轹蹵二字同义，都是欺陵人的意思。
⑮毋庸：不用，不要。
⑯置之帅所：指和张弘靖同囚于蓟门馆。
⑰中贵人：宦官。
⑱无负：负，违背；无负，没有做过违理的事。
⑲得脱免归：脱、免二字同义。得以脱身归去。
⑳守者以告其魁：守者，守卫的人。魁，魁首，此指朱克融，当时军士推他做留后。
㉑告此：此，指到中贵人处去自辩的计划。告此，告诉张弘靖这样做。
㉒余人：和张弘靖同囚在蓟门馆的，不止张彻一人，所以说"余人"。
㉓前日吴元济斩东市：元和十二年十一月裴度、李愬平淮西，俘吴元济，斩于京师。
㉔昨日李师道斩于军中：元和十四年二月，淄青李师道为其兵马使刘悟所杀。前日、昨日，极言其时日不远。
㉕肉喂狗鼠鸱鸦：鸱，鹞鹰。
㉖且虞生变：虞，忧虑。生变，发生变化、事故。这说且恐军心摇动，对朱克融不利。
㉗收瘗：收，收敛；瘗，葬埋。指验葬张彻的尸骨。
㉘侯云长佐郓使：侯云长，贞元十八年进士。佐郓使，做郓曹濮节度使的属官。
㉙马仆射：指马总，字会元，扶风（今陕西岐山县东）人。仆射，是尚书省的副长官，有左右之分，帮助尚书令处理全省事项。
㉚以币请之：指以币帛做礼品，请求归还张彻的尸骨。
㉛给船舆：供派船车。
㉜传归：传，驿站。由驿站车船送回。
㉝弟复，亦进士：张彻弟张复，中元和元年进士第。
㉞汴宋：汴（今河南开封市）宋（今河南商丘县），属宣武节度使管辖，节度使即驻汴州。
㉟变易丧心：变易，是说态度动作和寻常人不同。丧心，丧失心神，就是经神有毛病。
㊱匕箸进养：匕，羹匙，箸，筷子。这是说亲手喂饭食。
㊲禁其家无敢高语出声：指恐怕惊动病人，以致病情加剧。
㊳空青、雄黄：二者都是矿物。本草说：铜精熏而生空青，能通血脉、养精神。雄黄能杀精物、恶鬼、邪气。
㊴剂钱：一剂药的药费。药物配成一料称一剂。
㊵勤剧：劳苦。
㊶礼部郎中某：指韩云卿。

㊷开封尉某:指韩愈。
㊸祗修:祗,恭敬。修,整饬。
㊹世慕顾以行:慕,羡慕。顾,顾虑。指世人行事总是患得患失,以个人利害为前提。
㊺揭揭:高出同辈的意思。
㊻噎喑以为生:噎,咽喉窒塞不通。喑,口不能说话。形容忍气吞声做人。
㊼子独割也:你独能断决。
㊽作玉雪:形容做人品行纯洁。
㊾仁义以为兵,用不缺折也:把仁义当做兵器,这种兵器,不会钝缺,不会折断。就是"杀身成仁、舍生取义"的意思。
㊿知死不失名,得猛厉也:知死,知道自己必死。不失名,名誉永久长存。猛厉,刚烈。
51自申于暗明,莫之夺也:申,同伸,直,不屈。不论在暗室、在明处都是直道做事。
52我铭以贞之,不肖者之咀也:贞,坚固。坚固则可以传之永久。我铭以贞之,说我作铭把张彻的事迹传之永久。咀,呵责。不肖者之咀也,对坏人的呵责。

故太学博士①李君墓志铭

    太学博士顿丘李于②,余兄孙女婿也。年四十八,长庆三年正月五日卒,其月二十六日,穿其妻墓而合葬之,在某县某地。子三人,皆幼。

    初于以进士为鄂岳从事③,遇方士柳泌④,从受药法⑤,服之,往往下血,比四年,病益急,乃死。其法:以铅满一鼎,按中为空⑥,实以水银,盖封四际,烧为丹砂云。

    余不知服食⑦说自何世起,杀人不可计,而世慕尚之益至,此其惑也!在文书所记及耳闻相传者不说,今直取目见亲与之游而以药败⑧者六七公,以为世诫:

    工部尚书归登⑨、殿中御史李虚中⑩、刑部尚书李逊、逊弟刑部侍郎建⑪、襄阳节度使工部尚书孟简⑫、东川节度御史大夫卢坦⑬、金吾将军李道古⑭:此其人皆有名位,世所共识。工部既食水银得病,自说:若有烧铁杖自颠贯其下⑮者,摧而为火⑯,射窍节⑰以出。狂痛号呼乞绝⑱,其茵席⑲常得水银,发且止,唾血十数年以毙。殿中疽发其背⑳死。刑部且死,谓余曰:"我为药误。"其季建一旦无病死。襄阳黜为吉州司马,余自袁州还京师,襄阳乘舸,邀我于萧洲㉒,屏人㉓曰:"我得秘药,不可独不死,今遗子一器㉔,可用枣肉为丸服之。"别一年而病,其家人至,讯之,曰:"前所服药误,方且下之㉕,下则平矣。"病二岁竟卒。卢大夫死时,溺出血肉,痛不可忍,乞死乃死。金吾以柳泌得罪㉖,食泌药,五十死海上。此可以为诫者也。蕲不死㉗,乃速得死,谓之智,可不可也?

    五谷三牲㉘,盐醯㉙果蔬,人所常御㉚。人相厚勉,必曰:"强食㉛。"今惑者皆曰:"五谷令人夭,不能无食,当务减节。"盐醯以济㉜百味,豚、鱼、鸡三者,古以养老㉝,反曰:"是皆杀人,不可食。"一筵之馔,禁忌十常不食二三。不信常道,而务鬼怪,临死乃悔。后之好者,又曰:"彼死者皆不得其道也,我则不然。"始病,曰:"药动故病,病去药行,乃不死矣。"及且死,又悔。呜呼！可哀也已,可哀也已!

　　这篇是反对迷信长生服食金丹的作品。全文说到李于的只有很少几句话,几乎不像一篇墓志,是韩愈文章不为陈规所限的例子。文中历举当时目见诸公为证,是要求世人和后世人不要再蹈前人的覆辙。清人何焯说:"时主(当时皇帝)好方士,服金丹,公(韩愈)之为世诫者,微词(隐微不敢显言之词)也。"
　　文中点明长庆三年,是韩愈五十六岁时所作。

【注释】

① 太学博士:官名,掌教授太学生徒。
② 顿丘:在今河南省境内。
③ 初于以进士为鄂岳从事:李于元和十年进士,后在鄂岳观察使李道古幕下做事。
④ 方士柳泌:方士,以炼丹或其他方术惑人的道士。唐宪宗李纯就是因服柳泌丹药,变为性情狂躁因而致死的。
⑤ 从受药法:药,指金丹,一名大药。从受药法,向(柳泌)讨得炼丹和服食的方法。
⑥ 按中为空:把(铅)当中加以挤压,弄成一个空处。
⑦ 服食:专指服金丹一类药物。
⑧ 以药败:因服"大药"而致身体损坏。
⑨ 归登:字冲之,苏州吴(今江苏苏州市)人。
⑩ 李虚中:字常容,他是开端用五行(金、木、水、火、土)生克衰旺来"推算"人生"禄命"的人。
⑪ 李逊、逊弟建:逊,字友道。建,字杓直。
⑫ 孟简:字几道,德州平昌(今山东德平县)人。
⑬ 卢坦:字保衡,河南洛阳(今河南洛阳市)人。
⑭ 李道古:太宗(李世民)子曹王明之后。
⑮ 自颠贯其下:颠,头顶。贯,穿。从头顶穿下来。
⑯ 摧而为火:摧,折断。这说如同"烧铁杖"折断发热如火烧灼。
⑰ 窍节:人体的孔窍关节。
⑱ 乞绝:请求快点儿死。
⑲ 茵席:茵是有里子的被褥。席,卧席。
⑳ 发且止:发而又止,即忽发忽止。

㉑疽发其背：背上生了恶疮。
㉒萧洲：很少人来往的萧寂的洲岛。
㉓屏人：屏，使退。屏人，叫其他人员退出。
㉔一器：器是盛饮食用的器皿。一器，犹如说"一盒""一罐"。
㉕下之：泻出来。
㉖金吾以柳泌得罪：唐宪宗（李纯）服柳泌药，因而致死，柳泌是李道古荐引的，穆宗（李恒）杀柳泌，李道古也自金吾将军贬为循州（今广东惠阳县）司马。
㉗蕲不死：蕲同祈，求。这说本是要想长生不死。
㉘五谷三牲：五谷：麻（芝麻）、黍、稷、麦、豆。一说：稻、黍、稷、麦、菽。三牲：牛、豕、羊。
㉙盐醯：盐醋，统指调味品。
㉚常御：御，进的意思，饮食入口称御。常御，日常食用。
㉛强食：劝人多吃些饭，就是古诗"努力加餐饭"的意思。
㉜济：助成，调和。
㉝古以养老：礼记王制："六十非肉不饱。"孟子也说："鸡豚狗彘之畜，无失其时，七十者可以食肉矣。"

御史台上论天旱人饥状

右臣伏以今年①已来,京畿诸县夏逢亢旱②,秋又早霜,田种所收,十不存一。陛下恩逾慈母,仁过春阳,租赋之间,例皆蠲免③。所征至少,所放至多;上恩虽弘,下困犹甚。至闻有弃子逐妻以求口食,坼屋伐树以纳税钱,寒馁道涂,毙踣沟壑④。有者皆已输纳,无者徒被追征。臣愚以为此皆群臣之所未言,陛下之所未知者也!

臣窃见陛下怜念黎元⑤,同于赤子⑥;至或犯法当戮,犹且宽而宥之;况此无辜之人,岂有知而不救?又京师者,四方之腹心,国家之根本,其百姓实宜倍加忧恤。今瑞雪频降,来年必丰,急之⑦则得少而人伤,缓之则事存而利远。伏乞特敕京兆府⑧:应今年税钱及草粟等在百姓腹内征未得者,并且停征;容至来年,蚕麦庶得少有存立。

臣至陋至愚,无所知识;受恩思效,有见辄言,无任恳款惭惧之至,谨录奏闻。谨奏。

此文作于贞元十九年(803)。这年夏天,首都长安附近连月不雨,旱荒严重,而京兆尹李实(见韩愈《顺宗实录卷一·李实》)不顾百姓死活,谎言"今年虽旱,而谷甚好。""由是租税皆不免,人穷至坼屋卖瓦木贷青苗以应官。"

韩愈刚刚被任命为监察御史,便写就这篇奏状上给德宗,矛头直指李实,极言百姓痛苦,望朝廷垂怜民瘼,抒解民难。

文章质朴率真,笔锋犀利,体现出正统封建士大夫强烈的"仁政"意识。

【注释】

①今年:贞元十九年(803)。

②亢旱:高温大旱。
③蠲:音 juān。除去,免除。
④在逃荒途中挨饿受冻或倒毙在沟壑之中。涂,通"途"。踣,音 bó。跌倒,倒毙。
⑤黎元:即黎民百姓。
⑥谓天子像爱护婴儿一样爱护百姓。
⑦急之:急于向百姓征收税赋。
⑧特敕:特别降旨。京兆,即首都长安。

论佛骨表①

臣某言：伏以佛者，夷狄之一法耳②，自后汉时流入中国③，上古未尝有也。昔者黄帝④在位百年，年百一十岁；少昊⑤在位八十年，年百岁；颛顼⑥在位七十九年，年九十八岁；帝喾⑦在位七十年，年百五岁；帝尧⑧在位九十八年，年百一十八岁；帝舜⑨及禹⑩，年皆百岁。此时天下太平，百姓安乐寿考，然而中国未有佛也。其后殷汤亦年百岁⑪；汤孙太戊⑫，在位七十五年，武丁在位五十九年，书史不言其年寿所极，推其年数，盖亦俱不减百岁；周文王⑬年九十七岁，武王年九十三岁，穆王在位百年：此时佛法亦未入中国，非因事佛而致然也。

汉明帝时，始有佛法，明帝在位，才十八年耳。其后乱亡相继，运祚不长⑭。宋、齐、梁、陈、元魏⑮已下，事佛渐谨，年代尤促。惟梁武帝⑯在位四十八年，前后三度舍身施佛⑰，宗庙之祭，不用牲牢⑱，昼日一食，止于菜果⑲；其后竟为侯景所逼，饿死台城，国亦寻灭⑳：事佛求福，乃更得祸。由此观之，佛不足事，亦可知矣。

高祖始受隋禅，则议除之㉑。当时群臣，材识不远，不能深知先王之道，古今之宜，推阐圣明㉒，以救斯弊，其事遂止。臣常恨焉！

伏惟睿圣文武皇帝陛下，神圣英武，数千百年已来，未有伦比。即位之初，即不许度人为僧尼道士，又不许创立寺观。臣常以为高祖之志，必行于陛下之手，今纵未能即行，岂可恣之㉓转令盛也！

今闻陛下令群僧迎佛骨于凤翔，御楼㉔以观，舁入大内㉕，又令诸寺递迎供养。臣虽至愚，必知陛下不惑于佛，作此崇奉，以祈福祥也。直以年丰人乐，徇人㉖之心，为京都士庶㉗，设诡异之观，戏玩之具耳。安有圣明若此，而肯信此等事哉！然百姓愚冥，易惑难晓，苟见陛下如此，将谓真心事佛。皆云："天子大圣，犹一心敬信；百姓何人，岂合更惜身命？"焚顶烧指㉘，百十为群，解衣散钱㉙，自朝至暮，转相仿效，惟恐后时，老少奔波㉛,弃其业次㉜。若不即加禁遏,更历诸寺,必有断臂脔身㉝,以为供养者。伤风败俗,传笑四方,非细事也。

夫佛本夷狄之人,与中国言语不通,衣服殊制,口不言先王之法言㉞,身不服先王之法服,不知君臣之义,父子之情㉟。假如其身至今尚在,奉其国命,来朝京师,陛下容而接之㊱,不过宣政㊲一见,礼宾㊳一设,赐衣一袭㊳,卫而出之于境,不令惑众也。况其身死已久,枯朽之骨,凶秽之余㊵,岂宜令入宫禁㊶!

孔子曰:"敬鬼神而远之㊷。"古之诸侯,行吊于其国,尚令巫祝㊸先以桃茢,祓除不祥,然后进吊。今无故取朽秽之物,亲临观之,巫祝不先,桃茢不用,群臣不言其非,御史不举其失,臣实耻之。乞以此骨付之有司,投诸水火,永绝根本,断天下之疑,绝后代之惑。使天下之人,知大圣人之所作为,出于寻常万万也。岂不盛哉!岂不快哉!佛如有灵,能作祸祟,凡有殃咎,宜加臣身,上天鉴临,臣不怨悔。无任感激恳悃之至,谨奉表以闻。臣某诚惶诚恐。

　　这篇文章反复说明"佛不足事",历举史事作证。又说佛骨是"朽秽之物",要把它"投诸水火,永绝根本"。又说:"佛如有灵,能作祸祟,凡有殃咎,宜加臣身。"都是斩钉截铁,根本否定佛法的表示。这些话令宪宗勃然大怒,说:"愈人臣,狂妄敢尔,固不可赦!"要把韩愈置之死地,后贬到潮州任刺史。

　　此文作于元和十四年正月,韩愈年五十二岁。

【注释】

① 论佛骨表:唐时凤翔(在陕西,今县名同)法门寺有佛塔一座,内藏释迦牟尼佛指骨一节,三十年一开塔,迷信传说,开塔之年,必定人和年丰。元和十四年,正值开塔之期,宪宗派人将佛骨迎入宫内供养三日。韩愈认为佛骨是朽秽之物,不应该迷信它有什么灵验,因此上表谏净。

② 伏以佛者,夷狄之一法耳:伏以和伏惟、伏念同。释迦牟尼佛是天竺(印度)迦毗罗卫城净饭王的儿子,二十九岁出家,三十五岁成道(一说十九岁出家,三十岁成道),便带着弟子到处说法,至七十九岁,在拘尸那城跋提河边娑罗双树跌坐逝世,时在公元前四百八十七年。夷、狄原为对东方、北方少数民族的称呼,这里作一般外国

解释,是含有鄙视的用词。

③自后汉时流入中国:东汉明帝刘庄,夜梦金人长丈余,头有光明,问群臣,傅毅说:这是佛。于是派遣蔡愔到天竺去求法,得四十二章经和佛像,和僧人摄摩腾、竺法兰同来。蔡愔回来的时候,用白马载佛经,因此便立白马寺于洛阳。从此中国便有了佛法。

④黄帝:姓姬,号轩辕氏。相传他先战胜炎帝,后来又和九黎族首领蚩尤作战,获得胜利,擒杀蚩尤,从西北移居中原地区。古代学者都承认黄帝为汉族始祖,一切文物制度都推原到黄帝。

⑤少昊:姓己,一说姓嬴,名挚,号穷桑帝。

⑥颛顼:相传是黄帝之子昌意的后裔,居帝丘(今河南濮阳县),号高阳氏。

⑦帝喾:相传是黄帝之子玄嚣的后裔,居西亳(今河南偃师县),号高辛氏。

⑧帝尧:相传是帝喾的儿子,居平阳(今山西临汾县),号陶唐氏。

⑨帝舜:相传是颛顼的七世孙,居薄坂(今山西永济县东南),号有虞氏。

⑩禹:相传是颛顼的孙子,以治理洪水被歌颂,原居阳城(今河南登封县),后迁都阳翟(今河南禹县)。以上诸古帝的年岁,都是根据晋皇甫谧所撰的《帝王世纪》。其中唯黄帝一百十岁。《世纪》作一百十一;颛顼七十九年,《世纪》作七十八,稍有不同。

⑪殷汤亦年百岁:殷汤姓子,据说是帝喾后裔契的十四代孙,居亳(今河南偃师),讨伐夏朝最后一代暴君桀王,桀兵败,逃往南巢(今安徽巢县),汤自立,号武王,是武功赫奕的意思。国号殷。后来周姬发称武王,意义也相同。

⑫太戊:太戊是殷汤第四代孙。

⑬周文王:周文王,姓姬,名昌,相传是帝喾后裔弃的子孙,居丰(今陕西户县)。

⑭其后乱亡相继,运祚不长:运,命运。祚,福禄。后汉自明帝死,到献帝退位,共一百四十五年。中间章帝在位十三年,号称"小康"。和帝以后,外戚、宦官、强臣,互相擅权诛杀,民不聊生。殇、冲二帝短命,质帝被杀,少帝被废。到了献帝,大汉在强臣手中,拱手让位给曹丕了。

⑮宋、齐、梁、陈、元魏:指南北朝时期。南朝:宋,刘氏,立国五十九年,更易了八个皇帝,其中四人被杀。齐,萧氏,立国二十四年,更易了七个皇帝,其中三人被杀。梁,萧氏,立国五十六年,更易了四个皇帝,一人饿死,三人被杀。陈,陈氏,立国三十三年,更易了五个皇帝,其中一人被废。北朝:元魏(北魏),拓跋氏,到西魏之亡,立国一百六十年,更易了十七个皇帝,其中八人被杀。

⑯梁武帝:梁朝开国皇帝,姓萧,名衍,字叔达,南兰陵(今江苏武进县)人。

⑰前后三度舍身施佛:梁武帝在大通元年、中大通元年、太清元年,三次到同泰寺舍身做佛徒,由他的儿子和大臣等出金赎回。

⑱不用牲牢:牲,牲口。牢,古人称牛作太牢,羊和豕作少牢。不用牲牢,就是不杀生,

论佛骨表

　　改用面作祭品。
⑲昼日一食,止于菜果:依佛教的规矩,过午便不食,食品限于菜果,而如韭蒜等叫做"荤采",也不吃。竟为侯景所逼,饿死台城:侯景原是魏将,降梁后,因梁又与东魏讲和,侯景恐对自己不利,便起兵叛变,武帝居台城,为侯景所围,因而饿死。台城是南京附郭的小城。
⑳寻灭:不久便灭亡。
㉑则议除之:则,即。唐高祖(李渊)武德九年,从太史令傅弈之请,打算裁汰僧、尼、道士、女冠(女道士)。
㉒推阐圣明:阐,开。推阐,略如说发展。圣明,指唐高祖要裁汰僧道的正确打算。
㉓恣之:放任它。
㉔御楼:封建时代把皇帝的行动都称"御",御楼,就是登楼。
㉕大内:皇帝所居宫殿,总称大内。
㉖徇人:随着人。
㉗士庶:士,士大夫,庶,庶民,百姓。
㉘诡异:怪怪奇奇。
㉙焚顶烧指:焚灼头顶,烧去手指,一种以肉体牺牲表示诚心奉佛的愚昧行为。
㉚解衣散钱:意思是表示代佛"布施"。
㉛奔波:到处奔走、奔忙的意思。
㉜弃其业次:丢弃应完成的工作不去完成,半途而废。
㉝断臂脔身:脔,把肉割做小块。断臂脔身,比焚顶烧指的情形更进一步。表明生命也可舍却。
㉞法言:指合乎中国"礼法"的言语。
㉟不知君臣之义,父子之情:僧人见了皇帝,不行世俗上所行的礼节。出家修道,离父母,无妻子。
㊱容而接之:容,容纳。接,接见。
㊲宣政:殿名,在东内大明宫含元殿后。
㊳礼宾:院名,接待外宾的官署。
㊴衣一袭:单衣复衣都完备称为一袭。
㊵凶秽之余:凶秽,指死人尸骨。仅存指骨一节,所以说是凶秽之余。
㊶宫禁:皇帝宫殿,禁止闲人出入和窥伺,所以做做"宫禁"。
㊷孔子曰,敬鬼神而远之:语见《论语·雍也》篇。孔子以为,鬼神是不可知的东西,不可亲昵。含有不太想念的语意。
㊸巫、祝,都是官名,巫能跳舞"娱神",祝是向鬼神致词"求福""免灾"。